The
Little Lady
Of the
Big House

大房子里的小夫人

〔美〕杰克·伦敦 / 著

黄健人 / 译

人民文学出版社

图书在版编目(CIP)数据

大房子里的小夫人/(美)伦敦著;黄健人译. —北京:人民文学出版社,2016
ISBN 978-7-02-011593-8

Ⅰ.①大… Ⅱ.①伦…②黄… Ⅲ.①长篇小说—美国—近代 Ⅳ.①I712.44

中国版本图书馆 CIP 数据核字(2016)第 094724 号

责任编辑　仝保民　张海香
装帧设计　李思安
责任印制　苏文强

出版发行　人民文学出版社
社　　址　北京市朝内大街 166 号
邮政编码　100705
网　　址　http://www.rw-cn.com

印　　刷　三河市宏盛印务有限公司
经　　销　全国新华书店等

字　　数　230 千字
开　　本　880 毫米×1230 毫米　1/32
印　　张　10.25　插页 9
印　　数　1—8000
版　　次　2016 年 8 月北京第 1 版
印　　次　2016 年 8 月第 1 次印刷

书　　号　978-7-02-011593-8
定　　价　33.00 元

如有印装质量问题,请与本社图书销售中心调换。电话:010-65233595

◆　杰克·伦敦（1893）
◆◆　初遇查米安·基特里奇时的杰克·伦敦（1900）

◆ 杰克·伦敦拍摄的查米安·基特里奇在索诺马山谷骑行

◆◆ 查米安·基特里奇（约 1900）

◆ 杰克·伦敦漫游澳大利亚墨尔本
（1908）

◆ 杰克·伦敦于"美丽农庄"带野味回家（约1910）
◆◆ 杰克·伦敦骑马俯瞰索诺马山谷（约1910）

◆ 杰克·伦敦审看"狼舍"图纸(1913)
◆◆ 杰克·伦敦于书房(1914)

◆ 杰克·伦敦在"漫游者号"甲板上
（约 1910）

◆ 伦敦夫妇观看建造"蜗鲨号"(1906)
◆◆ 伦敦夫妇乘"蜗鲨号"启航(1907)

◆ 伦敦夫妇于夏威夷
（1907）

◆ 杰克·伦敦夫人查米安注："我们俩"

(1906)

◆ "美丽农庄"现状
（龚晓摄，2014）

◆ "狼舍"遗迹
（龚晓摄，2014）

◆ 伦敦夫妇墓地

（龚晓摄，2014）

不一样的伦敦

爱好美国文学的读者谁不知晓杰克·伦敦的大名？谁没读过他的《海狼》《白牙》《马丁·伊登》《荒野的呼唤》？谁不激赏他作品洋溢的如火激情，不屈不挠、敢于冒险、敢于拼搏的精神？谁不敬佩他笔下那些多姿多彩的英雄人物（他亲身经历的真实写照）：蚝贼、淘金者、水手、矿工，乃至动物世界那些灵气十足的狼与狗？

然而，《大房子里的小夫人》展现给我们的是位不一样的伦敦，是农夫伦敦，是情种伦敦。

伦敦传记的作者克拉丽丝·斯塔茨在其《查米安与杰克·伦敦》一书中认为，《大房子里的小夫人》"不是自传"，但又认为伦敦"直接从他与查米安的共同生活中取材"，小说"是伦敦1912—1913年冬天生活事件的心理真相"。

那么，这两年的冬天，伦敦的生活究竟发生了些什么呢？这就不得不说说他的务农生涯与大宅"狼舍"。

1905年，伦敦斥巨资买下位于加州索诺马县的索诺马山东坡格伦山谷的一千英亩土地①，兴办"美丽农庄"。他在日记中写道："这是加州一块最美丽最原始的土地，这片土地上生长着

---

① 1英亩约合4平方公里。

大片红杉,古老的红杉甚至已有千年。还有大量的冷杉、密花石栎、枫树、弗吉尼亚栎、白栎、黑栎、瘦果鹃、熊果。这里有大小山谷,数条溪流,许多喷泉……我骑马跑遍了这一带山间,找的就是这样的地方,真是正中下怀。"而本小说中,男主人公迪克的农场景色正是如此。

伦敦雄心勃勃,要把农场办成辉煌的大事业。他声明"我写作的唯一目的就是给我的'美丽农庄'再添美丽,给我的'美丽农庄'再添三四百英亩土地"。每天上午完成写作计划后,伦敦就开始经管农场,阅读大量最新的农业报告,并向加州大学戴维斯分校的科学家们讨教,他把坡地改造为梯田,以减少水土流失。他在溪流上筑水坝,利用重力进行灌溉,并使用自己农场牲畜的粪肥给土地施肥,提高地力。他饲养牲畜相当在行,他的牲畜赢得了加州畜牧业展会的大奖。伦敦对农业生产富于远见,但当时加州的农业主要操控在大公司手里。迟至今日,他倡导的轮作模式才得到人们理解,给农民带来丰厚效益。伦敦把自己采取的上述种种农业措施一一嫁接在本小说男主人公迪克身上。

伦敦热爱他的农场,他在日记中写道:"我骑马跑遍我的美丽农场,胯下是匹漂亮的坐骑。空气充满葡萄酒的芬芳,绵延群山上秋日的葡萄红似火焰。索诺马群山间缭绕着丝丝缕缕的海雾,午后阳光在睡意昏昏的天空照耀,一切如此美好,只感到活着真好。"他太太查米安·伦敦在《伦敦的书》中提到,伦敦曾对她说:"我死的时候要明确自己身后留下了一大片土地,这片土地在他人悲惨失败之后,在我手里变得富饶多产……你难道看不到吗?啊,睁眼看看吧!解决当前经济大问题的办法,我看就是回归土地。我迷上务农,因为我的理念和研究教我认识一件重要事实——回归土地才是经济的基础……我从农业看世界,而世界从农业看我……你知道吗,我每天花两小时写作,十小时务农？——我的构思,我的准备,都是在夜里,在我户外的时光……"

伦敦为其农庄所做的一切一切,他对农场的由衷爱恋,他在本小说中对主人公农场生活的细致描写,几乎完完全全是他自己农夫生活的真实写照。

斯塔茨认为,伦敦"满怀梦想,在其小说中也表达了自己的农业梦想,他要把农场办成'人间伊甸园'。他拼命阅读各种大部头农业书籍和小册子,构思了自己的农场系统,这个系统的生态智慧在今天应该大受褒奖。"伦敦还十分骄傲地拥有了他亲自设计的加州首座混凝土贮仓和圆形猪圈。他希望美国能采用亚洲可持续发展农业的智慧。然而,农场管理不善,经济上一塌糊涂。同情者如斯塔茨认为,伦敦的诸多建设项目虽具有潜在可行性,但要么归结于运气不好,要么归结于过度领先于所处时代。不太友好的历史学家如凯文·斯塔尔则认为,伦敦管理混乱,头绪太多,还好酒贪杯。斯塔尔提醒读者,1910—1916年间,伦敦平均每年至少六个月不在农场,他指出,"他喜好摆弄管理权力,却忽视细节……伦敦的雇工们笑话老板玩大农场的鬼把戏,认为那只是有钱人玩的花拳绣腿。"

伦敦作作不休,一面为索诺马农场大举购买农用设备和牲畜,一面开始构思自己的梦中大宅"狼舍"。1905年他开始动念盖大宅时,曾给出版商这样写道,"这房子不为避暑,而是一年到头的家。我要的是踏踏实实、舒舒服服的安居,长期安居。"

于是,他耗资八万美元,建造了一座一万五千平方英尺[①]的石头大宅。杰克·伦敦写过那么多关于狼和狗的故事,故被朋友乔治·斯特林起绰号"狼",所以这座大宅也就顺理成章得名"狼舍"。

"狼舍"于1911年4月开工。旧金山建筑师阿尔伯特·法尔把伦敦的理念变成蓝图。为抗地震,整座房子建在一块巨大的减震石板上,石板大到足以支撑一座四十层的楼房。红杉木树皮完好,用于建造车门、绿廊、门廊。栗色的火山岩,蓝色的板岩,大卵石及水泥被选作基本建材。屋顶为西班牙风格。橡木是天然圆木,山墙与阳台用的大树干与小果树枝交织,带来养眼效果。

"狼舍"造型巨大,质朴无华,宽敞自然,十分迷人,正像其主,是主人的家也是招待朋友的地方。"狼舍"的办公室下面的确有一道螺旋楼梯连接到巨大的书房。还有一间18英尺×58英尺的大起居室,高达两层,这里真有一座巨大的石头壁炉,屋内还有专为太太查米安设计的凹室,摆着她的施坦威大三角钢琴。这一切都与小说描写的细节相同。与小说细节一致的还有"狼舍"独立的热水系统、洗衣房、供热系统、电力照明系统、吸尘机、制冷机、挤奶房、菜窖、酒窖等等。

"狼舍"建造耗时两年多,耗资巨大,高峰时期雇工超过三十名。1913年8月22日项目接近完工,进行最后大清扫,伦敦夫妇做好了搬家计划——特别定制的家具、成千上万册藏书、环球旅行的收藏品、个人用品等等,统统要搬入这座巨大的石头与红杉木造就的大宅。孰料,那天半夜,伦敦夫妇在半英里之遥的

---

① 约合1400平方米。

家里酣睡时,一名农工发现遥远天际红光闪闪——"狼舍"起火了!待伦敦夫妇骑马赶到,但见一片火海,房子已熊熊燃烧,瓦屋顶轰然坍塌,连房子远处的一堆原木也已着火。任何灭火措施都无济于事,"狼舍"被夷为平地,徒剩一堵堵石墙断壁、一座座烟囱,形影相吊。

伦敦以哲学家的态度看待大火,然而,金钱损失实在是打击空前,多年美梦一场空。邻居问伦敦夫妇:"你们俩怎么不哭,不着急啊?""你俩好像没明白发生的大事啊!""哭有何用?"杰克不断告诫自己"眼泪又不能重造房子……不过,房子应该可以重造!"他太太查米安在日记中写道:"那个酷热的八月之夜,杰克的梦之屋化作一片火海,是的,他还哈哈大笑,想振作精神,但到了凌晨四点钟,紧张过后,他心头笼罩着自己亲手建造的唯一家园被残忍毁灭的阴影,在我同情的怀抱中,他浑身颤抖,就像个孩子。过后平静下来,他说:'我不是为金钱损失难过……虽说眼下钱的事也很严重。那么美好的东西就这么被毁了,好心痛!'"

"狼舍"之祸令伦敦沮丧,但他强迫自己回到工作。他给自己居住的小屋增建了一间书房,继续繁殖获奖的牲畜,在已拥有的一千四百英亩土地上继续他的扩张计划。

间或,伦敦会去纽约、旧金山或洛杉矶做生意。他时常在自己那艘三十英尺长的小艇"流浪者号"上工作、生活,驾驶它在旧金山湾区和附近的萨克拉门托和圣华金三角洲航行。他依然钟爱冒险,聚众酗酒,寻欢作乐,同时拼命写作。

如此有害身体的生活方式加上天灾人祸、肾功能不好、罹患多种疾病,他生命的最后三年健康急剧恶化,1916 年 11 月 22

日,伦敦在一阵昏迷之后告别人世,年仅四十岁。死亡证上注明死因为"肾绞痛伴随尿毒症"。

他的遗体在奥克兰火化后,农场举行了短暂的追思会,骨灰安葬于俯瞰月亮谷的一座小山丘上的一块巨石之下,山丘上是拓荒者格林洛的后人大卫与利特尔的墓地。伦敦生前选定了这里,他曾交代妻子和妻妹说:"我不介意你把我埋在格林洛家后人的墓地。在我遗体上压一块大宅废墟的红石头吧。"

1916年11月26日,一场静默仪式之后,查米安·伦敦把丈夫的骨灰安葬在约定的山丘上一块取自"狼舍"废墟的巨石之下。1955年,查米安去世之后,骨灰也葬在这块巨石下面,与丈夫永远相守。

1995年5月,加州圣荷西州立大学退休教授、法律专家鲍勃·安德森率十位专家组成的调查组来到格伦谷,花四天时间彻底调查了"狼舍"遗迹,结论认为,"狼舍"大火极可能是工人胡乱堆放在屋子角落的一堆浸透松脂和亚麻籽油的破油毡自燃造成,应为意外事故。自1916年伦敦离世之日至今,大宅遗迹如昨,空留断壁残垣,诉说着杰克·伦敦的一地残梦。

自1902年起,伦敦就奋力笔耕,每年都有一部长篇推出。《大房子里的小夫人》发表于1916年,创作当在1913—1915年间。该小说被评论家们认为是作者以加利福尼亚为背景的"田园三部曲"(《毒日头》《月亮谷》及《大房子里的小夫人》)之一,是杰克·伦敦后期的代表作。

《大房子里的小夫人》有两大基本主题——富二代励志与婚外情悲剧。小说共计三十一章,前三分之一聚焦"口含银钥匙出生"的主人公迪克·福雷斯特,典型富二代。他出生丧母,年幼丧父,独拥两千万家产,但其父自幼给他灌输人人平等的民主思想,使其与穷人的孩子打成一片。十三岁,他离家出走,闯荡世界,历尽千辛万苦。十六岁返回家门,已然对社会、对人生有了第一手见识,便重返校园,充分利用手中金钱与别出心裁的学习方法,以五年时间速成了中学、大学乃至研究生教育,接着就大手笔办农场、畜牧场,把事业交给一群专家管理,再度出门冒险,浪迹天涯。他不按老辈人的规矩出牌,绝对具有现代人重视人才的先见之明,不惜重金,从大学、从联邦政府聘请专家,组建智囊团,把农牧场办得风生水起,田园梦做得轰轰烈烈。富二代不躺倒在祖荫下睡大觉,却奋力拼搏,靠自己拳打脚踢,东奔西突,锦上添花,这个励志主题对当代青年实在具有积极的、正面的教育意义。

更妙的是他还娶回一位貌美如花、才艺双全的太太波拉。小说后三分之二,主要聚焦波拉的悲情婚外恋。话说结婚十二年后,波拉与应迪克之邀前来农场做客的迪克好友格雷厄姆坠入情网,无法自拔。目睹太太被好友挖墙脚,你侬我侬,迪克自尊心受到强烈打击,但他嚼碎自己的心,狠狠下咽,以骑士风度,策划制造意外,情愿自杀出局。孰料,被冰雪聪明料事如神的太太波拉抢了先,砰的一声枪响,她香消玉殒,芳魂悠悠出窍,故事戛然而止,令人不由跌足叹息"问世间,情为何物,直教生死相许?"元代文学家元好问的这行名诗最好地诠释了这篇小说的情感主题。

回望波拉的情感悲剧,我们只能对她心生慈悲。丈夫一直对她极尽宠爱,比如为她造一座瑰宝般专属的院子,任她大把花钱,实现她培育良马及各色金鱼的梦想,不论她想什么、做什么,他都全力支持。他人看来天作之合的一对妙人儿成家十几年，感情应该牢固如山了吧？迪克却为何最终失去了她？恐怕还是由于他过于专注事业，忙于"种橡籽"，连每日拨冗与太太亲热谈心都无暇顾及，让波拉太过寂寞，遭受被冷落的精神痛苦。精神痛苦乃最大痛苦，它无声无形逐日渗透，令风华正茂多才多艺的波拉备受冷落，她好委屈，太委屈。试想夫妻双方相互了解的意愿只剩下赤裸裸的性要求，那就好比一杯反复品尝之后的淡水，亲昵感能不退化么？波拉情感空虚的关头，偏偏天上就掉下个格雷厄姆，二人一见钟情，互生灵犀，不出多久便情不自禁，搞点小乱子，于无人处、黑暗中，或拥抱，或亲吻，但终是鬼鬼祟祟，良心熬煎。钟情却不善经营感情的迪克撞见太太精神出轨，愤而逼迫波拉做出选择。波拉两个都爱，两难抉择，万千纠结，最终选择自戕，囫囵退出。道德如冰山，人性似火焰。冰与火相遇，烤化冰山，还是放肆燃烧，最终被融化的冰山之水熄灭？波拉选择燃烧，选择熄灭，一死了之，在现代人看来，她并未与情人发生肉体关系，干干净净，决然殉情简直是死于意淫，枉担虚名，对自己太过残忍。值耶？不值耶？

　　有评论家认为《大房子里的小夫人》是一部心理小说，一场罗曼司质疑了男性气概的意义，同时也对加利福尼亚的农业予以表现。对该小说，伦敦自己也曾评价说："从头到尾都是性——只不过性冒险未完成，或者说距完成还有十万八千里，然而小说充满性勇气和力量。"

　　斯塔茨则认为，"《大房子里的小夫人》令伦敦同时代的读者震惊于小说喷薄而出的性意象，对通奸诱惑力的细致描写。现代读者却嘲笑小说维多利亚时期式的忸怩作态与多愁善感，人物描写欠真实。而两种意见都没有错——小说1916年问世，对当时读者来说,过于性感;而对鼓吹性自由的美国二十世纪二十年代来说则远远不够性感。"

且看波拉,何等健康活泼的一位美丽女子,性的自我意识强烈。她骑着一匹大公马冲进一座泳池,浮上来时,格雷厄姆只见"一个肤色与她身上的白色丝质衬裙式泳装一样白的女人。那泳装紧贴在她形体轮廓上,好似一层大理石雕刻的纱幔"。波拉与伦敦的第二任太太查米安一样,有失眠症,也和查米安一样没有孩子。而没有孩子,应当是波拉心中极大的伤痛,所以临死之前还对迪克念念不忘此事。传记家们认为,小说中格雷厄姆的原型是伦敦现实生活中的两位朋友,其他人物也能从伦敦生活中找到影子,比如伦敦农场上的确长期寄居着一位长胡子的流浪哲学家,主人公迪克的忠仆阿麦就是伦敦的贴身男仆那卡塔等等。

历史学家凯文·斯塔尔则持否定评价,认为小说是伦敦对其身后在加州财产的处理遗嘱。伦敦于1909年认真开始的农场生活是对自己半生混乱生活的延期偿付。伦敦最后的文学表达散发着腐朽疯狂的臭气。艺术与务农交织在一起,乃其最后的挣扎,但二者无法相互支撑。

小说以女主人公波拉用一把步枪自伤致死而结束——其实读者并未被清楚告知波拉是否自杀,一如其情人格雷厄姆所信;或为意外走火,一如波拉对丈夫所言——还说服医生给她注射过量吗啡。弥留之际她与两位恋人告别,"两个帅男,帅男。别了,帅男。别了,红云……先把皮肤拉紧点,你晓得我怕疼。"

读伦敦其他作品,比如《海狼》,比如《荒野的呼唤》,还有《白牙》《铁蹄》之类,我们更多被其作品表现的喷薄生命激情与阳刚之气感染，为其笔下人物面对千辛万苦，不屈不挠的奋斗精神而折服。然而，读这部小说，却多半要为他的感人性之无奈而感伤，而心痛了。可是伦敦并不在乎，一如他四十岁盛年之时，服用治病吗啡过量还是故意自杀——总之，在《大房子里的小夫人》发表后，便和波拉一样，绝尘而去，使他和他的这部作品留给喜爱他的读者一个大大的谜和切切的痛，还有一位不一样的伦敦。

黄健人

2015年8月14日 于北京

第 一 章

暗夜中苏醒,他醒得轻松自在,纹丝不乱,一睁眼就知道天还没亮。这世上多数人必须感觉、摸索、倾听,接触四周。而他不同,睁眼那一刻就明白自己是谁,身处何时何地。沉睡数小时之后,他毫不费力就重续自己被打断的生命神话,知道自己就是迪克·福雷斯特,那片广袤土地的主人。数小时之前,昏昏欲睡,他关掉台灯,把一根火柴夹入正看着的《路边城》书页之间,便一觉睡去。

近处,是哪座喷泉水波涟漪,睡意汩汩冒泡。远处,敏锐耳朵听得到的模糊远处,他捕捉到一个声音,开心笑了。听到这远而粗的咆哮,他晓得这是"波罗王",自家的短角牛冠军,三度拔得加州展销会萨克拉门托公牛大赛头筹。笑容从迪克·福雷斯特的脸上消失得好慢,因想到今年的东部牲畜巡展会上,"波罗王"将再次为他夺冠——要让人们瞧瞧,这头加州土生土长的家伙堪与那些爱荷华州吃玉米长大的漂亮牲口,或那些海外进口的来自短角牛亘古老家的牲畜相媲美。

数秒后笑容渐退,他才在黑暗中伸手去摁那一排按钮中的第一只。这样的按钮有三排。隐蔽的灯光从天花板上一只巨大的灯碗洒下,照亮一座充当卧室的大露台,三面墙为精细的铜丝网,第四面是堵室内墙,由结实的混凝土筑就,一面落地长窗穿墙而过,为进出口。

他摁下第一排的第二只按钮,明亮的灯光便集聚到混凝土墙上一个特定之处,依次照亮时钟、气压计、摄氏与华氏温度计。他扫一眼便看得清楚——时间四点三十分;气压二十九点八,这个纬度与季节,正常;温度:华氏三十六度。再揿一下按钮,时间、温度、空气坠入黑暗。

第三只按钮打开了台灯,灯的设计使光线从头顶和背后落下,不会直接照到眼睛。再揿第一只按钮,关掉头顶隐蔽的光,他伸手从书桌上拾起一堆校样,手握铅笔,点燃一支烟,开始读校样。

这里显然是间实干家的卧室,突出的是效率,虽简朴却处处舒适。灰色珐琅漆的铁床与混凝土墙壁色调和谐。床脚横着条额外的被罩,是件灰色狼皮长袍,下摆悬垂。地面铺着厚厚的白色野山羊皮,摆着双拖鞋。

巨大的书桌上整齐地码放着书、杂志、拍纸簿,尚有余地搁火柴、香烟、烟灰缸、暖水壶。铰链相连的旋转支架上立着一台用于听写的机械录音机。墙上,气压计与温度计下方,是只圆形木相框,相框里一张姑娘的笑脸正如花绽放。墙上,排排按钮与开关板之间,咧开大嘴的枪套还随意地伸出一支口径 0.44 的科尔特左轮手枪枪柄。

六点整,灰色曙光开始穿透铜丝网墙。迪克·福雷斯特目光不离校样,伸出右手,揿下第二排的一只按钮。五分钟后,一名穿软底拖鞋的华佣出现,双手端一只抛光黄铜小托盘,托着一只带衬碟的杯子、一把小小的银质咖啡壶,同样小小的银质奶油罐。

"早安,阿麦!"迪克打着招呼,眼睛笑眯眯,嘴唇笑眯眯。

"早安,老板!"阿麦答道,一面忙着在书桌上腾地方摆托盘、倒咖啡、倒奶油。

做完这些,眼见主人一手端着咖啡啜饮,另一手改着校样,阿麦不等吩咐,从地上捡起一顶花边女帽,悄无声息,影子般穿过落地长窗,消失不见。

六点三十分,分秒不差,阿麦端一只大些的托盘回来。迪克放下校样,伸手拿过一本书,标题是《食用蛙的养殖》,准备进早餐。早餐朴素却扎实:咖啡、半个葡萄柚、两只软煮鸡蛋——蛋皮已剥掉,搁好少许黄油,在玻璃杯中冒着热气;一片煎火腿,火候恰到好处,他知道这是自家养的猪,腌的肉。

此刻,阳光已然泻入丝网,洒在床头。丝网墙外面巴着几只早于季节孵化的苍蝇,被夜寒冻得麻木。福雷斯特边吃早餐边注视那几只打食的大黄蜂。它们比蜜蜂健壮耐寒,此时已开始飞舞,捕食冻僵的苍蝇。这些空中的黄色猎手,飞舞时虽嗡嗡聒噪,扑向无助的牺牲品却百发百中,将那几只苍蝇一一裹挟而去。福雷斯特最后一口咖啡尚未啜尽,火柴梗尚未夹入《食用蛙的养殖》,校样尚未重拾起来,那些个苍蝇竟荡然无存。

须臾,草地鹨清脆柔美的鸣叫使他停止阅读。看看表,七点钟。他放下校样,打开一溜开关,操作娴熟,开始一系列对话。

"你好,阿乐!"是他头一句,"塞耶尔先生起床了吗?……好的,别打扰他。我看他不会在床上用早餐,不过你可以问问……对的,教他如何用热水,没准儿他不知道……对,对。照料好他,再赶紧安排一个人,天气好客人会多……没错儿。你看着办。再见。"

"汉理先生吗?对,"这是打开另一只开关的对话,"我一直在琢磨巴克艾大坝的事。请报告运输石头和粉碎石头的开销数字……对,就这事。我估计,运石头比碎石头的价格大概每码①要贵六到十美分。上山的最后那段路可累坏了拖运石头的马队。算好数字……不,咱们两周内还没法开工……对,对。新拖拉机,要是人家已经发货,就能替下犁田的马匹,他们得回头查查……不,你得跟艾弗兰谈这事。再见。"

接着第三次呼叫:

"道森先生吗?哈哈!我睡台上现在是华氏三十六度。山下平地肯定上了霜,一片白吧?不过这应该是今年最后一次啦……对,他们发誓拖拉机两天前就发货了……给火车站打电话……你顺便帮我追上汉理先生。我忘了交代他开装老鼠夹,再装一套捕蝇器……对,立刻办。今早我在睡台铜丝网上发现好几只苍蝇……对……再见。"

随后,福雷斯特穿着睡衣溜下床,穿上拖鞋,大步穿过阿麦已经打开的落地窗,进了浴室。十来分钟后,刮好脸,又回到床上接着看那本养蛙的书,而阿麦分秒不差,来给他按摩双腿。

福雷斯特身高五点一英尺,体重一百八十磅,体魄健壮,他的两条腿还讲述着主人的故事——左大腿上一道长达十英寸的伤疤。横过左踝,自脚背到脚跟,还散布着十几处半美元硬币大小的疤痕。阿麦刺激牵引左膝时如用力稍大,他便疼得一哆嗦。右小腿上也有几道黑疤,膝盖下面一条大疤处的骨头还明显凹陷。膝盖与腹股沟之间有条三英寸深痕,怪怪地点缀着很小很小的缝合印记。

突然,外面传来一声快活的马嘶,令他指间的火柴梗掉到书页之间。阿麦接着帮床上的主人穿衣服和鞋袜。主人呢,半扭

---

① 约为0.9米。

身子朝马嘶方向望去。沿着大路,穿过摇摆初绽的紫丁香,背驮一名衣装别致的牛仔,一匹大公马呼啸而来,在清晨金色的阳光下闪着红光——蹄子上大丛雪白的距毛自在飞扬,脖颈上华美的鬃毛来回摆动,眼球转动逡巡田野,爱的呼唤回荡在春天的大地上。

迪克·福雷斯特一见便愁喜交加。喜的是骏马正在丁香花篱之间驰骋,愁的是马蹄声、马嘶鸣说不定会吵醒墙上圆形相框中那位笑脸绽放的姑娘。他一眼疾扫两百英尺长的院子,朝暗影下突耸的她那侧屋子看去——露台的窗帘还没收上呢,纹丝不动。公马再次嘶鸣,惊煞一群野金丝雀打鲜花与院里的灌木丛中飞起,晨光熹微中仿佛腾起一道金绿色的光。

透过丁香花,他注视着公马跑出视线,仿佛看到一群群骨架有力、血统纯正、漂亮的重挽夏尔马驹。然后回过神,注意眼前的事,与贴身仆人交谈。

"阿麦,新来的小伙子怎么样?看出来了?"

"好样的,侬我看。"阿麦答道,"年纪轻,啥都新鲜。有点慢。不过看来错不了。"

"咦,你为什么这么想?"

"今早叫了他三四次。睡得真香,像小孩。醒来就笑,像你。多好。"

"我醒来就笑吗?"福雷斯特问。

阿麦使劲点头。

"这么多年,这么多次,我叫醒你。你总是眼一睁,眼就笑,嘴就笑,脸就笑,满脸笑,正是那样子,笑得多快,多好。这样子醒来的人聪明,我知道。新来的孩子就是的。过些日子,他很快会是把好手,您瞧吧。他名字叫周干。到了这儿,您打算叫他

5

啥呀?"

迪克想了想。

"咱们都有些啥名字啦?"

"阿乐、阿伟、阿米,还有我阿麦。"华佣数着,"阿乐说叫那个新来的……"

他迟疑地瞪着主人,目光中闪着一丝疑问。福雷斯特颔首许可。

"阿乐说叫新来的'阿丑'。"

"啊哈!"福雷斯特赞赏地大笑,"阿乐爱开玩笑,好名字。不过不行,太太会怎么想。咱们得另起一个。"

"叫阿侯吧,好名字。"

自己方才那声"啊哈"依然在脑海里回响,福雷斯特悟出阿麦忽发的灵感。

"好,那就叫他阿侯吧。"

阿麦低头,飞快退出落地窗,又飞快拿来主人的其他服饰,帮他穿好背心、衬衫,朝他脖子上搭了条领带,要他自己打结,再跪下给他打好绑腿和马刺。一顶贝登堡帽①、一条皮马鞭组成了迪克浑身装束。马鞭是用生牛皮编成的一条印第安辫子,一头编进去十盎司铅块,另一头的皮环挂在主人手腕。

不过福雷斯特还无法脱身。阿麦递给他几封信,说是头天晚上主人上床后才从火车站送来的。迪克逐一撕开信封右端,内容统统只扫一眼,除开一封信。这一封他细看片刻,眉头不高兴地皱起来。旋即他打开墙上的录音器,揿下按钮,让滚筒转

---

① 贝登堡帽:一种卡其布宽边帽,因英国童子军创始人贝登堡男爵(1857—1941)常戴这种帽子而得名。

动,立刻口授答复,连稍事停顿、斟酌字句都不用。

"回复阁下1914年3月4日的信。获悉贵方的猪群罹患猪瘟,非常遗憾。阁下认为责任应由我方承担,非常遗憾。获悉我方发给贵方的公猪已死亡,非常遗憾。

"我方只能向贵方肯定,此地没有猪瘟,八年来从未发生过猪瘟,除了从东部进口的两批猪以外,可那是两年前的事。那两批猪抵达后均被隔离,并在传染我们的猪群之前就予以捕杀处理。

"我方认为必须告知贵方,对那批猪,我方均未指控卖方出售病畜。相反,贵方应了解猪瘟潜伏期为九天。我方已查询了这批猪的装车日期,得知这批猪装车时完全健康。

"贵方有否想过,铁路运输对传播猪瘟负有重大责任?是否确认过铁路在运输病猪之后对车厢进行过化学消毒杀菌?请核准一下日期:(1)我方装运时间;(2)贵方收货时间;(3)猪群出现症状时间。如贵方所说,由于路上洗刷猪群,花费了五天时间,而猪群直到贵方收货之后第七天才首次出现症状。那么,这批货离开我方已达十二天之久。

"不,我方不能同意。对你方猪群的灾难,我方毫无责任。而且,再次敦请贵方致函州兽医协会,查明我方牧场是否发生过猪瘟。

"您诚挚的……"

第 二 章

福雷斯特从睡台穿过落地窗,先来到舒适的更衣室——这里有靠窗沙发、多只小柜、大壁炉。更衣室通向卫生间,接着是长长的办公室——这里摆满生意人的用品:书桌、录音机、文件柜、书架、期刊合订本,还有几只鸽笼式分类架,直抵横梁低矮的天花板。

走到办公室一半的地方,他停下来按下一只按钮,一排满载的书架就依枢轴旋转,露出一道小小的钢质螺旋梯。他小心翼翼顺梯而下,留神不让马刺绊脚,而螺旋梯随即在他身后旋转归位。

螺旋梯下端再按下一只按钮,另一排转轴书架旋开,让他进入一间低矮狭长的书房。从地板直抵天花板的书架上满登登全是书。他径直走到一排书架旁,手指准确落在某层某本要查对的书上。花一分钟翻完几页,找到想要的段落,点点头,确认自己无误,把书放回原处。

一道门通向一座凉亭,横搭在方型混凝土柱子上的是红杉圆木,其间交错些细细的红杉树干,全都粗糙起皱,还带着天鹅绒般紫红色的树皮。

他就顺着大宅那好几百英尺长的蜿蜒外墙走,显然没抄近道。枝繁叶茂的古老橡树下,一长溜被啃掉树皮的拴马桩旁,一条蹄印深深的碎石道上,他发现一匹毛色深浅有致的栗色母马。晨光斜斜穿透,正照耀着树冠边缘,晨光中这马得到精心照料的春天皮毛分外生机勃勃,闪闪发亮。那马也生机勃勃,热情似火,体魄健壮,亚赛公马。一溜狭长的黑毛顺脊背而生,露出经过几代牧场驯服的野马血统。

"'雌老虎',早上好啊?"迪克边问边松开马颈下的绳扣。

母马将小得不能再小的耳朵往后一倒,这种耳朵表明它是纯种马与山间野马相爱的结晶。母马眼睛闪着顽皮的光,露出淘气的牙,想咬福雷斯特。

迪克往马身上甩马鞍时,这马边侧身,边企图竖起前腿。侧身、再侧身、竖起前腿,又砰地落到碎石道上,若不是驭手手段高强,拽紧疾摆的马头,鼻子准要被它弄伤。

迪克早已习惯这马的野性,对它的鬼花招几乎毫不在意。只需本能地把弯弯拱起的马脖上的缰绳轻轻一勒,或戳戳马刺,压压膝盖,就能让它乖乖听话。待跨上马背,马儿腾跃转身,他就势一眼横扫,便发现大宅之大,简直不像话。但其实,宅子四下铺开,并没貌似那么大。宅子正面伸展八百英尺,但八百英尺多由走廊、混凝土墙壁、瓦屋顶构成,将不同部分相连接。那些高低参差的露台、凉亭、宅墙及众多直角形凹凸,统统簇拥在绿草鲜花之中。

大宅具有西班牙风格,但并非墨西哥人百年前带来的那种被当时加州—西班牙建筑师改良了的加州西班牙风格。技术上的这种混搭,更应称为西班牙—摩尔风格,虽然专家们对这字眼儿争论不休。

宽敞却不简约,漂亮却不卖弄,是大宅给人的基本印象。外形长长的水平线条仅被垂直或凹凸的线条打断,而这些凹凹凸凸也一定是直角线,明快犹如修道院。所幸,不规则的屋顶线条冲淡了单调划一。

座座方形塔楼四下矗立,高度不一,错落有致,比例匀称。矮的,不显蹲伏;高的,不刺青天。大宅突出了相互支撑、抵御地震的理念,这理念深入人心总有上千年。品质地道的混凝土加上一层地道的淡黄色拉毛水泥,完全相同的色调原本会单调,亏得那许多暖红色的西班牙式平屋顶。

马儿用力转身那瞬间,迪克一眼扫尽整座大宅,牵挂的目光越过两百英尺的大院,快快落在群塔之下的另一翼。晨光熹微中,罩着红网线的窗帘尚未拉起——他太太依然香梦沉酣。

极目望去,周围四分之三的世界里,小山绵延环绕,地势平缓,篱栅之内,生长着庄稼和牧草。这一切渐渐融入更高的群山、更陡的树林山坡,渐高,渐陡,汇入大山。余下的四分之一没有大小山岭或墙壁环绕,渐低,渐远,轻松汇入广阔的平原。那片平原,尽管空气清澈爽利,还是太广阔、太遥远,无法看个究竟。

胯下坐骑喷着鼻息,驭手夹紧双腿,让马儿上了大路,而且迫使它只走大路的一侧。碎石道上,嗒嗒嗒蹄声迎面而来,仿佛一条闪着丝光的小河正在流淌——他一眼便知,这是自家那群最棒的安哥拉山羊,只只血统纯正,家族历史悠长,约为两百只。他还知道,依据自己严格淘汰的命令,去年秋季不剪羊毛,最小羊只身上那些闪亮的马海毛——宛若新生婴儿汗毛般精细,甚或更细,如白化病人乱发般雪白,甚或更白,比十二英寸的纤维还要长。其中质量最好的能染上任何颜色,好给女人做二十英寸长的假发,卖上岂有此理的大价钱。

这道风景令他驻足。大路变成一条丝带滚滚的小河,而那些亚赛猫眼的黄宝石般的羊眼睛流过他身边时,对他和他紧张兮兮的坐骑充满警惕与好奇。两名巴斯克牧羊人在殿后——身短肩宽,皮肤黝黑,眼睛黑亮,表情生动,哲学家似的若有所思。遇到雇主,牧羊人脱帽低头致敬。福雷斯特抬起右手,手腕晃荡着短皮鞭,伸直食指碰碰贝登堡帽檐,回个准军礼。

母马再次腾跃转身,他轻勒缰绳,轻戳马刺,管住坐骑,回头凝望铺满大路的那一大片白光闪闪、生着四蹄的银丝。他知晓这群羊的到来有多要紧。育羔期快到啦,羊群被从林中草场赶下育种栏圈,整个繁殖期都要小心呵护,喂饱喂足。他一面打望,一面悄悄将自家羊毛与见过的最好的土耳其产、南非产羊毛做比较——自家的可以媲美,看来不错,很不错呀。

他策马前行。四下里,但闻撒肥机噼里啪啦的转动声。远处平缓的小山坡上,但见一组组马队,每组三匹马,并驾齐驱,他知道那是自家的重挽夏尔马,正来来回回拉犁,把坡地耕耘成梯田,把山坡绿色的草皮翻成富含腐殖质的黑褐色沃土。土块有机易碎,简直快被重力融化为细土苗床了,那是在为播种日后将填满自家筒仓的玉米和高粱做着准备。其他坡地,等轮作时间一到,有的会长满齐膝深的大麦;有的则会覆盖绿意荡漾的金花菜和加拿大豌豆。

他眺望四周,大小田块全都统筹兼顾,安排用心,方便出入与耕作,任何爱挑剔的效率专家看到也会心头一热。所有篱笆扎实牢固,防猪、防牛,篱笆内野草不生。平地上,或是大片紫花苜蓿,或是轮作头年秋播的庄稼,或在准备春播。挨近育种栏圈的地方,肥嘟嘟的什罗普母羊、法兰西—美利奴母羊要么在啃草,要么正遭受大块头白色种猪的横冲直撞,他骑马路过,东张西望,目睹这一切,喜上眉梢。

他穿过一处简直可称为村镇的地方,就缺商店和旅馆。建筑皆为平房,宽敞悦目,座座房屋四周花园环绕,茁壮些的鲜花,包括玫瑰,不惧暮春霜寒,已欣然绽放。娃娃们已起床,在花丛中嬉笑玩耍,母亲正召唤他们吃早饭。

远处,环绕大宅半英里之遥,他路过了一排店铺。在头一家门口停下,他朝里头张望。只见一名铁匠正在熔炉旁忙碌,另一名铁匠嘎吱嘎吱,正刺耳地打磨一匹大马前蹄上刚刚钉好的蹄铁,这匹重挽夏尔老马体重足有一千八百磅。福雷斯特与铁匠目光相接,打个招呼,继续前行。一百英尺后,他停下来,从后袋掏出记事本草草记下一笔。

他在好几家店铺前都停了停:油漆店、大车店、管道店、木匠店。到最后一家店时遇到一辆客货两用车,打他身边急速驶过,奔向通往八英里外的火车站的主路。他知道,这是奶场脱脂房运送黄油的早班车。

大宅是整个农场构建的核心,距大宅半英里以内还环绕着不同的分场中心。迪克·福雷斯特不断与手下人打着招呼,从奶场中心疾驰而过,这里房屋密集,筒仓林立,高架轨道上垃圾运输车在朝下面等候的施肥机上自动倾倒垃圾。一路上,满脸学问的实干家们,或骑马或赶车,拦住迪克商讨问题。这些人都是各部门的主管,和他一样说话简明扼要。最后那位骑着匹三岁帕洛米诺马,这马优雅又野性,好似半驯服的阿拉伯野马。骑手奔过来原打算只打个招呼,却被老板拦了下来。

"早上好,亨尼西先生!这匹马何时可以给福雷斯特太太使唤啊?"迪克·福雷斯特问。

"我看再过一礼拜吧。"亨尼西回答,"马倒挺乖的了,能合福雷斯特太太的要求。不过,好像还有点儿紧张敏感,我想再调教一礼拜,好让它更听太太的话。"

福雷斯特点头同意。亨尼西先生是牧场的兽医,他接着说:

"我想打发苜蓿地那帮人中的两个车夫下山。"

"他们怎么了?"

"有个新手叫霍普金斯,是退伍兵。军队的骡子没准儿他能使唤,咱们的夏尔马他可使不了。"

福雷斯特点点头。

"另一个已经给咱们干了两年,可如今灌起了黄汤,一醉酒头痛了,就打马撒气。"

"是那个胡子刮得挺干净、眼睛有点斜的老派人史密斯吗?"福雷斯特打断他。

兽医点点头。

"我注意他有日子了,"福雷斯特决定道,"原先人还不错,近来有些调皮捣蛋。行,打发他下山吧。还有那个霍普金斯,你说?一起打发了吧。对了,亨尼西先生,"福雷斯特边说,便掏出记事本,撕下最后那张记录纸在手心揉成团。"你铁匠铺新来了个蹄铁匠,人还好?"

"来的时间还不长,吃不准。"

"姆,那就打发他和那两个一起下山吧。他不听你的吩咐,刚才我看见他给老马'阿尔登·贝西'上蹄铁,把马蹄尖都锉掉半英寸。"

"这家伙不该那么糊涂呀。"

"打发他下山。"福雷斯特再吩咐一遍,一面朝大路前方轻点马刺。骏马一个侧身,昂头腾起前蹄,箭一般飞奔而去。

目睹的很多情景让迪克高兴,兴之所至,竟大声自语道:"好地!好地啊!"也有不少令他不快的事,便赶紧记在本子上。

他巡视大宅四周一圈,再跑出去半英里,便来到一组与世隔绝的畜棚、畜圈——此行的目的地兽医院。这里,他看到两头小母牛正被检查结核病,另一头杜洛克泽西公猪身躯庞大壮硕,体重整整六百磅,眼睛贼亮,动作利索,猪毛溜光,看不出任何毛病。然而,照牧场规矩,这头大猪新从爱荷华州运来,必须隔离检疫。协会的簿册上这头猪登记姓名是"肥老大",两岁,福雷斯特农场花了五百块才买到手。

顺一条以大宅为轴心辐射的道路,福雷斯特策马缓缓而行,路遇牧场的养猪经理克里林,交谈五分钟,安排了"肥老大"接下来几个月的命运,得知种母猪"艾斯雷顿太太"——O.I.C. 头牌种猪,从西雅图到圣迭戈一带所有种猪大赛的冠军,平安产下一窝十一只猪崽。克里林说自己守护母猪到半夜,此刻正要回家洗澡、吃早饭呢。

"听说你大女儿中学毕业想进斯坦福大学。"福雷斯特已策马要走,又勒住马道。

克里林这人既拥有三十五岁的年轻,又具有久为人父的成熟。大学教育背景、习惯户外活动、良好的生活方式,都给他留下印记,使他英气逼人。听到老板关心的话,他晒黑的脸顿时发红,点头表示谢意。

"好好想想。"福雷斯特建议,"搜集一下所有大学毕业女生的数据,对,还有你认识的那些州立师范大学的女生。她们中间多少人工作,多少人拿到学位两年内就嫁人,生儿育女。"

"海伦决心可大着呢。"克里林强调。

"还记不记得我割阑尾那次?"福雷斯特问,"我碰上个最称职的护士,最和善的女孩儿,当时刚做全职护士六个月。之后才四个月,我就得送她结婚礼物啦。嫁了个推销汽车的,从此就住汽车旅馆,再也没机会照顾病人,顾不上自家孩子闹肚子痛了。不过……她还有些盼头……而且,不管那些盼头能不能实现,她还是很开心。可是……她学的那护士有啥用场?"

这时,一辆空撒肥车路过,把克里林挤下马,把福雷斯特挤到路边。福雷斯特看到撒肥车右边的那匹母马,眼睛一亮,这是匹高大匀称的重挽马,这马及其后代赢得的荣誉得要一名会计专家才数得清楚。

"瞧瞧'福瑟琳顿公主',"福雷斯特朝令他眼热的母马点点头,"不过一匹普通母马,碰巧经过几千年的驯养淘汰,人类就把它养育成了地道的重挽马。但重挽马还不要紧,要紧的是它是匹母马。人类的女性,笼统来看,最要紧的是她们爱咱们男人,具有本能的母性。如今女人们那些个争要选举权、就业权的吵闹可还没得到生物学的支持。"

"可得到经济学的支持了。"克里林反对。

"没错儿,"老板认同,接着就反驳,"咱们眼下的工业体制阻碍婚姻,迫使女人就业。可你得记住,工业体制来了又去,可生物学永远延续。"

"这年头,婚姻很难满足年轻姑娘。"养猪经理争辩。

迪克·福雷斯特怀疑地大笑。

"那我可不清楚,"他说,"你太太就是一例。她也有羊皮学位证不是?她成就什么大事啦?……养了俩儿子,仨闺女,没记错吧?记得你告诉过我,大四最后那学期她就跟你订婚了。"

"没错儿,不过——"克里林坚持着。他欣赏老板的观点,眼睛一亮,"那是十五年前的事儿啦,而且两情相悦,身不由己。那一点我同意。她也有过闻所未闻的勃勃野心,在我看来不过是想当农学院院长而已。我们身不由己。可那是十五年前的事

15

了,十五年间,世界变化翻天覆地,足够影响姑娘们的理想和抱负啦。"

"克里林先生,一刻也甭信那个,告诉你,就是个统计数据问题。一切矛盾的东西总是转瞬即逝。可女人就是女人,从古至今不会变。除非小丫头们不再玩布娃娃,不再对镜装模作样,女人才有可能改变从来如此的那个身份——首先是母亲,其次是男人的配偶。这是个统计数据问题,我一直在查阅师范大学女毕业生的统计数据。顺便说一句,你会注意到,那些还没毕业就结婚的还不算在内。尽管如此,女生毕业后真正从教的平均时间只有两年多一点。再考虑其中不少姑娘要么长得丑,要么运气坏,命中注定一辈子不嫁人,一辈子教书,你就会明白,那些适于婚嫁的女生执教时间可就更短啦。"

"女人,即使小丫头,凡事只要与男人沾边儿,总有法子达到目的。"克里林嘟囔道,无法与老板争论数据,但决心自己查看查看。

"所以,你家千金想进斯坦福大学,"福雷斯特大笑,一面准备策马奔驰,"你和我,和所有男人,到死都得负责让她们达到目的。"

老板的身影顺路渐远,克里林暗自好笑。他读过吉卜林,心想"福雷斯特先生,可您自己的孩子在哪儿啊?"他决定早餐喝咖啡时得跟太太说说这件事。

回到大宅前,迪克·福雷斯特再次耽搁。他拦住了门德霍尔先生,他的养马经理与牧草专家。据说,这人不仅认识牧场上每一片草叶,还对每片草叶的长度、从种子发芽到生长的时间,了如指掌。

福雷斯特打个手势,门德霍尔就勒住两匹小马,让那辆双马训练车停下。福雷斯特打手势,是因为越过山谷北面,看到了远处无边无际、地势平缓的连绵小山,朝阳下一派郁郁葱葱,而那马车正要奔向萨克拉门托山谷的广阔平原。

接下来的交谈简洁明快,两个行家在交换术语,话题是草。提到冬季的降水量、晚春雨水的机会等等。地名成串,比如小狼溪、洛斯科约特斯溪、洛斯库托斯溪、约洛山、米拉马山、大盆地、圆谷、圣安塞尔默山脉、洛斯巴诺斯山脉。他俩讨论了畜群过去、现在、将来的迁徙,高地牧场种植牧草的前景,以及处于屏障遮挡的山谷远处的牧群过冬之后,库房中还有多少可供它们食用的这种草料。

橡树下那排拴马桩旁,福雷斯特省掉了拴"雌老虎"的麻烦。一名马夫跑来接过缰绳,福雷斯特几乎足不停步,跟他打听了一声那匹叫"达迪"的马,旋即马刺铿锵,进了大宅。

第 三 章

福雷斯特穿过一道带铁质大头钉的粗木门,进入大宅,这道门通向状若一座中世纪城堡主楼的底层,这里水泥地面,道道门四通八达。其中一道门内有位系条白围裙、戴顶浆白厨师帽的华人,同时传出直流发电机低沉的蜂鸣。正是这道门让福雷斯特偏离直路。他停下,把门推开条缝,朝里头张望。电灯照亮一间凉快的水泥屋子,里头矗立一台长长的冰箱,有着玻璃门、玻璃架,两侧是制冰机和发电机。地上蹲着个浑身上下油渍斑斑的小个子,迪克向他点头致意。

"汤普森,出问题啦?"

"解决了。"回答笃定、简洁。

福雷斯特关上门,沿着隧道似的通道继续向前。一个个狭窄的铁栅栏口犹如一条条中世纪城堡的狭缝,透入暗淡的光线,照亮了通道。又一道门通往一间长而低矮的房间,有着桁梁天花板和一座巨大的壁炉,那壁炉简直可以烤一整头公牛。炉中煤块垫底,一截硕大的树桩正熊熊燃烧。两张台球桌、几张牌桌、摆有长沙发的角落、一座小小吧台是主要陈设。两个年轻人正往球杆顶端涂壳粉,应声回答福雷斯特的招呼。

"早上好,奈史密斯先生。"他打趣道,"《饲养家公报》又多了些材料?"

奈史密斯三十岁却显年轻,戴副眼镜,温顺地一笑,脑袋朝伙伴歪一歪:"温赖特挑战我呢。"他解释道。

"那就是说鲁特和欧内斯廷还在睡美容觉。"福雷斯特哈哈大笑。

年轻的温赖特气哼哼地接受挑战,但还未及反驳,主人已经走过,回头对奈史密斯说:

"十一点半想不想一起去啊?塞耶尔和我开车去检验什罗普羊,他要买十车皮左右的公羊,从运往爱达荷州的这一批你应该能发现好材料。带上相机——今早见到塞耶尔了吗?"

"我俩动身时他刚进来。"伯特·温赖特抢过话头。

"见到他的话,告诉他十一点半做好准备。就不邀请你啦,伯特……纯属好意,姑娘们那时候肯定起床了。"

"无论如何带走丽塔吧。"伯特恳求。

"当然不行。"福雷斯特在门口答道,"我们办正事。再说了,总不能用滑车生把丽塔从欧内斯廷身边拽开吧。"

"所以才想没准儿你行呢。"伯特咧嘴笑了。

"奇怪,男人为何总不欣赏自家的姊妹。"福雷斯特停住脚步,"我向来认为丽塔是个好妹妹。她怎么了?"

还没听到回答,他已随手关上门,马刺叮当,沿着通道,向一座有宽大水泥台阶的螺旋楼梯走了。离开螺旋梯顶时,一阵钢琴弹奏的舞蹈韵律伴随一阵大笑声阻挡了他的脚步,他朝一间洒满阳光的白色起居室窥探。只见一个身穿玫瑰色晨服、头戴睡帽的姑娘坐在钢琴旁,另外两个穿着相似,手挽着手,正模仿一种学校从没教过也显然不想让男人看到的舞蹈。

弹钢琴的姑娘发现了他,眨眨眼,接着弹。过了一分钟,跳舞的才发现,惊得大叫,手挽手一起笑倒在地,音乐停下。三位姑娘都年轻貌美,身体健康,福雷斯特看到她们就眼睛一亮,正像他看到母马"福瑟琳顿公主"一样。

姑娘们立刻和他相互逗乐,开玩笑。

"我来了足有五分钟。"迪克硬说。

两个跳舞的呢,想掩饰方才的失态,立刻质疑他的话,还历数他众所周知的许多大谎话。钢琴旁的姨妹欧内斯廷则坚持说他字字是真,说他刚一探头她就发现了,还说照她估计,他看了远不止五分钟呢。

"得啦,得啦,"福雷斯特打断女孩们的吵闹,"伯特那可爱的傻瓜以为你们还没起床呢。"

"对他来说,我们就是还没起呢……"跳舞的一个反驳,这是位年轻活泼的维纳斯,"对你来说也是。所以赶紧走吧,老家伙,走吧!"

"听好了,鲁特,"福雷斯特故作严厉,"甭看我年迈体弱,甭看你才十八岁,刚十八,还是我老婆的妹妹,你就敢跟我没大没小!别忘了过去十年,我教训过你多少回,只怕你嫌丢人,都不敢让我数啦!

"没错儿,我是没以前年轻啦,可是——"他摸摸右臂的二头肌,作势要卷袖子,"可是,还没累垮呢!看我收拾你……"

"来呀!"姑娘好斗地挑战。

"看我收拾你,"他低声恐吓,"看我收拾你……还有,我痛心地告诉你,你帽子都戴歪啦!而且帽子缝得丑死啦。我用脚指头缝的帽子都要好看得多,而且还边缝边打瞌睡……对,还边晕船。"

鲁特藐视地一甩满头金发,扫一眼同伴,寻求支持,还说:

"哎呀,我可吃不准。我们三个女的,对付你这么个粗鲁的胖老头儿好像还没问题。姑娘们,干不干?跟他比试比试。他都四十岁了,还长了个动脉瘤。对了,虽说家丑不可外扬——这老家伙还有美尼尔氏症呢!"

欧内斯廷年方十八,是个娇小结实的金发女郎,她从钢琴旁一跃而起,加入两个伙伴在大飘窗宽敞座席前的砸靠垫大战。她们狡猾地一字排开,每人双手各抓一只靠垫,彼此保持适当距离,准备好砸出靠垫,朝敌人逼近。

福雷斯特准备好开战,却又举手谈判。

"胆小鬼!"姑娘们奚落他,起先你一言我一语,随即齐声大喊。

他断然地摇头。

"就为这个,为你们所有的其他侮辱,非和你们仨算账不可!这辈子遭受的所有冤屈,此刻正在我脑海里翻滚,发出耀眼的光芒,我马上就要雷霆大作。不过,鲁特,我以农学家的身份,先得谦卑地请教一句,看在上帝的分上,告诉我美尼尔氏症是什么?绵羊会传染吗?"

"美尼尔氏症就是,"鲁特信口开河,"就是……就是你得的那种病!绵羊是唯一可知的会传染的动物。"

话音刚落,天翻地覆,混战开始。福雷斯特一个美式足球猛扑,这姿势在橄榄球尚未传入加州之前他就会了。姑娘们先散开防线,让他扑个空,然后从两翼用垫子朝他猛打。

他转过身,大张两条胳膊,伸出手指,钩子般抓住三个姑娘。混战变成一场旋风,斗志昂扬的男人处在正中,身边横飞轻盈的丝裙、掉落的拖鞋、睡帽和发夹。不绝于耳的笑声与不经撕扯的衣裳撕裂声中,垫子砰然落地,男人气得直哼哼,女人尖叫呐喊、咯咯大笑。

迪克·福雷斯特发现自己趴在地上、被精准飞来的垫子打得气都快喘不上来,脑袋被打得嗡嗡直响,手心里是撕下来的一截腰带,淡蓝色丝绸上绣着粉色的玫瑰花。

一侧门口站着丽塔,混战之后两颊绯红,小鹿般警惕,时刻准备逃跑。另一侧门口是欧内斯廷,同样两颊绯红,摆出格拉古兄弟的母亲①那副指挥者的派头,双手紧紧抱在腰间,好裹紧凌乱撕破的睡袍。鲁特困在钢琴后面,想逃跑,却被福雷斯特吓了回去——他跪着,巴掌在硬木地板上啪啪拍得山响,凶猛地转动脑袋,发出公牛般的怒吼。

"有人居然还相信那个古老的史前神话,"欧内斯廷自以为安全又开始挑战,"说这个趴在地上,人模人样的可怜虫,还当过伯克利校队队长,打败过斯坦福队呢。"

方才混战一场,她胸膛呼哧起伏。迪克盯住樱桃色的衣裙闪亮的脉动,乐不可支,再扫一眼另外两个女孩子,同样娇喘吁吁。

钢琴是架精致的小型三角钢琴,华丽的白金色与早晨的房间色调相配。钢琴并非傍墙而立,鲁特就有了从两头逃跑的可能。福雷斯特站起来,越过宽大平坦的琴盖面对鲁特,威胁要撑跳过去,鲁特吓得大叫:

"哎呀!你的马刺!迪克!马刺!"

"给我点时间摘下来。"他提出。

---

① 格拉古兄弟:指提比略·格拉古和盖约·格拉古兄弟,公元前二世纪罗马共和国著名政治家,平民派领袖。各自在任保民官期内领导了一场改革,触犯了保守势力,被杀。格拉古兄弟之父老提比略·格拉古曾出任罗马执政官。他们的母亲科涅莉亚·阿菲莉加娜曾拒绝埃及法老托勒密的求婚,悉心教子,使兄弟二人受到良好的教育。

他弯腰解马刺时,鲁特想冲出去逃走,可是被他逼回了钢琴后头。

"够啦,"他吼道,"账要算在你头上。要是刮坏了钢琴,我来和波拉说。"

"我有证人。"鲁特喘着气,快乐的蓝眼睛看看门口两位伙伴。

"那好,亲爱的,"福雷斯特收回身体,展开手掌,"看我逮住你。"

说时迟那时快,他双手将身体往后一撑,一跃而过,闯祸的马刺高出白光闪亮的钢琴表面足有一英尺。同时,鲁特弯腰躲到钢琴下面,手脚着地。倒霉就在撞了脑袋,没来得及逃走,被福雷斯特堵在了琴下头。

"出来!"他下令,"出来挨罚!"

"停战吧,"她哀求道,"停战吧,骑士先生,看在爱情和天下受难少女的分上。"

"我可不是什么骑士,"福雷斯特用最深沉的低音宣布,"我是吃人的魔鬼,肮脏下贱、灵魂不得再生的吃人魔鬼。我出生在锐藨草湿地。我爹是魔鬼,我娘更是魔鬼。我靠注定夭折的死婴的哭号催眠,靠吸米尔斯女校女生的鲜血长大。我最喜欢去那家有硬木地板的烤肉店,在卧式钢琴下面啃米尔斯女校的女生的肉。我爹是吃人的魔鬼,加利福尼亚的盗马贼。我比他更该挨天罚,因为我牙更多。我娘是吃人的魔鬼,内华达挨门串户的书贩子。把她的丑事都说了吧,她还甜言蜜语征订妇女杂志。我比我娘更丢人,还叫卖过安全剃须刀!"

"恶人就不能施展施展魔法,抚慰抚慰你残忍的胸膛吗?"鲁特一面伺机脱身,一面深情恳求。

"就一个条件,可怜的姑娘。就一个条件,在地上、空中以及毁灭一切的水下……"

发现他剽窃他人的话,欧内斯廷发出尖叫,打断了他。

"参见厄内斯特·道森①作品的第七十九页,米尔斯女校给你们课后罚留校的女生连同麦片粥一起发的那本小诗集。"福雷斯特接着说,"在我被粗暴打断之前就宣布过,抚慰我残忍胸膛的只有一个条件——《少女的祈祷》②!趁我还没咬下你两只耳朵,嚼得稀烂,吞掉之前,你给我好好听着!钢琴下头那个又傻又丑的短腿小矮子,你给我听着!能为我弹一遍《少女的祈祷》吗?"

门口两边姑娘们高兴的大叫堵住了本该由鲁特来做的回答。鲁特从钢琴底下对出现在门口的年轻的温赖特先生大叫:

"救命啊,骑士先生!救命啊!"

"放开小美女!"伯特喝道。

"来者何人?"

"乔治王,老兄!——我是说,呃,圣乔治。"

"那么,我就是阁下的恶龙啦,"福雷斯特故作谦卑,"饶了我这古老尊贵且仅有一条的脖子吧。"

"砍他脑袋!"姑娘们煽动。

"求你们原地不动,姑娘们。"伯特恳求,"本人虽微不足道,但无所畏惧。我要揪下这条恶龙的胡子,掐它的喉咙,让它透不过气,在我的仇恨与恶毒中慢慢憋死。美人儿们,请赶紧逃往高山上去吧,免得被大山压顶。约洛、帕塔卢马、西萨克拉门托马

---

① 厄内斯特·道森(1867—1900):英国诗人、小说家。
② 《少女的祈祷》:波兰女钢琴家、作曲家苔克拉·芭达捷芙丝卡的钢琴小品,风格清丽。

上就要被大潮和大鱼淹没啦!"

"砍它的脑袋!"姑娘们齐声喊,"在它自己的血泊里杀死它,烤它的肉!"

"不同意!"福雷斯特呻吟道,"我完啦!就指望年轻的女基督徒们1914年大发慈悲啦,要是她们能长大成人又不嫁外国佬的话,早晚能有投票权。圣乔治,就算我脑袋砍掉啦。我断气啦。宣誓证人不再陈述。"

福雷斯特呜呜咽咽,装模作样,抖抖身子,踢踢腿,马刺弄得铿锵响,做倒地咽气状。

鲁特从钢琴下爬出来,丽塔和欧内斯廷也走过去,开始跳一段鸟身女怪庆祝杀死恶龙的即兴舞蹈。正跳着,福雷斯特坐了起来,而且明摆着对鲁特使了个眼色。

"英雄呢?"他大叫,"不能忘了他,给他戴上鲜花啊。"

于是,伯特被撒上了花瓶中还没换掉的头一天的花。鲁特朝他头上使劲撒下一把早开水仙的水淋淋的茎秆,水顺着他脖子直流到耳朵下面,伯特拔腿逃了。喧嚣的追逃在过道里回响,往男士屋楼梯方向消失。福雷斯特整理好自己,满脸坏笑,马刺铿锵,接着穿行大宅。

他穿过两处砖头铺路、西班牙瓷砖盖顶、早春花草簇拥的天井,回到大宅自己居住的那头,还在开心地喘息,发现秘书正在办公室等候。

"早上好,布雷克先生,"迪克打招呼,"抱歉我被耽搁了。"他看一眼手表。"不过只迟到四分钟,实在没法子脱身啊。"

第 四 章

九到十点钟的时间,福雷斯特都给了秘书,完成了大堆往来信函,包括与各种协会和农业、畜牧业组织的。这么多工作,没有助手的话,普通小生意人准得忙到深更半夜。

迪克是自己亲手缔造并暗自得意的那套制度的中流砥柱。重要书信文件都由他粗糙的手亲自签署,其他所有信函都由布雷克先生盖上橡皮图章。这一小时之内,布雷克先生在许多来信上记下老板的答复,另有许多信件则得到如何回复的指示。他私下夸自己比老板活儿干得更多,还说老板真是个给下属找活干的天才。

钟敲十点,福雷斯特的展销经理皮特曼进了办公室。布雷克捧着他的信函铁丝篮、文件束、留声机筒退回自己的办公室。

十点到十一点,经理们、工头们进进出出,络绎不绝。他们全都训练有素,说话简单明了,节约时间,因为迪克早教会他们,和他一起工作的每分钟都不是用来认知问题的,做报告、提建议之前必须做好充分准备。秘书助理邦布莱特总是准十点来替换布雷克。邦布莱特与老板肩膀挨近,用铅笔飞快记下连珠炮般的问题与答复、叙述、建议与计划。这些速记笔记转写后打出副本,就成为经理、工头们的噩梦,甚至报应——因为首先,福雷斯特记忆力超群;其次,他爱引用邦布莱特的笔记内容来检查工作。

经理们、工头们个个如此经历五到十分钟后,走出办公室时,通常浑身冒汗,疲劳委顿。然而,快快的一小时之内,福雷斯特高度紧张,会见所有来人,娴熟掌控着不同部门与不同细节。闪电般的四分钟内,他指点机械师汤姆森大宅冰箱发电机的毛病所在,让他明白原因所在,口授邦布莱特做笔记,命汤普森去图书室查看某书的某章某页,交代汤普森奶场经理帕克曼对新装的挤奶机不满意,还有,屠宰场的制冷机负荷正常却停止运转。

经理们、工头们个个是专家,但事实证明,福雷斯特令他们全体臣服。耕田工头保尔森悄悄跟作物经理道森抱怨,"我在这儿干了十二年,从没见他掌过一次犁。可该死的,他就是在行。这家伙是天才,就是天才。可不是么!我亲眼见他双手抓紧那匹'雌老虎'的缰绳,从一块犁过的田旁边飞奔而过,随时都可能被颠下马来,一命归西。可第二天早上,他随便就戳穿我说,那块地才犁了半英寸深,用的是几号犁!再说洛斯库托斯小草场上头那块'罂粟地'吧,我就是不知道该咋办,只好省掉翻耕底层土,以为能瞒过他的眼。谁知活儿全部干完后,他碰巧打那儿过,我盯着他,觉得他好像没注意。可第二天早上到他办公室就挨了一顿好剋。不,我可不敢跟他耍心眼儿。打从那次我再没偷过懒。"

十一点整,迪克的牧羊经理沃德曼,带着计划在十一点办的事走了——一小时后要与爱达荷州来的买家塞耶尔,一起开车去检验什罗普公羊。十一点,邦布莱特与沃德曼离开去整理笔记,办公室只剩下福雷斯特一个人。他从待处理公事的铁丝篮里——五只一摞的许多铁丝篮中的一只——抽出一份由爱荷华州印发的关于猪瘟的小册子读起来。

年届四十的迪克·福雷斯特身高五英尺十英寸,体重一百八十磅,不容小觑。眉骨下是双大眼睛,灰眼珠,黑睫毛、黑眉毛。普普通通的前额上方,是淡褐色到深栗色的头发。前额下方,脸颊上颧骨高高,颧骨下自然稍稍凹陷。下颚有力并不显宽,鼻孔大,鼻梁笔直凸出,却不刻板。方下颔,中有凹痕。嘴唇女孩般温情,但透着股坚毅,若逢挑战,便露峥嵘。皮肤光滑,晒得黢黑,额头上晒黑的皮肤在眉毛与发际之间渐渐变白,贝登堡帽子到底帮他挡了些阳光。

他嘴角、眼角藏着笑意,唇旁的法令纹也似大笑留痕。不过,混合种种特质的面部线条都透着自信。迪克·福雷斯特自信。他自信,伸手去够书桌上任何东西,都是直取目标,绝不会失手一分;他自信,从处理公事到改看猪瘟手册的脑筋急转弯,断不会漏掉一条要点;他自信,从转椅里平衡的身体到平衡的后脑勺;他自信,从内心到头脑,从生活到工作,从全部财产到全部自己。

他有理由自信,身体、头脑与职业早被证明尽握手心。出身富家,他没把父亲的财产打水漂儿。城里出生长大,他却回到田头,事业兴旺发达,令饲养家们见面就谈他,个个都眼红。他无儿无女,却坐拥二十五万英亩土地。这片土地价值不一,从每英亩一百美元到一千美元的,从每英亩一百美元到十美分的,还有大片大片每英亩不值一便士。那二十五万英亩的土地,从草场的石板渠排水到锐薰草沼泽的疏浚排水,从修筑道路到水权管理,从农舍建造到大宅本身,在当地乡下人看来,可得花掉一把无法抓挠、令人倒抽凉气的大钱。

一切一切,规模宏大,但又现代化到时钟的最后一响。他手下经理们住在价值五千到一万的房子里,无须缴纳房租,薪水与能力相配,但他们是从大西洋到太平洋各大洲搜罗来的专家中的精华。他平地耕耘,订购汽油拖拉机,一订就整整二十台。山间筑坝蓄水,一座坝就蓄水上亿加仑。他给湿地开沟排水,不签合同雇人,干脆买下好几条挖泥船。自家湿地上施工,他嫌进度慢,就签下合同,把萨克拉门托河上下百英里的邻家农庄、地产公司、大农场的湿地一股脑儿全排干。

他足够精明,明白需要他人的智慧,就花比市场价高得多的金钱收买最智慧的头脑。而他又足够精明,指挥这些收买的智慧头脑为自己想出种种赚钱妙招。

而且他方年届四十,眸子明亮,心态淡定,脉搏跳荡,满当当的男子汉气概。而且他的历史,到三十岁为止,轻率鲁莽,反复无常到极致。十三岁时弃百万家财,逃之夭夭;二十一岁前赢得令人赞叹的大学荣誉;之后足迹遍布各大洋、各港口;以冷静的头脑、火热的心,他哈哈大笑,玩遍疯狂世界提供的一切冒险,从冒险中逃生,还发现自己并未违背庄严的法律。

在旧金山的往昔岁月,福雷斯特这个姓如雷贯耳。福雷斯特府是诺布山最早的豪宅之一。山上还住着弗勒德家、凯家、克罗克家和奥布里恩家。幸运儿理查德·福雷斯特,迪克的父亲,越过苏伊士地峡,直接从古老的英格兰而来,一心从商,乘帆船出发前对帆船与造帆船深感兴趣;抵达后又立刻对临水房产、内河汽轮,当然还有矿山,兴致大发;再后来就打主意参与康斯塔克银矿排水与南太平洋公司的建设。

他玩得大,赢得大,输得也大,但总归赢得多输得少。诸多冒险中左手输,右手赢。从康斯塔克银矿赚的银子又哗哗漏进埃尔多拉多县水仙房地产公司的各种无底洞。伯尼夏铁路剩点儿余钱再转投纳帕实业,这可是变幻莫测的大风险,结果赚了五十倍。"斯托克顿市繁荣"大崩溃的损失,他从自己主要控股的萨克拉门托与奥克兰房地产股票大涨中又夺了回来。

最出彩的是,幸运儿理查德·福雷斯特遭受一连串投资惨败后,旧金山人正盘算他家诺布山的豪宅能拍卖多少钱时,他抓住了一位德尔·纳尔森,以在墨西哥探矿的利益为交换,获得人家投资。据历史清楚记载,这位德尔·纳尔森寻找石英矿的结果造就了哈韦斯特集团,旗下包括神话般采不尽的座座矿山的采矿权——那些矿山叫什么响尾蛇、大嗓门、市镇、美人儿、牛蛙、黄小子。德尔·纳尔森为自己的成就喜出望外,狂喝滥饮,不出一年就被廉价威士忌给淹死了。而由于无亲无故,遗嘱无可争议,属于德尔·纳尔森的一半股权就统统归到了幸运儿理查德·福雷斯特名下。

迪克·福雷斯特是他爹的心头肉。他爹幸运儿理查德精力无限,野心无限,虽两度婚娶,却两度丧偶,无子无女。1872年,五十八岁上,他三度娶亲。1874年,虽再次丧偶,但留下贵子——一个体重十二磅、圆滚滚、沙哑嗓门的小家伙,由诺布山豪宅内一大群保姆养大成人。

小迪克早慧。而幸运儿理查德非常民主,好处就是小迪克一年内就跟家庭教师学会了文法学校得花上三年的东西,省下的时光就统统在户外玩耍。还由于儿子早慧,爸爸民主,小迪克最后一年被送进了文法学校,好与工匠、生意人、酒吧老板、政客的孩子们打成一片,长进民主意识。

课堂上比背诵、比拼写,他爹的百万身家可没法儿帮他打败帕齐·哈洛伦——数学神童,他爸搬运灰泥砖瓦;也没法打败莫纳·桑吉奈蒂——拼写神童,他妈守寡开菜店。迪克他爹的百万身家和诺布山豪宅半点儿也帮不上他,一旦他脱下外衣,赤手空拳上阵跟杰米·博茨、杰恩·乔因斯基及其他同学比拳击,不出几回合,就把别人打趴下或自己被打趴下。这些孩子不出数年,将闯荡世界,争名夺利,是唯有旧金山这个生猛刚劲、蠢蠢欲动的年轻城市才生得出来的一代职业拳击手。

幸运儿理查德培养儿子的智慧正在于灌输这种民主意识。小迪克内心深处从未忘记自己身居豪宅,奴仆成群,父亲体面有钱。另一方面,小迪克又懂得靠自己的两条腿、两只拳头的民主。莫纳·桑吉奈蒂在班上拼写胜过他时,他明白了这个。伯尔尼·米勒在布莱克曼越野赛中比他跑得快时,他明白了这个。

蒂姆·哈根的上百记左直拳打得他嘴唇破裂、鼻子淌血,一连串直击腹部的右勾拳再打得他头晕眼花,破裂的唇间呼哧抽噎——这关头,豪宅与银行户头可救不了他,就得靠自己的两条腿、两只拳头,他与蒂姆你死我活。正是在拳击场上,血汗横流,意志如钢,年轻的迪克学会了如何不输掉眼看要输的战斗。第一拳开始就难分难解,但他拼命坚持,直到双方一致承认无法击败对手为止。尽管双方都被打趴下一次,都恶心呕吐,筋疲力尽,泪水滚滚,流淌着对对手的狂怒与蔑视,但到底达成一致。这以后,二人结为死党,一起称霸校园。

小迪克文法学校毕业那个月,幸运儿理查德去世。迪克十三岁,坐拥两千万美金,而且世上没一个亲戚来烦他。他奴仆成群,是座大豪宅的主人,拥有一条游艇、几座马厩,在佛罗里达州门洛富豪区还有座夏宅。就剩一件事烦心——他有几个监护人。

一个夏日午后,在大藏书室里,他首次出席自己监护人的董事会。监护人共三位,个个上了年纪,事业成功,身份合法,都是父亲生前的生意伙伴。他们给他解释着种种事务,可他觉得这些人尽管一番好意,却与他毫无关系。在他看来,他们的童年时代早就过去了。再说了,明摆着,他们如此关心的这个男孩子,他们压根儿就不了解嘛。他敢肯定,天底下最明白什么东西最适合他的人就是他自己。

克罗克特先生长长说教一通,迪克听得机灵,态度得体,每次被指名道姓就乖乖点下头。戴维森与斯洛克姆先生也各自讲一通,他报以同样的周到礼数。从几番说教中,迪克得知父亲生前正派优秀,得知三位绅士已出谋划策,要把他培养成为正派优秀的好人。

等他们大致说够了,迪克毅然道出心机。

"我仔细想过了,"他通报说,"我首先应当出门旅行。"

"孩子,这个以后再说吧,"斯洛克姆先生口气抚慰,"等你上大学再去怎么样?那时候到国外待一年会对你有好处……很有好处。"

"当然,"戴维森先生抢过话头,他已发现孩子眼露不悦,嘴唇不自觉地闭紧,"当然,上学同时也可以旅行,放假的时候,有限地跑一跑。相信我的监护人同伴也会同意——在恰当的管理与保护之下,当然——夹在学期之间的这种旅行应当可取而且有益。"

"你们说我有多少钱?"迪克忽然话锋一转,发问。

"两千万,按最保守的估计,大概这个数。"克罗克特先生立刻回答。

"假如现在我说我想要一百块怎么样?"迪克接着说。

"为什么要——呃——嗯哼?"斯洛克姆先生瞧瞧同伴,求助。

"我们就不得不问,你要钱做什么用。"克罗克特先生道。

"而且假如,"迪克一字一顿,直盯克罗克特的眼睛道,"假如我说非常抱歉,我不想说自己要钱干什么,又怎么样?"

"那你就甭想得到钱!"克罗克特先生立刻回答,有点怒斥的意思。

迪克慢慢点头,仿佛渐渐会意。

"不过,当然啦,我的孩子,"斯洛克姆先生连忙打圆场,"你明白自己年纪还太小,管不好钱的。我们必须替你做决定。"

"您的意思是没有诸位的许可,我一分钱也不能碰?"

"一分钱也不行!"克罗克特声音刺耳。

迪克点点头,若有所思地咕哝,"哦,明白了。"

"当然咯,天经地义的,会给你一点零花钱的——这么办才公道。"戴维森先生说,"比方,一星期给你一两块钱。随着你慢慢长大,零花钱也会增加。等你满二十一周岁,毫无疑问,就完全有资格管理自己的财产,在我们指点下,当然。"

"在我二十一岁前,那两千万都不能让我花一百块做一件喜欢的事么?"迪克委屈地问。

戴维森先生试图解释宽慰,可迪克挥手不让他说,自己接下去:"照我的理解,不论我花什么钱,都得经过咱们四个人同意?"

所有监护人都点头。

"就是说,只要我们都同意,就行得通?"

所有监护人再次点头。

"那好,我现在就要一百块。"迪克宣布。

"做什么用?"克罗克特先生发问。

"不介意告诉你,"小伙子不动声色,"我要出门旅行。"

"今晚你必须八点半上床睡觉,"克罗克特先生报复他,"而且甭想得到什么一百块。我们提到的那位夫人六点之前会到达。她会照我们说的那样,照料你的日常起居。和平时一样,你得在六点半吃晚饭。她会和你一起吃,并且送你上床睡觉。照我们说过的,她在这个家的责任就像你母亲一样——负责查看你耳朵是否清洁,脖子是否干净——"

"还有星期六晚上必须洗澡。"迪克故作温顺地代他说。

"正是。"

"你们得付——我得付——那女管家多少工钱?"迪克令人猝不及防,突然转换话题。这鬼花招他常耍,学校的同伴和老师上过当才明白。

克罗克特先生头一次清清嗓子,停顿了一下。

"是我付给她工钱,对不对?"迪克接着挑战,"从我那两千万里出,是不是?"

"活像他爸。"斯洛克姆一旁咕哝。

"萨默尔斯通太太,就照你乐意的来称呼她,每月得到一百五十块钱报酬,一年一千八百块整。"克罗克特先生道。

"真是白丢响当当的银子啊,"迪克叹口气,"我还得管吃管住!"

他站起身来——那派头不是世世代代天生的贵族后代,而是诺布山豪宅养育十三年的富家子。他起立的架势令几位监护人也离开皮座椅,和他一道起身。但他并不像方特勒罗伊小爵爷①起身的派头,因为身上混合着不同素养。他懂得,人生场合不同,面孔就不同。拼写比赛输给莫纳·桑吉奈蒂,教会了他许多;拳击比赛与蒂姆·哈根打成平局,平等联手,称霸校园,教会了他许多。

迪克出生于疯狂淘金冒险的四十年代,具有贵族教养和文

---

① 方特勒罗伊小爵爷:美国作家弗·伊·伯内特笔下人物,身穿皱边领黑天鹅绒服装,一头金黄色长鬈发。

法学校训练出来的民主思想。他以自己早慧却欠成熟的方式,懂得阶级和大众的种种差别。而且,他知道,这一切的后面,是他拥有的遗嘱,是他不露声色的自信——这种自信,三位老绅士可搞不懂。他们曾受托负责这孩子和他的命运。他们曾发誓,要使他两千万的财富升值,以他们自己合成的形象,把孩子培养成一个男子汉。

"谢谢各位的好意,"小迪克同时对三位绅士说,"我想咱们会相处愉快。当然啰,那两千万是我的,你们当然得替我好好照管,知道我对生意一窍不通。"

"我们会为你添财的,孩子,会以安全谨慎的方式让你的钱生钱。"斯洛克姆先生向他肯定。

"不要投机取巧,"小迪克发出警告,"爸爸只是运气好。我听他说过,时代变了,不能再像大家以前那样子去冒险。"

从他这番话,从许多过去往事,也许人们会错误地推论,小迪克是个卑鄙贪婪的东西。恰恰相反,此时此刻,他正玩味着自己的想法和计划,根本无视甚至藐视自己的那两千万财富,把自己等同于在海滩上撒尿,把天天都当发薪日,滥花三年辛苦钱的醉鬼水手。

"我还是个孩子,"小迪克接着说,"你们还不大了解我。但以后会慢慢熟悉的。再次谢谢各位……"

他顿住话头,派头十足地快快鞠上一躬——诺布山上豪宅里那些富家子弟从小就学会这样子鞠躬。他这一顿意味着谈话结束。几位监护人自然明白该走了。他们都是曾与孩子父亲合作过的权贵,离开时困惑不已。戴维森与斯洛克姆先生一面顺着巨大的石头阶梯往下,走向等候的马车,一面快要雷霆大作。但暴躁性急的克罗克特先生,却欣喜地嘟囔:"这小东西!够厉害！"

马车把他们载到古老的太平洋联盟俱乐部。在这里，关于小迪克·福雷斯特的前程，三人又严肃地讨论了一小时，再次发誓绝不辜负幸运儿理查德·福雷斯特的重托。下山路上，铺道太过陡峭的地方，马车无法行走，青草疯长，小迪克急急赶路。随着高地被抛在身后，富豪们的豪宅大院立刻被劳动人民的穷街陋巷、兔笼般的小木屋取代。1887年的旧金山，贫民窟与豪宅并无节制地挤作一团，与欧洲古老城市的情景相似。诺布山正像中世纪的城堡，崛起于普通民众的普通生活，而这些普通民众就蜗居在小山脚下。

小迪克在街拐角的杂货店收住脚。房子的二层租给了老蒂姆·哈根，他靠当警察挣每月一百块的薪水，比同胞们住得高，而那些人每月就指望四五十块钱工资养家糊口。

小迪克朝没有纱窗、大敞大开的窗户打声口哨，可是白搭，小蒂姆·哈根不在家。不过，小迪克这口哨也不算白打，他正琢磨蒂姆会在附近什么地方时，蒂姆本人从街拐角露面了，抱着只不带盖子的猪油罐，里头装的却是冒泡的啤酒。蒂姆嘟哝一声算打了招呼，迪克同样粗野地回一声，那模样，仿佛片刻之前他根本不曾以最尊贵的派头，打发走了商业帝国最富有的三位君王。迪克的上千万身家不曾使他对朋友说话多一分得意，也没使他少一分粗野。

"你老爸走后咱俩好久不见啦。"蒂姆·哈根道。

"唔，这不正见着呢嘛。"小迪克顶一句，"喂，伙计，我找你有事呢。"

"等我赶紧把啤酒给老爸送去再说。"蒂姆老练地看看猪油罐里的啤酒泡沫，"啤酒要是走了气儿，老头儿会骂死我。"

"哦,摇摇就没事了。"小迪克宽他的心,"就耽误你几分钟。今晚我要出门儿。想不想一起走?"

蒂姆那爱尔兰人的蓝色小眼睛一闪,来了兴致。

"去哪儿?"他问。

"不知道。想一起走不?想走的话,咱就出发后再商量?这事你行。怎么样?"

"老头儿会骂死我的。"蒂姆不肯。

"他以前就骂过你。再说,你不在,你家人也不见得有多惦记。"小迪克没心没肺,"给个痛快话儿吧,咱俩今晚九点在渡口房碰头。怎么样?我会到的。"

"我要是不去呢?"蒂姆问。

"我自己照样走呗。"小迪克转身似乎要走,却又漫不经心停下,回头一句,"最好还是去吧。"

蒂姆边摇啤酒罐,边同样漫不经心回一句,"行啊,我会去那儿的。"

与蒂姆分手后,小迪克乱窜了一小时,寻找马科维奇,一位斯拉夫同学,他爸爸开一家小饭馆,据说在这家馆子花二十美分就能吃到城里最好的饭。小马科维奇欠小迪克两块钱,小迪克只收了他一块四就清了债。

小迪克羞臊且狼狈,又在蒙特高梅大街乱转,在众多装扮市容的典当行前踟蹰徘徊。最后孤注一掷,钻进一家,把自己明知价值五十块的金表换了八块钱和一纸收据。

诺布山豪宅六点半开晚饭。他六点四十五分才回家,碰上了萨默尔斯通太太。她上了年纪,身材矮胖,也曾为贵妇,惜乎家道中落,是大名鼎鼎的伯特—里金顿家族的千金小姐,这家人在七十年代中期发生的金融危机曾震撼了整个太平洋海岸。她身材矮胖,饱受自己所谓的神经崩溃之苦。

"理查德,这可不行,绝对不行。"她责备道,"晚饭已经等了你十五分钟,可你还没洗脸洗手呢。"

"萨默尔斯通太太,对不起。"小迪克直道歉,"再也不会让您等了,再也不会给您添麻烦了。"

晚餐正襟危坐,巨大的餐厅里就他们两个人。小迪克千方百计想使太太轻松些,尽管明白她是他花钱雇来的,他还是主人待客人的感觉。

"您在这儿会很舒服的,"他许诺说,"只要您安顿下来。这是座舒服的老宅,仆人大多在这儿干了好多年。"

"可是,理查德,"她严肃地朝他微笑,"我在这儿开不开心可不取决于仆人,得取决于你。"

"我会尽力而为,"他亲切地说,"会比先前表现好。抱歉回家吃饭迟到。以后很多年很多年您都不会再见我迟到了。我根本不会打扰您。您会明白的。就像我根本不在家一样。"

和她道晚安去睡觉时,他又补充一句,作为最后关心:

"提醒您一句,阿信——就是厨师。在我们家很多年很多年了。哦,我说不准,大概二十五年或三十年了。早在这座房子盖起来之前,在我出生之前,他就为父亲做饭。他有特权,习惯了自己的行事方式,您对他得灵活点儿。一旦他喜欢您,就会为您拼命效劳,讨您欢喜。他喜欢那样子。您让他喜欢您,就能在这家里过得很开心。老实说,我不会给您添任何麻烦。这好办,就像我根本不在家一样。"

第 五 章

是夜九点,分秒不差。小迪克穿一身最旧的衣裳,在渡口房与蒂姆·哈根碰头。

"往北不好,"蒂姆道,"冬天打那边来,睡觉都缩手缩脚。往东吧,那就到了内华达和沙漠啦。"

"还有别的地方吗?"小迪克问,"南方为什么不行?咱先去洛杉矶、亚利桑那、新墨西哥,对了,还有得克萨斯。"

"你有多少钱?"

"干啥用?"迪克反问。

"咱得赶紧离开这儿,买票走最快呀。我不见了倒没啥,你可不行——找你的大人还不闹翻天?派出的侦探你都数不过来!咱得躲着他们,就这个。"

"那咱就躲啊,"迪克说,"先没目的地瞎转两天,到处藏紧点儿,再买票走,到特雷西。然后,再步行往南。"

计划的一切都小心翼翼地实现了。他俩买票坐火车一直经过了特雷西,在当地副警长搜查列车长达六小时,放弃搜查火车之后。为防万一,小迪克买的特雷西以远到莫德斯托的票。那之后,在蒂姆指点下,二人就不买票,扒行李车,扒棚车,甚至扒机车排障器。小迪克买来几份报纸,给蒂姆念千万富翁小继承人惨遭恐怖绑架的新闻,吓唬他。

39

而旧金山这头,监护人董事会开出高达三万美元的酬金,紧急寻找被监护人。蒂姆·哈根也看到了这消息,当时两人正躺在一个大水箱旁边的草地上。蒂姆的一句话永远烙在了小迪克的心头——尊严无价,与地方或出身毫无关系。住在高地豪宅的人可以活得有尊严,住在平地杂货店的人同样可以活得尊严。

"哎呀!"蒂姆朝身边旷野道,"要是为那三万美金我告你的密,老爸就不会暴跳如雷了吧?可这么干我想都不敢想。"

蒂姆既然说得这么明白,小迪克就认定警察的儿子不可能出卖自己。

直到六星期后,抵达亚利桑那州,小迪克才提起这事。

"蒂姆,你知道的,"他说,"我有好多钱,而且这数目还在往上长。但我连一分钱也花不着,你也亲眼见啦……可是萨默尔斯通太太每年都要拿走我整整一千八百块,还得管她吃住和马车。而你我在机车库消防队的垃圾桶里找到剩饭剩菜吃,还穷高兴。话说回来,我的钱照样在长啊。二十块钱的百分之十是多少?"

蒂姆·哈根瞪着沙漠微光闪闪的热浪,使劲儿算这道题。

"两千万的十分之一又是多少?"小迪克急躁地追问。

"哼!当然是两百万啦。"

"是啦,百分之五是百分之十的一半。那两千万赚百分之五的话,一年赚多少?"

蒂姆支吾不清了。

"赚一半,两百万的一半!"小迪克大叫,"照那个比例,我每年都能增加一百万。懂不懂?记好了。听我说,等我玩够了,想回家的那一天——不过那还得好多年好多年以后——咱就把这事办了,你和我。到那天我一发话,你就赶紧给你爸写信。他会

40

赶紧到咱俩等着的地方,接上咱俩,开车回去。然后就能从我监护人手里拿到三万块钱,辞掉警察,没准儿去开一家酒吧。"

"三万块可够多的。"蒂姆的感激不大热烈。

"对我可不算多。"小迪克轻看自己的慷慨,"三万才一百万的三十三分之一,我一年就能赚一百万。"

可惜啊,蒂姆·哈根没能活到看他爹开酒吧的那一天。两天后,在一座高架桥上,两个少年被一位司闸员赶下了一节空棚车。司闸员真不该这么糊涂的。高架桥横跨一道干涸的溪谷,小迪克朝脚下足有七十英尺深的谷底看看,发出抗议。

"你说高架桥上有地方,"他说,"可万一火车开动了怎么办?"

"火车不会开的,趁来得及快下去!"司闸员不饶,"机车正在那边补水呢。机车向来在这儿补水。"

可机车这次偏偏没在这里补水。讯问时证据表明,机车发现道旁水箱已空,就开动了。两名少年刚从篷车一侧跳下去,顺列车与深渊之间的狭路还没来得及走上十来步,列车就启动了。小迪克素来眼观六路,反应又快又准,立刻手脚并用,跪在高架桥上。这使他抓得更稳些,空间更大些,因为身体蜷伏在了棚车凸出部件的下面。而蒂姆,眼力与反应都不快,并且对司闸员满腔凯尔特人的怒火。他没跪下,就直挺挺站着,用祖先可怕的语言,对司闸员破口大骂。

"快跪下!跪下!"小迪克大叫。

但时机已错过。下坡时机车加速,蒂姆面对移动的车厢,背后空空荡荡,脚下溪谷深深,试图跪下去,可刚一扭身,肩膀就撞上了车厢,险些跌倒。他奇迹般站稳,但身体依然直立。列车越来越快,跪下去根本不可能。

小迪克跪在桥上，控制好身体，只能干瞪眼。列车加速，车厢快速闪过。蒂姆头脑清醒，背对深渊，面对通过的车厢，胳膊悬在身子两侧，除开双脚站立的地方，没有任何东西可把持，身体在平衡，在摇摆。列车越快，他晃动的幅度越大，直到他竭尽全力控制住身体，才停止摇摆。

他本来会没事的，恨就恨那节车厢。小迪克却料到了，眼看着那节车厢冲了过来，是一节高级运马棚车——车体比整列车其他车厢宽出六英寸。他看到蒂姆也发现这节车冲了过来，看到蒂姆扭动身体，想从站稳身体的狭窄空间再腾出半英尺来，看到蒂姆缓慢而有意地往外侧摆动身体，摆动到最大限度，可还是摆得不够远。这场惨剧事实上无法逃过。再摆开一英寸，蒂姆本可以躲开车厢；再摆开一英寸，他坠落时本可以不受车厢力量的影响。但车厢撞上了他，就在那一英寸之间，把他朝后猛推，朝一侧猛扭，使他脑袋和脖颈撞上谷底岩石之前，在空中横滚两次，又打了两个半跟头。

蒂姆坠落后一动不动。七十英尺深的坠落折断了他的脖子，粉碎了他的头颅。就在这里，迪克认识了死亡——不是文明世界有序体面的死亡。那种死亡中，医生、护士，还有注射器，一起帮助濒死者减轻苦痛，将他送入黑暗。仪式、聚会、鲜花、殡仪馆与教会，一起动脑筋，给他一个愉悦的告别，将他送到另一个世界。但暴死横卒，丑陋而不加掩饰，便如同屠宰场杀死的一头肉牛或者被卡住了颈动脉的一头肥猪。

就在这里，小迪克还认识到：人生与命运的灾难，对人类并不友好的宇宙，观察与行动的必要，认识与了解的必要，自信与灵敏的必要，及时调整自己、适应一切瞬间突变、保持生命承载的一切力量的平衡的必要。就在这里，片刻之前还活蹦乱跳的玩伴儿,如今却变成奇怪扭曲、蜷缩一团的遗骸。在这遗骸旁边,小迪克懂得了不可轻信幻想,现实从来残酷。

在新墨西哥州,小迪克一路流浪,来到位于佩克斯山谷罗斯韦尔北边的叮当鲍勃牧场,他还不到十四岁,却被牧场接受,视为吉祥物,并被在法律文件上合法署名为"野马""公羊威利""袋鼠迪肯""大口袋"的一伙牛仔给调教成一名"好小子"牛仔。

在牧场逗留的半年间,小迪克体格变得柔韧结实,掌握了马和骑手的知识,学会了艰苦环境下的生存技能,这些成为他终身的财富。他还学到了更多:结识了约翰·奇苏姆,叮当鲍勃、博斯克大牧场及其他牧场的老板,他的地盘远至布莱克河那边。约翰·奇苏姆可是位养牛大王,早就料到农场主的到来,及时把开放式牧场用铁丝网围了起来,出于这个目的,早把所有四十英亩成片的水源草地买下来,而邻近数百万英亩的牧场由于缺乏被他操在手心里的水源,就一钱不值,任他白白使用。小迪克在篝火边、马车旁,与每月只挣四十块钱,缺乏约翰·奇苏姆远见的牛仔们交谈,清楚地明白了约翰·奇苏姆为何又如何成为了养牛大王,而上千名他的同代人却在为他打工、挣他工钱。

然而,小迪克绝非冷血动物,他激情似火,充满男人的骄傲。马背连骑二十小时,他时刻想哭,但学会了忍受浑身上下吱吱嘎嘎的疼痛,以苦为乐,在毯子下咬紧牙关,不哼一声,直到顽强的牛仔们带路启程。他以同样的坚忍不拔,跨上分派给自己的坐骑,坚持参与驱赶走夜路的牛群。轮到他挥舞油布雨衣,对四下惊逃的畜群进行两面夹击时,他也毫不畏惧。他愿意冒险——冒险是他的乐趣。但他冒险时,从来脚踏实地。他很清楚,人类躯壳柔软,可能会撞到坚石,或被狂奔的马蹄踩踏,粉身碎骨。

他不肯骑乘跑起来腿会相绊、会跌倒的马,并非害怕自己粉身碎骨,而是冒粉身碎骨之险时——他对约翰·奇苏姆说——"想和自家财富有个公平了断"。

就在叮当鲍勃的牧场上,小迪克给自己的监护人写了封信,是一位来自芝加哥的牛仔帮他邮递的。他年纪轻轻却办事老到,信封上收信人写的是阿信。虽说不为自己两千万身家所累,小迪克可从未忘记这笔财富。他担心财产被可能住在新英格兰的远方亲戚瓜分,提醒监护人自己依然健在人世,过几年就回家。同时还吩咐他们留用萨默尔斯通太太,工钱照付。

可是小迪克两只脚板发痒。他觉得,在鲍勃牧场待半年已经太久了。作为小季节工,小流浪汉,他接着四处漂流,横穿美国,熟悉了地方治安官、警察、法官、流浪法,还有监狱。首先结识了流浪汉、流动工人和小罪犯,还了解了农业和农场主。在纽约州,他曾为一位荷兰农场主摘了一星期草莓,这位先生正在用美国首批建立的青贮筒仓做实验。对了解到的东西,迪克从未用心钻研。对一切,他只有小孩子的好奇心,获取的只是一大堆有关人性与社会条件的数据,这些知识在以后的岁月中对他大有好处。后来,他借助书本,对这些知识进行了消化和分类。

闯荡江湖对他并没坏处。在丛林营地,他认识了逃犯,听他们聊行事规矩、生存手段,他不为所动。他是旅行者,而他们是离经叛道的一群。坐拥两千万,心里踏踏实实,他才不会被偷盗抢劫所诱惑呢。一切东西、一切人,都使他感兴趣,但他一直没找到能留住他的地方或情境。他就想看看世界,见识更多更多,一直见识下去。

三年后,他将近十六岁,身体强健,体重一百三十磅,认为自己该回家读书了。于是他首次长途航行,签合同当服务生,登上一条环绕霍恩角,从特拉华防波堤到旧金山的帆船。这次航行千辛万苦,历时一百八十天,但航程结束时,由于坚持到底,他体重反而增添了十磅。

迪克走进家门时,萨默尔斯通太太一声惊叫,只好从厨房唤来阿信一辨真假。萨默尔斯通太太再一声惊叫,因为迪克一把握住她的手,被缆索磨出硬茧的两只巴掌力气太大,把她柔嫩的皮肤划破了。

迪克急急忙忙召集监护人会面,和他们打招呼时很腼腆,简直局促不安。但这并不妨碍他直奔主题。

"是这么回事,"他开始道,"我不是傻瓜,知道自己要什么,而且要我想要的。我在这世上孤身一人,除了你们这几位好朋友,当然。我有我对世界的认识,还有想在世上干什么的主意。我回家来,不是出于什么对在座各位的义务,而是出于我对自己的责任心。在外头乱闯三年,我比以前好多了。现在我决定该继续自己的教育了——学校教育,我说的是。"

"上贝尔蒙特学院,"斯洛克姆先生提议,"这学校对你念大学很合适。"

迪克果断摇头不肯。

"花三年读书。中学也是这么长。我打算在加州大学待上一年。那就得拼命干。我脑瓜就像酸液,会腐蚀书本。我要请几个老师——五六个吧,指点我。老师我要自己挑选,自己辞退,那就意味着我要钱。"

"每月一百块。"克罗克特先生提议。

迪克摇头不肯。

"我三年来自己照料自己,没花属于我的一分钱。我觉得在旧金山,也可以照料自己,花一些自己的钱。我还不想自己经管生意,可我真的想要一个银行户头,相当充足的存款。我要花在我觉得合适的地方,买我觉得合适的东西。"

监护人惊得面面相觑。

"荒唐,不可能!"克罗克特先生开腔了,"你还是那么不懂事,跟离家出走前一个样。"

"我就这德行,唉!"迪克叹气,"咱们上次分歧也是为了钱。当时我就只要一百块。"

"想想我们的难处,迪克,"戴维森劝他,"作为你的监护人,我们要是让一个十六岁的孩子随意花钱,别人会怎么看?"

"那条'芙蕾达号'眼下值多少钱?"迪克毫不相干地问。

"任何时候都得两万起价。"克罗克特先生回答。

"那就卖了它。这条船对我来说太大了,而且一年年在掉价。我想要一条三十英尺长的船,自己开着在湾区玩玩。那样的船只需花一千块。卖掉'芙蕾达号',把钱存到我的账户。我知道,你们三位怕我大手大脚胡乱花——酗酒啦,赛马啦,追那些合唱团的姑娘啦。听好我的请求,放宽你们的心——就开个四人集体户头。不论你们当中哪一位认为我在乱花钱,都可以立刻提出全部存款。干脆跟你们交底儿,作为副业,我打算请一个大学的商务专家到家里来,好把商业游戏规则塞进我脑袋。"

迪克不等监护人的默许,一直往下说,仿佛他说的事没商量。

"门洛那边的马群怎么样啦?别担心,我会仔细看看再决定留哪些。萨默尔斯通太太得留在这儿照看家,因为我已给自己计划了太多要干的事儿。我保证,你们给我自由,自己管自己的事儿,肯定不会后悔的。好啦,你们若想知道我过去三年的事,就说给你们听听。"

迪克·福雷斯特对监护人说他的脑袋是酸液,会腐蚀书本,一点不错。从没见过这样的教育方式,由他自己说了算——当然也听取他人的建议。从父亲和叮当鲍勃牧场的约翰·奇苏姆那里,他学到了雇用智囊的妙招。当牛仔们在篝火和伙食车周围久久聊天时,他早学会了一声不响,坐着想心思。靠姓名与地位,他寻求并得到了教授们、学院院长们、实干家们的接见。他长时间倾听他们的谈话,几乎一言不发,也很少提问,只专注于他们能提供的最好建议。从几次这样长达数小时的谈话中,他满意地得到了有助于他判断自己应当接受什么教育以及如何接受教育的主意与事实。

接下来就该雇请老师了。从没见过他这样签约和解约、这样雇人和解雇的。他出手倒是不吝。这一位,他用了一个月。那一位,三星期。头一天、头一星期,他就打发掉十几位。而且对这样解雇的人,无一例外都付了整整一个月的报酬,尽管这些人教导他付出的努力也许还不足一个钟头。他这些事做得漂亮大气,因为财大气粗,所以漂亮大气。

迪克吃过机车库消防员垃圾桶里的剩饭剩菜,在水箱边狼吞虎咽过蔬菜烩肉,对金钱的价值有了彻底了解。他买下最好的东西之前,先要肯定价格是最便宜的。修一年中学物理、中学化学是踏进大学校门的必经之路。忙着往脑子里塞代数与几何的同时,他找到了加州大学物理系和化学系的系主任。凯里教授不以为然……起初。

"我亲爱的孩子。"凯里教授开始教训。

迪克耐心听教授讲完,然后开讲,再做结论。

"我不是傻瓜,凯里教授。中学生、大学生都是孩子,没见过世面。不明白自己想要什么,不明白为什么需要那些灌输的东西。可我见过世面,明白自己想要什么,明白为什么自己需要这些。我请的物理老师每周只教两次,每次一小时,两个学期,再加上两次假期,统共一年。您是太平洋沿岸最棒的物理老师。学年就要结束。把您假期的头一礼拜都给我,我就能学完全年的物理课。那个星期您要多少报酬?"

"你出一千块也甭想买。"凯里教授回答,觉得自己已经说得很清楚。

"我知道您薪水是多少。"迪克不肯善罢甘休。

"是多少?"凯里教授咄咄逼人。

"反正不是一星期一千块。"迪克同样步步紧逼,"不是五百块,也不是两百五十块。"他举手不让教授插嘴,"您刚才告诉我,甭想用一千块买下您一星期时间,我可没想这么干。我要花两千块买下您那一星期的时间。天哪!我一辈子能有多少年可活啊!"

"你还想买下很多年吗?"凯里教授狡猾地问。

"没错儿,这就是我来找您的原因。我花钱买下一年顶三年的时间。您那一星期就是这笔买卖的一部分。"

"可我并没接受。"凯里教授大笑。

"要是这数目不够,"迪克执拗地说,"那干吗不说说您认为公道的价码?"

结果凯里教授投降了,化学系主任巴斯戴尔也投降了。

迪克已经带他的几位数学老师去萨克拉门托和圣华金的洼地打过几星期野鸭子。与物理、化学老师学完一星期后,他又带着两位文学、历史老师去了俄勒冈州西南狩猎区的克里县。他跟父亲学会了打猎,边读书边玩乐,生活在野外,不费吹灰之力,一年就完成了传统上需要三年的青春期教育。他钓鱼、打猎、游泳、做体育锻炼，同时为大学教育充实自己。而且他没错。他深知这样做是因为父亲留下的两千万给了他优势。金钱只是工具，他既不把金钱奉为圭臬，也不把金钱视为粪土。他用金钱来买自己需要的东西。

"这么奇怪的挥霍，不可思议。"克罗克特先生举着迪克当年的账目清单，"一万六千块钱的教育，统统逐项列出，包括火车票、搬运工的小费、他老师们的猎枪子弹钱。"

"他各门考试倒照样及格了。"斯洛克姆先生道。

"而且才花了一年时间。"戴维森先生在咆哮，"我那宝贝外孙同时进的贝尔蒙特学院，就算他运气，上大学之前也还得再花上两年。"

"咿，我只能说，"克罗克特先生表示，"从现在起，这孩子如何花钱他可以自己说了算。"

"现在我得说句难听的话，"迪克对监护人声明，"瞧瞧我，成绩和那些孩子不相上下，可对世界的见识超过他们多少年啦。不是吗？我对男人女人，还有生活，了解得那么多，善的恶的、大事小情，有时候自己都怀疑这些见识是不是真的，可是我懂。

"从现在起，我不想再赶了。我已经赶上了，要按部就班学习了。我只要跟上课程进度，到二十一岁就可以毕业。从现在起，我受教育不需要那么多钱了——不用请老师了，你们懂的——可我要更多的钱好开心。"

戴维森先生顿生疑窦。

"开开心，什么意思？"

"哦，我要参加共济会、足球队，要跟别人一样优秀。我还对汽油发动机感兴趣，要造一条世界上首航大洋的汽艇。"

"你会把自己给炸上天去，"克罗克特先生反对，"这么多人奇思怪想,全都在打汽油的主意,真是冒傻气。"

"我会确保自己平安无事的,"迪克回答,"那就意味着做实验,就意味着花钱。所以,请照原来的办法,开一个咱们四个人的账户,好方便我取出大笔钱来。"

第 六 章

　　大学里,迪克·福雷斯特证明自己并非天才,除了头一年比别的同学逃课更多之外。他自己明白,这么干是因为他不需要听那些课。他请的那些老师在帮他准备入学考试时,已几乎把大学一年级的知识统统带他过了一遍。他倒是意外地进了新生校队——一支不中用的队伍,败给了所有比赛过的中学队和大学队。

　　迪克学习的确下功夫,只是没人看到而已。他课外读书涉猎广泛而有深度。第一个暑假,他乘坐自己建造的航海汽艇出海观光,身边没带一个寻欢作乐的年轻人。取而代之的客人,是一群文学、历史、法理学、哲学教授和他们的家属。此举在大学里留下了长久的记忆,被称为"学者之航"。教授们航行归来,都说玩得痛快。而迪克航行归来,满载对各位教授不同研究领域的了解,远比听他们的课好几年都学得多。这种办法赢来的时间就使他能逃更多的课,把更多时间用于在实验室做实验。

　　大学时代的开心事他样样没错过:和单身女老师上床、和女同学谈情说爱、跳起舞来从不知疲倦。男同学聚会、啤酒闹饮、不同年级打架,他回回到场,还跟着班卓琴、曼陀林琴俱乐部一起游览了太平洋海岸。

　　可他并非天才,没什么行当超群出众。弹班卓琴、曼陀林,总有五六个比他出彩;跳舞,总有五六个比他出色;踢足球,二年级时他进了校代表队,被认为强健有力值得依赖,仅此而已。当东道主蓝金队猛冲猛打,观众席助威呐喊震天响时,迪克从来没运气做那个带球横扫全场的人。但就在下半场行将结束,队员们泥水中苦战到筋疲力尽,而比分僵持,令人心碎之时,斯坦福队在五码线,伯克利队的球只差三码线和两档之时——就在此时,蓝金队会全体起立,齐声呐喊福雷斯特来一脚,狠狠踢!

迪克凡事都做不到出类拔萃。啤酒闹饮,是大个子查理·艾弗森的手下败将;掷链球,哈里森·杰克逊总比他远二十英尺;拳击,卡拉瑟斯得分总比他多。摔跤,安森·伯奇三回中有两回能把他肩膀按在垫子上,不过,得竭尽全力才行。英文写作课,班上五分之一同学比他强;艾尔丁,俄罗斯犹太同学,在"财富即抢劫"这个命题的辩论赛上,将他驳得张口结舌;高等数学课,舒尔茨和德布雷特使他在班上屈居第三;化学课,日本同学大槻健次,令他根本无颜以对。

然而,就算迪克·福雷斯特凡事没能出类拔萃,他也样样差强人意。他不曾展示出超人的力量,却也没显得软弱无能。几位监护人依据他毫不松懈的良好品行,梦想他前程无可限量,问他想当哪方面的专家,他告诉他们:

"哪方面专家也不想当,万事通一点好了。你们瞧,我用不着当专家。我父亲给我留下钱,就已经为我安排好了。再说了,就算我想当专家,也当不了啊,我不是那块料。"

他给自己的人生定位很清楚,所以表达也很清楚。没有什么能让他爆发燃烧,他就是那种少见的人——精神健全,普普通通,有条不紊,万事都通一点。

戴维森先生当着几位监护人的面,对迪克回家后不再放纵

自己表示高兴时,迪克回应:

"噢,我想管自己就管得住。"

"对的,"斯洛克姆先生很严肃,"你早就放纵过了,学会管自己是件好事。"

迪克奇怪地看看他。

"咦,上次孩子气的冒险可不算。"他说,"那可不是放纵自己。我还没放纵过呢。等我开起头来,你们再瞧好了。听说过吉卜林①那首《蒂亚戈·瓦尔德斯之歌》吗?我讲给你们听。要知道,蒂亚戈·瓦尔德斯和我一样,腰缠万贯。他迅速崛起,后来就做了西班牙海军大元帅,结果无暇顾及曾经浅尝过的快乐。他活泼又强壮,可就是没时间寻欢作乐,净忙着飞黄腾达。他老哄自己说,一辈子活泼强壮没问题,等当上海军大元帅再作乐也不迟。他总是回忆:

　　……伙计们——
　　　　新航道上的老伙计们——
　　在我们与那些野蛮人
　　　　做生意倒卖雄黄时——
　　已向南航行了上千海里,
　　　　三十年岁月弹指飞逝——
　　他们不了解堂堂的瓦尔德斯,
　　　　可他们认识我,也爱我。
　　那年头,发现美酒的人们
　　　　可不会独自享用;

---

① 鲁德亚德·吉卜林(1865—1936):英国著名小说家、诗人,诺贝尔文学奖得主。

那些发现财富可夺的人，
　　也会与大家分享秘密；
在我们选择的海岛后面，
　　或隐秘的海滩之间，
当船儿入深海快要倾翻，
　　我们奋力向前，向前！

清扫船底的柴捆烧起来，
　　沿海岸火光苍白一片；
我们破烂的帐篷支起来——
　　每支船桨上方一片船帆；
伴随每一只渴望的锚，
　　掠过似火燃烧的海面，
我们无忧无虑的船长，
　　拼命划桨啊，拼命划！

我们松开的缆绳落在何处？
　　我们赤裸的双脚走向何方？
棕榈树间是谁家开的客店？
　　何等样的满足，何等样的欲火？
哦，沙漠中的清泉！
　　哦，荒野中的水泊！
哦，我们悄悄吃尽的面包！
　　哦，我们匆匆撒光的美酒！

年轻汉子方知思念，

苍白寡妇欲壑难填；
　漂亮妻子得宠傲慢，
　　　少女相思情窦初开；
　人人情感匮乏憔悴不堪，
　　　亲人不归，望穿双眼；
　欲望虽无补偿多，
　　　却远远胜于我失去的岁月！

"哦,明白吗,明白吗,各位老前辈?因为我明白他的意思！明白他接下来的那番话：

　我曾梦想等待欢乐降临,
　　　以为春天不会改变,可以等待,
　所以啊,为等待我的欢乐降临,
　　　我把自己的春天搁置一边,
　直到初遇命运女神,
　　　最终困惑又轻蔑,
　我造就了我自己——蒂亚戈·瓦尔德斯
　　　西班牙海军大元帅!"

"听我说完,监护人先生们!"迪克大叫,脸蛋通红,激情洋溢,"请一刻也别忘了,我就是情感匮乏憔悴不堪,就是。我也火急火燎,可我管住了自己。别以为我是个木头人,我是个表现优秀的大学生。我年轻,我充满活力,我活泼强壮,我只是不犯浑,管住自己。我开头可不能搞砸了,才跑头一圈呢。我正做好准备,要享受生活呢。我不会急急忙忙把杯子里的美酒给撒光。到头来,我可不要像蒂亚戈·瓦尔德斯那样徒伤悲：

　天堂那儿不会有狂风

也不会有惊涛骇浪
　把倾斜的破船扶正,
　　不会有喧闹的拥挤人群——
　哦,沙漠中的清泉!
　　哦,荒野中的水泊!
　　哦,我们悄悄吃尽的面包!
　　哦,我们匆匆撒光的美酒!

　"听着,监护人先生们!你们尝过气急了揍同学,照准他下巴,狠狠一拳把他打倒在地的滋味吗?我想尝啊。我还想尝尝恋爱、亲吻的味道,想当一回活泼强壮的傻瓜。我想冒险,想胡天胡地折腾一番。要趁年轻时折腾,但也不能太年轻时就折腾。现在我想折腾了。同时我会在大学好好守规矩,管住自己,武装自己,好等有朝一日能放肆,就玩它一把最大的。哦,相信我的话,我可不是天天夜里都能睡得安安稳稳。"

　"你意思是?"克罗克特先生问。

　"没错,我就这意思。我还没放纵过呢,不过一旦开起头来,等着瞧吧。"

　"一等大学毕业就开头?"

　早熟的年轻人摇摇头。

　"大学毕业后我至少要念一年农学院研究生。你们知道我正培养种地的爱好。我想干一番事业……建设性的。我父亲没经营过任何有成果的建设性事业。你们也没有。早在拓荒时代,你们买下大片土地,然后就坐等升值,好比那许多出身草根阶层的水手在金沙矿里筛找金子——"

　"我的孩子,我对加利福尼亚的农业还好歹有点经验。"克罗克特先生有些受伤,打断迪克。

"您是有经验,可您建设不足。您——嗯,实话实说——您是破坏有余。种地,您曾交过好运。可您干了什么呢?您买下了萨克拉门托山谷四万英亩良田,可年复一年就种麦子,从没想过轮作。您把麦秸烧掉,耗尽了腐殖层。您的犁底层硬得就像水泥人行道,离地表才深四英寸。您把那四英寸的地力全耗光了,现如今连种子都收不回来。

"您是破坏有余。我父亲也是这么干的,大家全这么干。可我要拿父亲的钱来建设。我要买下地力耗干的麦田,以滥便宜的价格——火灾受损物品拍卖的价格,深翻犁沟土层,最后让土地收成比您头一回种庄稼时还多。"

正是在迪克大三结束时,克罗克特先生再次提起他威胁过的放纵期。

"一等念完农学院我就开始。"迪克回答,"那时候我就要买地,购置农具,办一座像模像样的牧场。然后我就出发,胡天胡地折腾去。"

"你想办一座多大规模的牧场?"戴维森先生问。

"大概五万或者五十万英亩,看情况。我要尽可能玩一把自然增值。人们还没开始到加利福尼亚来呢。从现在起十五年内,我如今花十块钱就能买下一英亩的土地就能涨到五十块,花五十块买下的就会涨到五百块,易如反掌。"

"十块钱一英亩,五十万英亩就得五百万块呢。"克罗克特先生严重警告。

"五十块钱一英亩就得两千五百万块。"迪克大笑。

不过,几位监护人绝不相信他会真干那些耸人听闻的事——也许他会搞新式农业浪费钱,但这么多年他都能管好自己,不可能胡作非为。

57

迪克获得了羊皮毕业证书和小小荣誉,在班上名列第二十八名。他也没把大学校园搅得天翻地覆,最大成就是抵挡且战胜了许多好姑娘以及好姑娘的妈妈们。其次,大四那年名声大噪,任校队队长,率队五年来首次打败了斯坦福大学。那是在高薪雇请足球教练之前,那年头球员的个人表现相当要紧。但迪克向手下反复强调团队精神,强调要牺牲个人奉献全队。结果,感恩节那天,蓝金队艰苦奋斗,迎战十一名强出很多的对手,采用迂回战术,在旧金山市场街的赛场上大获全胜。

在农学院读研究生的这一年,迪克一头扎进实验室,逃掉所有课堂听讲。其实,他给自己请了好几位讲师,仅与他们一道跑遍加州就花销不菲。雅克·里保特,这位全球公认的顶级农业化学权威,被加利福尼亚大学以六千美元的年薪,从只肯付他两千美元一年的法国挖了过来,又被夏威夷的甘蔗种植园主们以一万美元的年薪挖了过去。而迪克·福雷斯特,诱之以一万五千美元年薪和更为宜人的气候,使他与自己签下了为期五年的合同。

克罗克特先生、斯洛克姆先生和戴维森先生吓一跳,只好让步,方才明白这就是迪克·福雷斯特预告过的胡天胡地的胡闹。

但这只是迪克·福雷斯特诸多类似的大手笔之一。以大幅增加的薪水,他从联邦政府偷挖了一位畜牧专家,又以相似的不光彩手段收买了内布拉斯加大学乳牛专业一位顶尖教授,还让加利福尼亚农学院院长心碎不已,因为挖走了他的农场管理奇才尼登海默教授。

"便宜,便宜呀,"迪克向监护人解释,"难道你们不乐意我收买教授,更乐意我收买赛马和女演员吗?再说,你们这些人的问题在于不会玩收买智囊的游戏,可我会,这正是我的拿手好戏。我要从他们身上赚钱,更妙的是,我要让已经被你们破坏得寸草不生的土地长出十几种牧草来。"

所以,可以理解,几位监护人多么不相信他那套要胡作非为的鬼话——追女孩儿啦、冒险啦、朝男人下巴狠狠一拳啦。"过一年再看。"迪克警告他们。同时,他努力钻研农业化学、土壤分析、农场经营管理,和他那群高薪专家跑遍了加州。他的监护人直发愁一旦福雷斯特到了法定年龄,完全自己掌控财产,真的启动他愚蠢的农业大冒险的话,他爹留下的千万财富就会迅速一干二净。

迪克满二十一岁那天买下了他的农业王国,这片土地向西延伸,从萨克拉门托河一直到群山之巅。

"价格贵得离谱啊。"克罗克特先生道。

"便宜得才离谱呢,"迪克反诘,"您该看看我的土壤报告、水源报告。您应该听我唱首歌。听我唱歌吧,监护人先生们,一首真正的歌。我既是歌手也是歌。"

言毕,他就用颤抖的假声——就是北美印第安人、爱斯基摩人、蒙古人唱歌的那种腔调——唱起来:

胡帝姆哟吉姆科欧迪!

维希扬宁科欧迪!

洛威扬宁科欧迪!

哟嚯纳尼,霍尔道姆哟乃,哟嚯乃尼姆!

"曲子是我自己配的,"他不好意思地抱歉,"照我想象应该是这样子。要知道,听过这歌的人都已经不在人世。尼什纳姆人是从麦都人学来的,麦都人是从康考人学来的,歌是康考人编的。但尼什纳姆人、麦都人、康考人统统死光了。不过他们的村落没死,被您,克罗克特先生的犁——多铧犁、单铧犁和好运气,给翻到地底下去了,给种到地底下去了。这是我从一份人种学的报告看来的,在《美国太平洋沿海地理与地质概况》第三卷上。红云①这个人,是在天上形成的,在创世的第一天早晨,他对群星和山花唱了这首歌。我现在用英语给你们唱一遍。"

迪克再次用假声唱起来,歌声充满胜利的喜悦和年轻人喷薄的朝气。他一边唱,一边抑扬顿挫地拍着大腿,跺着双脚。

橡树籽儿落自天堂!
我把小小橡籽种上山岗!
我把大大橡籽种到山岗!
我发芽,我这颗黑色的橡籽,
努力发芽,发芽!

迪克·福雷斯特的大名开始以惊人频率出现于各家报纸。他一夜成名,因为他是加利福尼亚首位花一万美元买下一头公牛的人。他的畜牧专家——从联邦政府挖来的——在英国与罗斯柴尔德郡农场竞购"山顶酋长",为这头君王般的公牛支付了不下五千畿尼的大价钱,于是这头牛很快就被人称作"福雷斯特大傻牛"。

"让他们笑去吧,"迪克告诉他的三位前监护人,"我还要进口四十匹夏尔母马,头十二个月就能勾销掉这头牛的一半价钱。这头牛会成为它许许多多儿子、孙子的祖宗。到时候,加利福尼亚人会争先恐后来找我买,哗啦一响,买一头牛就得给我倒出三千块到五千块。"

---

① 红云:美国历史上一位著名的印第安酋长。

迪克·福雷斯特达到法定继承年龄后的头几个月里干了许多类似蠢事。但最不可思议的蠢事在于,为原先的愚蠢计划花掉数百万元后,他居然拱手把事情托付给了专家们,听凭他们去执行由他制定的总方针,还列出些检查标准,免得专家们发生重大失误。而他自己,买了张船票,登上一条开往塔希提岛的横帆双桅船,径自胡天胡地胡闹去也。

监护人偶尔获得他的消息。他一度是条四桅钢轮的主人,船上挂的是英国旗,运的是纽斯卡尔的煤。他们知道这么多,因为迪克曾向他们咨询购船的价格;因为他们在报上看到,这艘船主为迪克的船,搭救了遭遇海难的"猎户座号"上的乘客;还因为他们收到了保险金,因为迪克的船在斐济那场飓风中失事,多数水手遇难身亡。1896年,他在加拿大的克朗代克;1897年在堪察加半岛得了坏血病;接下来,他挂着美国旗冲进了菲律宾群岛。还有一次,尽管他们一直弄不清楚为何又如何,他成为了一艘疯狂的不定期班船的主人,这艘船早就遭到劳埃德商船协会的拒绝,是在暹罗国保护之下才得以四处航行。

一次又一次,生意信函迫使他们得知他的下落,消息来自不同血腥海域的不同血腥港口。有一回,他们不得不发动整个太平洋海岸的政治力量向华盛顿施加压力,好把陷入俄罗斯困境的迪克捞出来。这件事,每天的新闻竟找不到一行字予以报道,却给欧洲各国重臣们呵了痒痒,使他们背地里乐不可支。

偶然机会,他们获悉,迪克受了伤,躺在南非的马弗京;又在厄瓜多尔的瓜亚基尔染上黄热病;他因公海上的野蛮行径,在纽约市接受审判。曾经三次,他们从报纸快讯读到他死亡的报道:头一次,在墨西哥战死;后两次,在委内瑞拉遭到处决。如此这般几番虚惊之后,他的监护人们听到谣言,不再激动得浑身颤抖——有传闻他乘一只舢板,穿越黄海时,死于脚气病;又有传闻他被驻扎奉天的日本人从俄罗斯人手里俘虏,关进了日本人的大牢,要接受军事审判。

不过有件事到底让他们激动得颤抖了——迪克三十周岁时,信守诺言,过足了胡闹瘾,偕太太回到了加利福尼亚。他太太,迪克宣布说,已和他结婚数年,而且三位监护人发现他们居然认识新娘子。当年,美国政府禁止将银子作为流通货币时,斯洛克姆先生曾与她父亲一道,在最后那场墨西哥奇瓦瓦的大灾难中赔进去八十万,而她父亲则彻底折戟沉沙。戴维森先生曾与她父亲一起投资那座位于阿马多县已经陷落又人为复兴的河床,他从"最后股"中撤资一百万,而她父亲撤资八百万。克罗克特先生那时还年轻,五十年代末,曾与她父亲一道在默赛德河底淘金;她父亲在斯托克顿娶她母亲时,克罗克特先生当过他伴郎;而且,还在格兰特要塞跟他打过扑克牌。一起打牌的还有时任陆军中尉的 U.S.格兰特①,那年头,对这位年轻的中尉,整个西方世界只知他是个印第安战士,骁勇善战,玩扑克却笨得要命。

迪克·福雷斯特居然娶了菲利普·德斯顿的千金小姐!这可不是件祝福他好运的区区小事,而是件值得对他喋喋不休、强调他撞了大运的大事!监护人们一笔勾销了迪克的所有疯狂行径。迪克下了一着妙棋,到底干了件完全理性的事。不,更妙,实乃天才之举!波拉·德斯顿!菲利普·德斯顿的千金小姐!德斯顿家的血脉!德斯顿家与福雷斯特家联姻!足矣足矣。三位老福雷斯特和老德斯顿过去好时光的老伙计——老福雷斯特

---

① 尤利斯·辛普森·格兰特(1822—1885):美国第十八届总统,蝉联两届,共和党人,是美国南北战争时期的北军常胜司令,他的指挥最终使北方取得军事上的胜利。

和老德斯顿已经玩够了,远去了——对小福雷斯特甚至严厉教训,提醒他应该认识自己的太太有多么珍贵、对这桩婚姻承载着多么神圣的责任、德斯顿家族与福雷斯特家族血统的一切传统与美德,直到迪克大笑着打断他们的教诲,令人难为情地说,他们就好比一群育种家、满脑子怪想的优生学者——但这正是他们那番话的含义,尽管他们不高兴被迪克说得这么粗鄙。

  迪克向三位前辈展示了自己的诸多计划和建造大宅的预算。无论如何,他娶了一位德斯顿的简单事实,使得他们无条件颔首同意。感谢波拉·德斯顿,他们总算头一回认为他花钱花得既恰当又聪明。至于他要办农场,哈韦斯特集团公司一直在盈利是不争事实,可以允许年轻人有些不同爱好嘛。不过,正如斯洛克姆先生所言,"两万五千块钱就买一匹重挽马,简直疯了!重挽马不过是用来干活的嘛,要不是为了繁殖后代的话……"

第 七 章

迪克·福雷斯特正细看爱荷华州发行的猪瘟小册子。他窗户洞开,越过宽敞的院子,传来他床头木相框里那个姑娘苏醒后的笑声。她数小时前才离开他的睡台,把自己薄雾般的玫瑰色花边睡帽落在了他的地板上,就是阿麦小心翼翼捡起来的那顶。

迪克听出是她,因她睁眼一醒就会小鸟似的歌唱。他听见她颤颤的歌声沿着她睡台那长长的一侧,在一只只敞开的窗户飘出又飘进。他听见她在天井的花园里歌唱,还停下来好一会儿,骂一骂她的黑斑狗,再训一训她的柯利牧羊犬,因为喷泉水池里那些多鳍多尾的橙红色日本金鱼把小狗招惹得很不守规矩。

他感到她苏醒起床带来的快乐,这快乐永远新鲜。自己起床倒有几小时了,可没听到波拉的晨歌穿过天井,大宅就不算真正苏醒。

然而一旦尝到波拉起床的快乐,迪克就与平日一样,埋头事务,把她忘了。他重新被爱荷华州猪瘟的数据吸引,波拉就被抛到脑后。

"早安,快乐先生!"接着,他听到一声招呼,永远令他欣喜的妙音。波拉飘然而入,扑了过来,柔软的晨衣,未穿胸衣的身体。她两臂环抱他的脖颈,坐到他迎合的膝盖上。他搂紧她,露出对她和她身体的愉悦,尽管足有半分钟,眼睛还盯着基尼利教授给爱荷华州华盛顿县西蒙·琼斯农场注射猪瘟防疫针的总数据。

"哎呀!"她抗议道,"你也太运气了——金满箱、银满箱的。你的假小子太太,高傲的小月亮驾到,可你连一声'早安,我的假小子太太,昨晚睡得可好?'都不屑说一声。"

迪克·福雷斯特不再看基尼利教授那一排排防疫针的统计数据,把太太抱紧些,亲吻起来,但右手食指依然按住小册子那一页。

然而,她的话——她的嗔怪,令他无法发出应有的问候——夜来睡得可好?昨晚她那么情浓,连睡帽都落在他的睡台上了。在打算接着读的地方,他把小册子合在右手食指上,右臂也抱住了她。

"哎!"她叫道,"哎!哎!快听!"

窗外传来鹌鹑长笛般的鸣啭。她紧紧贴住他,开心得战栗,倾听那圆润甜蜜的天籁。

"鹌鹑群在四散。"他说。

"说明春天来了。"波拉大叫。

"说明好天气来了。"

"还有爱情!"

"还有筑巢啊、下蛋啊,"迪克大笑,"世界从没像今天这么多产。一早,母猪艾斯雷顿太太一窝就生了十一只小崽。安哥拉羊群今早也下山待产啦。可惜你没能看上一眼。院子里,金丝雀们讨论当妈的事都好几个钟头啦。我看某个自由情人正用现代恋爱理论搅乱它们的一夫一妻天堂呢。吵得那么响,亏你还睡得着。听听!又开始了。那是掌声呢,还是起哄?"

一缕柔细的鸣啭传来,仿佛小精灵在吹笛,悠扬激越。迪克和波拉开心地听着,直到突如其来轰然一声巨响,驱散扫净了那些金色小情人的颤音大合唱——同样狂野,同样悠扬,同样激情爱恋,只是音量宏大高昂,压倒一切。

这一男一女急切的目光立刻越过敞开的落地窗和睡台纱窗,透过丁香花,直落大路,屏息期待那匹大公马的到来。这马呼唤爱情的嘶鸣总是比马先到。又传来一声马嘶,而马依然不见踪影。迪克道:

"高傲的小月亮,我来给你唱支歌吧。不是我的歌,是这位'山少年'的歌,方才嘶鸣的就是它啊。听!它又在唱啦。它唱的是:'听我唱!我就是爱洛斯①。我的铁蹄踏遍山野,我的歌声响彻山谷。安静的牧场上,母马们听到我就四下惊逃。她们对我熟悉不过。青草在转绿,土地变肥沃,树木满汁液。春天来了。春天属于我。我是春之王。母马们记得我的歌,从她们母亲那里听说我。听我唱吧!我就是爱洛斯。我的铁蹄踏遍山野,宽广山谷响彻我声音,回荡我欢歌!'"

波拉贴紧些丈夫,丈夫也抱得更紧些。她亲亲他的额头,夫妻二人凝视着丁香花间空落落的大路。忽见骏马"山少年"驰骋而来,力大无比威风八面,背上那个骑手蚊蚋般小得荒唐。那马目光狂野,欲望横溢,眼珠泛着公马蓝色的光,口边泛着白色的泡沫,浑身上下精力躁动,时而奋蹄,迫不及待,飞奔疾驰;时而仰面朝天,发出震天动地的急切长啸。

仿佛回声,遥遥传来,细长而甜蜜,那是一匹母马在回应。

"是'福瑟琳顿公主'呀。"波拉柔声道。

"山少年"再次嘶鸣,迪克唱道:

"我就是爱洛斯,我的铁蹄踏遍山野!"

---

① 爱洛斯:小爱神,古希腊之神。

在迪克温柔的怀抱中,刹那间,波拉简直反感丈夫对这匹骏马的崇拜。但这反感转瞬即逝,她感到内疚,快活地叫道:

"好啦,红云!唱唱《橡籽歌》吧!"迪克有点心不在焉,扫一眼合在手指的小册子,旋即以同样快活的腔调唱了起来:

> 橡树籽儿落自天堂!
> 我把小小橡籽种上山岗!
> 我把大大橡籽种上山岗!
> 我发芽,我这颗黑色的橡籽,
> 努力发芽,发芽!

他唱歌时,她紧紧贴住他。但很快就发觉他那仍按着《猪瘟手册》的手指头有些躁动不安,而且他目光下意识地对书桌上指着十一点二十五分的时钟迅扫了一眼。她再次试图抱紧他,尽管这不舍流露出同样下意识的温和怨愤。

"你这叫人捉摸不透的坏红云。"她幽怨道,"有时候,我简直肯定你就是地地道道的红云,边种橡籽儿,边撒野欢唱你那首《橡籽歌》。可有时候,你又简直像个现代人,最新品种的两腿男人,在数据的重重包围中寻找特洛伊式的冒险,装备着多多的试管和注射器,跟多多的奇怪微生物进行决斗。有时候,我又觉得你应该戴副眼镜,秃着脑门儿,简直……"

"那就没权利、没精力占有够我好好一抱的姑娘啦,"他替她说完,抱得再紧些,"那我就是个傻兮兮的科学怪胎,不值得用甜蜜的玫瑰奖励他的小小虚荣心啦。嘿嘿,听着,我有个计划。过几天……"

可是他的计划胎死腹中,因为二人背后传来一声周到提醒的咳嗽。夫妻不约而同一回头,但见秘书助理邦布莱特手捧一捆黄色记录纸来了。

"有四份电报,"他口气歉然,"布雷克先生肯定其中两份很重要。一份有关运到智利的那船公牛……"

波拉缓缓从丈夫身上挪开,站起身来,觉出他也在顺势离开她,要转而面对桌子上那些数据、提货单,还有将至的秘书、工头和经理们。

"对了,波拉,"她穿过门廊离去时,他唤道,"我给新来的男仆起了个教名——阿侯。你觉得怎么样?"

她警告般的口气透着一丝伤感,与微笑一起消失:

"给仆人起名字你很快就要山穷水尽啦。"

"我可从没用过高门大户的名字。"他认真地宽她的心,可眼睛闪着不服气的光。

"我不是那意思,"她回嘴,"我是说你很快就会没词儿啦。用不了多久,你就只好叫他们阿贝尔、阿黑尔、阿老黑尔啦。你这个'阿'不好。还不如用'红'呢,那就可以叫他们红牛、红马、红狗、红蛙、红草啦,还有那么多可红的呢。"

她把他逗得大笑,自己也笑着走开了。他立刻埋头眼前电报的船运细节当中——三百头一岁注册公牛,离岸价二百五十美元一头,指定港交货,运往智利的肉牛牧场。他这么忙着,隐隐听到波拉一路唱歌,向大宅她那头去了。他心中暗喜,竟没听出她歌声中有一丝嘲弄,就那么一丝丝有意克制的嘲弄。

第 八 章

波拉离开后五分钟,分秒不差,迪克处理完四封电报,登上一辆农用汽车,带着爱达荷州来的买主塞耶尔先生和《饲养家公报》的特约记者奈史密斯。牧羊部经理沃德曼也从羊圈所在地加入进来,这里已集中了数千只什罗普绵羊羔,等待检验。

一行人一路无话。塞耶尔先生看来挺失望,觉得这贵的牲口要买上十车,好歹总该介绍介绍情况。

"这样的羊羔还有什么话可说。"迪克要他放心,转身给奈史密斯提供数据,他要写一篇关于加州和西北部地区什罗普绵羊的文章。

十分钟后,迪克对塞耶尔说:"我看你就甭劳神收集数据啦,全是顶级。花上一星期挑的十车羊和你随手逮住的任何一只,全都一样好。"

这份想当然买卖已成的沉着,把塞耶尔的心给搅乱了。再说他也的确从没见过这么好的羊羔,情急之中,就把订单从十车改为二十车。

二人回到大宅,各自给球杆梢抹壳粉,继续打中断的台球时,塞耶尔对奈史密斯说:

"我这是头一回造访福雷斯特的农场。这家伙真是个怪才。我一向从东部购买和引进羊羔。不过,这些什罗普羊深合我意。你该注意到我把订单翻了一倍。那些爱达荷的买主肯定会疯抢。来前我只接到六车订单,外加两车由我看情况决定。不过,那些买家要是亲眼见到羊羔,不立刻就翻倍买下,不疯抢剩下的,那就算我根本不懂绵羊啦。这些羊羔真是顶呱呱啊。不把爱达荷的养羊业给惹火起来……唔,那福雷斯特就算不上什么养殖家,我也算不上什么买家啦,真的。"

提醒午餐的锣声响了——那是一面来自朝鲜的巨大铜锣,先必须确认波拉已醒,这锣才会敲响——迪克加入到大院金鱼池旁的那伙年轻人当中。伯特·温赖特在他妹妹丽塔、波拉和她的两个妹妹鲁特、欧内斯廷七嘴八舌的指挥下,正用一只小捞网打捞一条美丽如花的金鱼,这条鱼的鱼鳍和尾巴特别多,使得波拉决定把它隔离开来,放到她自己院子水池的一只特别繁育缸里去。一片兴奋的尖叫和笑声中,鱼被捞了起来,等在一旁的意大利园艺匠用一只水罐接过去,捧走了。

"你对自己有什么话可说?"迪克加入时,欧内斯廷挑起话头。

"无话可说。"他故作悲伤,"牧场给挤干啦。三百头美丽的种牛明天运往南非。你们昨晚见过的塞耶尔先生,也要运走二十车皮羊羔。我能说的就一句——恭喜智利和爱达荷州。"

"再种更多橡树籽儿。"波拉乐道,胳膊搂着两个妹妹,三个人满脸是笑,预示着要捣鬼。

"哎呀,迪克,唱唱你的《橡籽歌》吧。"鲁特央求。

他绷着脸摇头不肯。

"我有支更好的歌。最正统的,能把红云和他的《橡籽歌》给羞死。听好了!叫作《东部小妞之歌》,她在主日学校赞助下,首次来这一带乡下旅行。她很年轻,请特别注意她口齿不清。"

言毕,迪克开唱,故意发音不清:

金鱼在缸里游呀游,

小鸟在枝头上跳呀跳;

是谁让小鸟跳得呀这么欢?

是谁让绒毛呀长在小鸟胸口上?

是上帝!是上帝!是上帝亲手把奇迹创造!

众人笑声平息之后,欧内斯特不齿道:"你这是抄来的。"

"没错儿,"迪克承认,"我是从《牧场主》抄的,这家是从《养猪期刊》抄的;《养猪期刊》是从《西方辩护士》抄的;《西方辩护士》是从《公众舆论》抄的;《公众舆论》,毫无疑问,是从那个小妞本人,或更应当说是从她主日学校老师那儿抄的。这支歌,我确信,是《我们的哑巴动物》首次刊印。"

铜锣敲响第二声,波拉一只胳膊搂着迪克,另一只搂着丽塔,领头朝屋里走去。伯特·温赖特殿后,边走边给鲁特和欧内斯廷跳一种新的探戈舞步。

在通向餐厅的楼梯顶端,迪克遇到了塞耶尔与奈史密斯,他一阵推挤忙乱,便趁机从姑娘们中脱身,对塞耶尔说:"塞耶尔,有件事,你离开我们之前,请看看我们的美利奴羊群。我真得为它们吹吹牛。美国牧羊者们最终不得不接受这些羊的。当然咯,我开头用的是进口种羊,但我培育了一个加利福尼亚品种,准能让法国佬刮目相看。去见沃德曼吧,让他带你挑。让奈史密斯跟你一起检验,往你的车皮里塞上六七只,算我的礼物。让你们爱达荷的牧羊人开开眼。"

众人在一张似乎可以无限延长的餐桌前落座。这是一间矮而长的餐厅,是古老加州墨西哥大地主那种西班牙式大农场的复制品。地面铺着大块褐色瓷砖,横梁与天花板粉刷一白,大而本色的混凝土壁炉堪称巨大而简朴的杰作。绿树鲜花在深深的楔状窗口外摇曳,屋子一派洁净、素朴、凉快。

墙壁上不露拥挤地挂着好多幅油画——众多名作之中,最炫目的是一幅泽维尔·马丁内斯①忧伤灰色调的黄昏墨西哥风景。画面上,一名农夫正扶着一把弯钩犁,吆喝一头小公牛,翻着忧伤的犁沟,横过一片忧伤、无尽的墨西哥平原。还有几幅暖色调的画,描写早期加利福尼亚墨西哥移民的生活。一幅赖默斯②的蜡笔画,暮色中的桉树,远处晚霞尽染梢头。一幅彼得斯③的月光,一幅格里芬④的麦茬田——远处,加利福尼亚夏日林木葳蕤的山谷,笼罩褐紫色薄雾的群山,发出烟熏的光。

趁迪克和姑娘们大呼小叫、咯咯逗笑正热闹,塞耶尔压低嗓门儿跟对面的奈史密斯说,"喂,写你那篇文章的话我这儿可有的是材料,要是你提到大宅的话。我见过仆人们的餐厅,每顿饭足有四十个人坐那儿吃,包括花匠、司机、户外工。大宅本身就是寄宿舍嘛。了不起的头儿,了不起的体系,你信我的。那个华人男仆阿乐就是个奇才,是所有女人帮的管家或经理,他那份差事随你怎么叫吧。瞧瞧,管得多有条理,样样井然有序。"

"福雷斯特才真是个奇才,"奈史密斯直点头,"他聪明人专挑聪明人,能统率一支军队、指挥一场战役、领导一个政府,甚至

---

① 泽维尔·马丁内斯(1869—1943):活跃于十九世纪末二十世纪初的美国画家。
② 海因里希·赖默斯(1824—1895):德国画家。
③ 马修·威廉·彼得斯(1742—1814):英国肖像画家、风俗画家。
④ 威廉·格里芬(约 1811—1870):新西兰画家。

导演一个同时上演三套节目的马戏团。"

"最后这句夸得最够意思。"塞耶尔由衷赞成。

"对了,波拉,"迪克朝对面的妻子说,"刚听说格雷厄姆明早到,最好告诉阿乐给安顿在瞭望塔。那地方男子汉住挺不错,况且他没准儿要兑现夸下的海口,真要写书呢。"

"格雷厄姆?格雷厄姆?"波拉大声地回忆,"我认识他吗?"

"两年前你见过他,在圣迭戈维纳斯咖啡馆,他和咱们共进晚餐来着。"

"哦,那伙海军军官中的一个?"

迪克摇摇头。

"不是军人。你不记得那个金发碧眼的大块头了?你还和他聊音乐聊了半小时呢,就是乔伊斯上校滔滔不绝地向咱俩证明,美国应当用包铁甲的拳头扫荡墨西哥的那次。"

"哦,是的,"波拉模糊想起,"以前……他以前还在什么地方遇到过你。南非?对不对?还是菲律宾?"

"就是那家伙。南非,没错,埃文·格雷厄姆。第二次我们是在黄海上,在《时代》周刊的通讯快艇上遇到过。后来和他又有过十几次路线交汇,但没见面,直到那天晚上在维纳斯咖啡馆碰上了。"

"老天!他离开博拉博拉岛[①]往东去,就在我抛锚再往西,去南太平洋的萨摩亚群岛两天之前。我离开阿皮亚[②],给他捎带了几封美国领事给他的信,在他抵达那地方的前一天,在莱芜卡[③]。三天之差,我们在莱芜卡错过。那时候我正驾着'野鸭

---

① 博拉博拉岛:法属波利尼西亚。
② 阿皮亚:西萨摩亚首都。
③ 莱芜卡:属斐济群岛。

号'航行。他离开了苏瓦①,在一条英国巡航船上做客。埃弗拉德·伊姆·瑟姆爵士②,南海地区的英国高级督察,又让我给他捎更多的信。我在雷索卢申港和新赫布里底群岛的维拉港错过了他。要知道,巡航船是条游船,我在圣克鲁斯群岛曾追上了这条船,可又被它抛到后面。所罗门群岛情形也一样。巡航船在炮轰郎伽—朗伽之后,早上一溜烟离开了那儿,可我下午才抵达。结果一直没法子当面把那些信交给他。再遇到他,就是两年后维纳斯咖啡馆那次了。"

"他做什么的?人怎么样?"波拉问,"要写什么书?"

"噢,先从后头说吧。他破产了——对他而言,一文不名了。还剩下一笔几千美金的年金,但他父亲留下的遗产全没了。不,不是花天酒地挥霍掉的。几年前,他被那场'沉默恐慌'事件几乎骗得精光。不过他怨都不怨一声。"

"他是条汉子,传统美国佬,耶鲁毕业。那本他打算写的书——他指望赚上一笔——好支付去年从东到西横穿南美旅行的欠账。他去的是一片新领域。巴西政府愿意给他提供一笔一万美金的报酬,感谢他对巴西未开发地区提供的信息。啊呀,他真是条汉子,好汉子。他不孚众望。你见过这类人的——干净、高大、强壮、朴实,见多识广,无所不知,诚实正派,直视你的眼睛——呣,一句话,男人中的极品。"

欧内斯廷拍起手来,朝伯特·温赖特抛一个挑战男人、勾引男人的媚眼,叫道:"而且他明天就到啦!"

迪克责备地摇摇头。

---

① 苏瓦:斐济首都。
② 埃弗拉德·伊姆·瑟姆爵士(1852—1932):英国作家、探险家、园艺家、摄影家。

"得啦,欧内斯廷,别打鬼主意。以前也有跟你一样漂亮的姑娘和你现在一样,想钓埃文·格雷厄姆上钩。就咱俩说说,我也不能怪她们。可这家伙运气好,腿又快,姑娘们老是追不上,没法子叫他无路可逃,没法子叫他头晕目眩,喘不过气,对那句审问乖乖地挤一句'我愿意',然后恍惚中醒来,发现自己被五花大绑,摁倒在地,加盖印章,娶妻成婚。忘了他吧,欧内斯廷,守住你的金色年华,等着青春砸下金苹果来。把这些金苹果和金色年华的小伙子一道捡起来,再弄出些傻乎乎的动静,就跟你一直想套住快腿小伙,可老套不上一样。对格雷厄姆,你就死了心吧。他跟我一样老——我俩年纪差不多——也跟我一样,跑过不少恋爱大赛,自有脱身之计。他被钩住过铁丝网,拧过鼻子,烫过脖子,却毫发无伤。也低过头,却不上套。他不喜欢小丫头。老实说,指责他摇摆不定,倒也可能,可我得代表他承认,他就是年纪一把,历经坎坷,聪明谨慎罢了。"

第 九 章

"我的假小子在哪儿?"迪克大叫大嚷,马刺铿锵,脚步嗵嗵地穿行大宅,寻找小夫人。

他来到通向她那长长一侧住处的门口。这道门没有把手,只是嵌入护墙板中的一大块门板而已。不过迪克和妻子分享着一只暗藏的弹簧,按一下,门就洞开。

"我的假小子在哪儿?"他边喊边沿着她的住处朝前走。

瞟一眼浴室,深陷的罗马式浴缸、通向浴缸的大理石台阶,没人。再扫一眼波拉的衣帽间、化妆间,也没人。走过短而宽敞的楼梯,来到她自称为朱丽叶塔的地方,在同样没人的靠窗沙发上,他心儿一抖,看到摆放有致的一些美丽轻柔、花边旖旎的女人衣物,知道是太太自娱自乐铺开的。在一只画架前他驻足片刻,方才反复的吆喝停在了嘴边,化作一声认识和欣赏的大笑,画架上的素描草草画着一匹骨骼粗大,笨头笨脑,刚断奶的小马驹,正嘶喊找妈妈。

"我的假小子在哪儿?"他边朝前方吆喝边走出来,进了睡台。结果只发现一位三十来岁,眉头紧锁,神态谦恭的华人女仆,对着他的目光怯怯地一笑。

这是波拉的女仆阿亚,这名字是多年前迪克起的,因为她两弯细眉总是提心吊胆地紧锁,仿佛永远要喊出一声"啊呀!"其实,她小时候就被迪克从黄海之滨一座渔村带来服侍波拉。当时她守寡的母亲为渔夫们编织渔网,光景最好的年头才能挣上四美元。阿亚登上那艘三桅纵帆船"远航号",开始伺候波拉。同时,能干的船上小厮阿乐也开始崭露头角。多年后,他升任大宅总管。

"阿亚,太太呢?"迪克问。

阿亚腼腆地往后退。

迪克等她回复。

"她……大概……和小姐们在一起吧,我不清楚。"阿亚结结巴巴地回答。迪克心善地转身离去。

"我的假小子在哪儿?"他大呼小叫,出来到了车辆出入口,正好一辆牧场轿车从丁香花丛拐过来。

"我要知道才怪呐。"一位着轻松夏装,金发碧眼的高个子从汽车里应道。须臾,迪克·福雷斯特就和埃文·格雷厄姆手握手了。

阿麦和阿侯拎着随身行李,迪克陪客人前往瞭望塔的住处。

"你得习惯习惯我们,老伙计。"迪克忙解释,"我们管理农场和钟表一样准,仆人都是奇迹。不过我们也寻欢作乐。你再迟到两分钟,就会只剩华佣迎接你啦。我正要出门遛马,波拉——我太太——早没影儿啦。"

两个男人身量几乎一样。格雷厄姆也许比主人高上一英寸,但肩宽与胸围却比主人小上一英寸。与福雷斯特相比,格雷厄姆金发碧眼的欧洲血统也许更明显,尽管两人眼珠同为灰色,眼白同样清澈,皮肤同样饱经风霜,晒成古铜色。格雷厄姆面部轮廓更鲜明,眼睛更长,但眼皮耷拉得也更厉害。他鼻梁似比迪克更挺一分,更大一分,嘴唇更厚一分,更红一分,唇线更丰满,也就更弯一分。

福雷斯特头发棕色,由浅入深。格雷厄姆头发光滑如丝,只是被阳光烤成了沙色,悄然显出原本的金色。两人都颧骨高高,但福雷斯特颧骨下的凹陷更深。两人鼻孔同样大,同样敏感。嘴唇同样丰满,同样带着女孩般的可爱纯真,但面部肌肉一绷紧,也会使双唇变得严厉坚定,与不带凹痕的方下颏十分相称。

然而,身高多一英寸,胸围少一英寸,却赋予格雷厄姆一种迪克不具备的优雅。如此一来,二人便相映成趣。格雷厄姆轻松活泼,有几分白马王子风范。福雷斯特更能干、更强大,对他人更危险,对自己生命的把握也更强势。

福雷斯特边说话,边扫一眼手表。但这一眼果断精准,时针迅即关联到现实。

"十一点半了,"他道,"赶紧跟我来,格雷厄姆。我们午饭十二点半才开呢。我正要发运一船种牛,三百头呢。对这些牛我可是扬扬得意,你一定得看看。甭在乎什么骑马装啦,阿侯会去给你拿一双我的绑腿。你,阿乐,去吩咐给'阿尔塔蒂娜'上副马鞍。格雷厄姆,你喜欢啥样的鞍子?"

"哦,老伙计,随便。"

"英格兰式?澳大利亚式?军用式?墨西哥式?"迪克不肯随便。

"不麻烦的话就军用式吧。"格雷厄姆从命。

二人在路旁驻马,目送发往智利,即将开始漫长旅程的牛群中的最后一头消失在大路拐弯处。

"发现你干得很棒啊。"格雷厄姆眼睛发亮,"我年轻时在阿根廷也养过牛。要是也有这样的种肉牛来发展,就不会赔得那么惨啦。"

"你那是在紫花苜蓿和自流井问世之前嘛。"迪克安慰他,"那年头,养短角牛的时机还不成熟,只有小种牛能逃过旱灾。小种牛耐力好,但称重不行。再说了,船载冰箱还没发明出来。这些东西革新了阿根廷的畜牧业。"

"再说了,那时候我也太年轻,"格雷厄姆补充,"不过,这也算不上什么好借口。那时候有个德国人和我干一样的事,资本只有我的十分之一。可他坚持不撒手,缺草的年头、干旱的年头,什么困难都死死扛住,如今身家七位数啦。"

二人拨转马头回大宅。迪克抬腕看看表。

"时间足够。"他对客人保证,"真高兴让你看了这些一岁种牛。那个德国小伙子坚持到底有一条原因,他不得不坚持啊,而你有你父亲留下的钱撑着。我猜,不光因为你脚板发痒,还因为你主要弱点是有钱挠那痒痒。"

"那边是些鱼塘。"迪克朝右边丁香花后面那看不见的远处点点头,"你有的是机会钓一大堆鱼——鳟鱼鲈鱼、甚至鲇鱼。瞧瞧,我是个小气鬼,喜欢把什么都变成工作。八小时工作制没准儿有道理,可我让水二十四小时都工作。鱼塘根据鱼的种类分成系列,但水从山上就开始工作了,先灌溉十几处山间草场,再猛跌下山,接下来高低不平流上几英里,澄清透明。从高山跌落的地方发电,供应本农场一半用电和全部照明。然后一半灌溉低处的草场,流到这里注入鱼塘,再流出去灌溉远处那好几英里长的苜蓿地。信我的,那时候水还没流到萨克拉门托平原的话,再灌溉,我就得用水泵抽水啦。"

"哎呀呀,你真行!你都可以写首诗赞美水的奇迹啦。我见过拜火教徒,可拜水教徒,你可是我见过的头一个。而且你又没住在沙漠里,这地方有的是水——原谅我瞎说——起先我正要说……"

格雷厄姆再没来得及说完——右边不远处突然传来钉了蹄铁的马蹄敲打混凝土的声音,紧接着哗啦一声巨响,随即是女人们的一片尖叫和大笑。很快,尖叫透出慌张,伴随着什么大动物遭水淹发出的响亮溅水声、挣扎声。迪克头一低,纵马越过丁香花树,格雷厄姆骑着"阿尔塔蒂娜"紧跟其后,忽地来到一片林中空地的耀眼阳光下。格雷厄姆目睹了一辈子从未见识过的场景。

只见四周绿树环绕,空地中心有一座混凝土四壁的蓄水池。水池较高的那头整个是条溢洪道,闪亮着一英寸深的流水。四壁垂直,较低的那头是道缓坡,从粗糙的波纹状逐渐变成坚实的基底。池子里,惊惶已至危急,害怕已至恐慌,一名穿皮套裤的牛仔正慌乱地浮起来又沉下去,不知所措,不断大叫"哦,上帝!哦,上帝!"前半句升调全是变音,后半句降调满是绝望。水池那头,面向他,腿悬在水上,坐着三名穿泳装的年轻姑娘,个个吓得花容失色。

水池里,正中是匹水淋淋的大马,鲜艳的栗色缎子般的皮毛发出淡淡红光。那马站立水中,向上向外踢打着空气,阳光下两只巨大前蹄的蹄铁闪着湿漉漉的光。马背上,不断滑下来又死死巴上去的是一个白色人形。起初,格雷厄姆还以为那是个了不起的小伙子。直到那匹公马沉了下去,再两腿两蹄一用力浮了起来,他这才发现原来马背上竟是个女人——一个肤色与她身上的白色丝质衬裙式泳装一样白的女人。那泳装紧贴在她形体轮廓上,好似一层大理石雕刻的纱幔。她的脖子也似大理石般雪白,只是当她努力把脑袋伸出水面时,美丽精致的肌肉会从泳装下面显出大大小小的动作。她纤细的胳膊缠在淹得半死的大马长长的鬃毛里,雪白浑圆的膝盖在大马光亮如缎、湿而紧张的肌肉块上滑动,雪白的脚趾在马儿光滑的体侧蹬来蹬去,企图在马肋下找个地方蹬住,却白费力气。

格雷厄姆倒吸一口凉气,看清了令人窒息的场面,那个绝妙的白色人形竟是个女人!尽管她角斗士一般奋力挣扎,却原来如此小巧玲珑,令人想到一个德累斯顿瓷娃娃,骑在一只行将淹死的硕大动物背上,娇小轻盈,怪异而荒唐。马儿壮硕庞大,令她小似侏儒,或宛若小仙女。

她面颊紧贴着弯弯拱起的马脖。那一头金褐色的头发水中泡过,湿淋淋绺绺下垂,似与公马黑色的鬃毛纠缠在一起。但她的脸最令格雷厄姆诧异,那是张孩子的脸,又是张女人的脸,严肃而开心,写满冒险取乐。那又是张白种女性的脸,十分现代,但又完全像个异教徒。这不是现代人在二十世纪能碰到的尤物或场景,简直就是来自古希腊,就是麦克斯菲尔德·帕里斯[①]画笔下《一千零一夜》的再现——波浪滔天的大海中会腾起魔怪,或骑双翅飞龙的金色王子会晴天霹雳般扑将下来,出手相救。

那匹大马再次腾出水面,想跳得更高些,沉下去时,却险些朝后翻了过去。了不起的马与了不起的骑手一起消失到水面之下。一秒钟后,那马再次腾起,大若餐盘的前蹄依然在空中踢刨,骑手依然紧抱光亮如缎的马脖。格雷厄姆倒抽凉气,想到万一那马翻倒会是何等灾难!那四只巨大铁蹄的任何一只都可能一下子永远击灭、扑灭那个身体雪白、活力四射的女人发出的火花与光亮。

"骑马脖子!"迪克大叫道,"抓住马额毛!骑马脖子!让马

---

① 麦克斯菲尔德·帕里斯(1870—1966):美国插图画家。

恢复平衡!"

女人听从,脚指头抵进那马绷紧躲闪的肌肉块,向上纵身,一只手揪住湿漉漉的马鬃,空出的另一只手向上在马的两耳之间快速抓几下,抓住了马额鬃。接下来,伴随着那匹大公马服从骑手的重量转移,身体恢复了平衡,她又重新滑落到马肩上。她一手抓牢马鬃,另一条雪白的胳膊在空中挥舞,朝福雷斯特感激地一笑。格雷厄姆发现,她还足够镇定地注意到丈夫身旁马背上的客人。同时,他还发现,她转过头来,挥舞胳膊,许是故作勇敢,但更多是为了摆个美丽姿势而动的鬼脑筋。而最要紧的,她其实是在展示自己生命鲜活、冒险壮举的纯粹快乐。

那匹大马身体一旦恢复平衡,便轻松地保持住了,游到了水浅的一头。大马在粗糙的斜坡上挣扎而上,回到那个抓狂的牛仔身边,"没几个女人能这么玩的。"迪克悄悄地说。

那牛仔迅速转动马口之间的链子,调整了笼头。可是波拉向前探身,专横地从牛仔手中夺过铅质部件,调转马头,面对福雷斯特的方向致意。

"好啦,你们该走啦,"她叫道,"这是我们女士的聚会,谢绝男士。"

迪克哈哈大笑,挥手致意,带路穿过丁香花丛,回到主路。

"那是……那是谁呀?"

"是波拉——福雷斯特太太——假小子,永远长不大,一朵最勇敢的玫瑰花。"

"我真是目瞪口呆,"格雷厄姆道,"你太太常玩这种特技啊?"

"这么干还是头一回,"福雷斯特回答,"那匹马叫'山少年'。她骑着那匹马从溢洪道直接冲下水去,这马重两千两百四十磅呢。"

"就不怕跌断那马还有她自己的脖子和腿儿?"格雷厄姆评论。

"那马的脖子值三万五千美元呢,"迪克笑道,"这是去年那匹马及其后代沿海岸线赚了一大把之后,一群想买它的饲养家给我开的价。至于波拉,一年到头,每天都可能以这个价跌断马脖子、马腿儿,直到我倾家荡产。只不过她不会,因为她从没出过事。"

"要是那马跌得四蹄朝天,不信她还能逃命。"

"可这马不会,"迪克口气四平八稳,"这就是波拉的运气,想杀死她没那么容易。嗨,我从炮火硝烟里救过她一次,她还一个劲儿失望,自己怎么没被打中、被打死或差点儿被打死呢。当时四排大炮朝我们开火,弹片横飞,一英里的射程,我们得跑过半英里软塌塌的山坡才能躲进掩体。我真有理由怪她磨磨蹭蹭,她自己也承认有一点儿。我俩结婚到现在有十年?十二年?可我有时候就觉得根本不了解她,没人了解她,她自己也不了解自己。就像你我照着镜子也不明白自己到底是谁一样。波拉和我有一条神圣原则:只要开心,管他什么代价!不论这代价是金钱、名誉,还是生命。这就是我俩的生存方式和我俩的运气,只要活得开心。目前为止,倒还从没被命运敲过竹杠呢。"

第 十 章

这顿午餐全是男人。福雷斯特解释说,女人们"正自己聚呢"。

"依我看,不到下午四点,甭想见到她们一个人影儿。四点钟,波拉的一个妹妹欧内斯廷,说网球要打得我一败涂地,至少是这么吓唬我的。"

格雷厄姆直坐到散席,和男人们边吃午饭,边聊些品种啊、繁育啊,长了知识,也聊些自己闯荡世界的见闻。但他无法从眼前赶走女主人的幻象——那匹凫水的大马湿漉漉的黑色背景衬托之下,她雪白而凹凸有致的身体老在眼前晃来晃去。而且,整个下午观赏那些获奖的美利奴羊、伯克夏小母猪时,眼皮下面这个幻象老在不停发光。甚至到了四点钟,网球场上和欧内斯廷对抗时,他也不止一次失手,因为刹那间,紧贴那匹大马脊背奋力拼搏的白色大理石般的女人形体会令飞来的球黯然失色。

格雷厄姆虽是外地人,对加州的礼仪却了然于胸。所以,眼见那些泳装的姑娘们晚餐时个个打扮齐整,而男人们却没一个衣冠楚楚,并不大惊小怪。他自己也没傻乎乎地费心收拾,尽管这宅邸气派,场面气派。

第一记与第二记锣声之间,所有客人便三三两两,来到长长的餐厅。第二记锣声刚响,迪克准时到场,开始大灌鸡尾酒。格雷厄姆煎熬地期盼着整个下午一直在他眼皮底下捣乱的那个女人出现,做好了各色各样失望的准备。他已见过太多泳装运动员一换上传统服装就无精打采,坐没坐相,站没站相,所以并不指望那个穿白色丝质泳装的美丽尤物,一旦换上普通女装能有多漂亮。

她款款走来了。他惊艳到悄然倒吸一口气。她自然而然驻足,就在拱门下得体地稍停一瞬——柔和的灯光照亮她全身,背后的暗影勾画出曼妙的身影。格雷厄姆惊得张开嘴,不记得合拢。两眼沉醉于她的美貌,惊怪自己曾以为她那么娇小,那么像个小仙女。可眼前,哪有什么娇柔小女子或马背假小子?明明白白就是位仪态万方的贵妇啊,因为只有娇小女子才有时反露雍容华贵。

她身量的确比他早先判断的要高,看起来也不矮,而且盛装或泳装同样精致匀称。他注意到,她金褐色的头发亮亮地高堆头顶;雪白的肌肤洁净无瑕,光泽健康;浑圆的脖颈耸在结实的胸上,无与伦比;还有那身晚装,低调深蓝、款式有几分仿中世纪,半合身半贴身,长袖飘飘,边缘镶着金色珠宝。

她嫣然一笑,给他一个温暖全身的致意。格雷厄姆认出这与她在马背上的那一笑相似。她款步前行,他无法闭眼不看那贴身衣饰下翩若惊鸿的移动——那是她浑圆的膝盖在抬动,他知道,他见过——这膝盖曾不顾一切地顶入大马"山少年"圆鼓鼓的块状肌肉。格雷厄姆同时注意到,她不曾,也不需要穿胸衣。她穿过大厅时,他眼前浮现的是两个女人的形象——一个是贵妇,大宅女主人;另一个,是迷人女骑手宛若大理石的雕像,就在那袭低调深蓝、镶金边的晚装下面。那倩影,任何华服都无法从他记忆中抹去。

她向男人们走来,来到他们中间,在正式介绍格雷厄姆之后,女主人欢迎他光临大宅,光临这座大农场,格雷厄姆握住了她的手。他知道她的声音婉转动听,知道唯有她那深沉胸膛之上的歌喉方能发出这等天籁之音,尽管她那么娇小。

餐桌上,越过她所在的角落,他情不自禁反复端详她,一面说说笑笑,尽量把持自己,其实大部分时间,眼里心上,全是女主人。

格雷厄姆还从未与这么古怪的一群人同桌吃过饭。买羊的那位和《饲养家公报》的记者仍在席上,另三车男女客人总共十四位,头一记锣声快响之前就到了,一直待到月色明亮才骑马回去。格雷厄姆记不住这些人的名字,但弄清了他们来自三十英里外的山谷小镇维肯伯格,属于小镇银行、专业人士和有钱的农场主阶层。他们嘻嘻哈哈,满嘴流行语、新笑话。

"我现在明白了,"格雷厄姆对波拉说,"你家要老这么开旅店似的——自打我来这儿,就一直这样——我干脆就甭费劲记那些人和名字啦。"

"不怪你,"波拉大笑同意,"可这都是邻居啊,随时都会来的。那边,华森太太,挨着迪克坐的,是本地最老的贵族。她爷爷,维肯,1846年翻过内华达山丘来到这儿,维肯伯格镇就是用他的名字命名的。那个黑眼睛的漂亮姑娘就是她女儿……"

波拉不停地给格雷厄姆讲着随意看到的客人,可他简直一半当作了耳旁风,一味琢磨如何才能了解她。自然大方是她的基调,也是他对她的最初评价。但有时他又觉得快乐才是她的基调。但这两点结论似乎又都不尽然。他明白,对她,他所知还甚少甚少。忽然,他灵机一闪——那是傲气,一点不错!傲气就在她的明眸中,在她头部的转动自若中,在她的绺绺鬒发中,在她敏感的鼻孔中,在她伶俐的双唇上,在她圆下巴的俯仰之间,在她的小手上——紧致结实,露着青筋,一看便知是双努力工作的手,长时间弹奏钢琴的手。正是傲气,灵动于她的每块肌肉、每条神经、每次战栗之中——那正是她自觉的、故意的、刺人的傲气。

她也许快乐大方,像个大男孩,爱玩爱闹,但那傲气与生俱来,深入骨髓,紧张而活跃。这是个爽快女人,坦诚直白,柔韧开明,但绝非玩物。在他看来,她有时似乎闪着一丝钢的光彩——细柔如珠宝的钢。她的力量正在那最娇柔、最质感之处。他玩味着对她的印象,犹如把玩银丝,把玩细皮革,难敌美的诱惑,把玩玛克萨斯群岛少女头上的辫绳,把玩珍珠贝雕,把玩爱斯基摩人海上投枪那带倒刺的象牙头。

"得啦,阿伦,"他们听见迪克·福雷斯特打长餐桌那头提高了嗓门,息事宁人地说,"给你这句菲利普·布鲁克斯的话嚼嚼舌头吧。布鲁克斯说,一个多多少少感觉到自己的生命属于民族,上帝赋予自己的恩赐理该奉献给人类的人才可能伟大。"

"这么说,你终于信上帝啦?"那位叫阿伦的亲切地反诘。这是个身材修长,面孔长长,淡褐皮肤,黑眼睛闪亮,蓄黢黑长胡子的男子。

"我可不懂,"迪克回答,"引用这话不过打个比方而已。只当说的是道德、善良、进化好了。"

"人要伟大,根本用不着思维正确,"一位不动声色,长脸,衣衫褴褛的爱尔兰人插嘴了,"同样道理,许多对宇宙估量最为正确的人却最不伟大。"

"特伦斯,说得对!"迪克鼓掌叫好。

"不过是个定义问题罢了,"一个懒洋洋的声音道,无疑这是位印度教徒,精致细长的手指头正在掰碎面包,"何为伟大?"

"美算一个?"一位满脸悲戚,敏感而畏缩的青年柔声问道,此人一头乱蓬蓬长发。

欧内斯廷突然从座位上站起来,两手按着桌面,身子前倾,装出一副紧张样。

"他们跑题啦!"她大叫,"他们跑题啦!咱们现在只好第一千次来解决宇宙问题啦。西奥多,"她向青年诗人道,"你这起步太差劲,加油快跑吧。骑在你的阳离子、阴离子背上,肯定领先他们三个圈。"

话音一落,众人哄堂大笑,诗人面红耳赤,缩回自己敏感的壳。

欧内斯廷又向那个黑胡子发难:

"阿伦,看样子他状态不佳。你开的头,你该知道咋办。现在开始:既然伯格森的话已经讲得那么高妙,最为精致的哲学字眼加上最为智慧高深的观点……"

餐桌上又一片哄堂大笑,淹没了欧内斯廷的结论和黑胡子的大笑反驳。

"哲学家们今晚看样子过不了关。"波拉小声对格雷厄姆插一句。

"哲学家?"他反问,"他们不是和维肯伯格那帮人一起来的?这些人是谁啊?干什么的?我可一头雾水。"

"他们,"波拉迟疑一下,"他们就住在这儿,管自己叫丛林鸟儿。离这儿几英里外的林子里有自己的帐篷,在那儿除了读书、聊天,无所事事。现在就敢跟你打赌,他们的住处肯定能找到五十本迪克新买的、还没分类的书。他们还可以自由使用迪克的藏书室。白天、晚上,任何时间,你都可能碰到他们抱着一摞书,还有最新的杂志,在藏书室出出进进。迪克说,他拥有太平洋海岸线最新、最详尽的哲学藏书,都由这些人负责。某种意义上说,他们或多或少替迪克消化了这类东西。迪克乐此不疲,再说啦,给他省时间呀。他工作非常辛苦,你知道的。"

"我明白。他们……迪克养活他们?"格雷厄姆问,同时开心地直视那对同样直视着他的蓝眸子。

她回答时,他忙于研究她棕色的长睫毛是不是带一星星古铜色。是灯光反射?他不由自主,抬高目光,凝视她的眉——棕色,眉形秀雅,肯定是带古铜色。他再抬高一点点目光,凝视她高高堆起的秀发,发现那金棕色的头发更鲜明地闪着一种古铜色的光亮。他惊异而喜悦地发现,她的微笑,她的牙齿,她的双眸都在那张脸上灵动,令他目醉神迷。这微笑毫无做作,他断定。她笑,便身心投入,豪爽快乐,所有本性自然而然投入神情,而这本性就在她那颗美丽脑袋的什么地方永驻。

"是啊,"她在说,"只要他们活着,就不用担心没面包黄油吃。迪克为人最大方,简直有点不道德,鼓励这种游手好闲的人。等你看懂我们,就会发现这地方很有意思。他们……他们是农场的附属品,或者世袭财产,诸如此类。他们会永远和我们待在一起,直到我们给他们送终,或他们把我们埋葬。时不时,他们会有人悄悄离开一段时间,就像猫儿那样。那时候,迪克就得花一大把银子给人家找回来。那边那个特伦斯——特伦斯·麦克费恩——是个伊壁鸠鲁无政府主义者,但愿你懂这词,连只跳蚤也舍不得弄死。我送给他一只波斯猫,它有一对最蓝最蓝的眼睛。他细心地给这猫儿捉跳蚤,不伤害一只跳蚤,全给装进一只小瓶。等他厌烦了人类同伴,去和大自然交流,到林子里长时间散步的时候,就给跳蚤放生。"

"喏,就在去年,他心生怪想,要按字母表旅行。身无分文就动身去埃及,当然咯,去字母表的发源地,好获得解释宇宙的公式。他都到了丹佛,跟流浪汉一样流浪,可是参与了 I. W. W① 争取发言权还是什么的骚乱。结果迪克又雇律师,又付罚款,张罗一切,才把他平安弄回来。

"还有那个大胡子阿伦·汉考克。跟特伦斯一样不干活。阿伦是南方人,说他家的人从来不干活,说反正有的是农民和傻瓜,不干活就发慌。所以他还留胡子,说刮胡子是自找麻烦,是不道德。记得是在墨尔本,他突然掉到我和迪克面前,就是个钻出澳大利亚丛林,晒得黢黑的野人。他好像一直在做人类学、民间传说学之类的独创研究。迪克多年前在巴黎和他相识,跟他保证说,只要他漂回美国,管吃管住,所以他就在这儿了。"

"那个诗人呢?"格雷厄姆问,窃喜她不得不接着说下去,给他机会来玩味她脸上那令人顿时迷醉的笑容。

"哦,西奥——西奥多·麦尔肯呀,不过我们叫他利奥。他也不干活。他出身加州世家大户,富得流油。可是家族与他断绝关系,他也在十五岁时和家族断绝关系。家人说他是疯子,而他说家人不过是正在疯而已。他的确写过一些动人诗篇……要在他动手真写的时候。可他宁愿做梦,跟特伦斯和阿伦一起住在丛林里。特伦斯和阿伦救下他或捉到他时——我也不清楚是哪种情况——他正在旧金山辅导犹太移民。他在我们这儿已待了两年,实在还长胖了些。虽说迪克提供食品大方得荒唐,他们几个还是宁愿聊天、读书、做梦,也不肯好好做饭。他们只有像今晚这样,屈尊下山,和我们一起,才能吃顿像样的饭。"

---

① I. W. W:世界产业工人组织。

"那边那个印度人是谁啊?"

"那是达尔·海尔,是他们的客人。他们任邀请印度人来的,就像阿伦先邀请特伦斯,阿伦和特伦斯再邀请利奥一样。迪克说,时候一到,还会再有三个人冒出来,就正好当他的希腊七贤①啦。他们的丛林营地在一片野草莓地上,知道么,好漂亮的地方,有原始喷泉和峡谷呐。不过,我在说的是达尔·海尔。

"他勉强算得上是革命家。在我们好几所大学待过,在法国、意大利、瑞士留过学,是印度来的政治避难者,把自己这辆车搭在了以下两颗星球上:其一,一种综合性新哲学;其二,对英国在印度的统治造反,鼓吹个人恐怖主义和群众运动。这就是为何他的报纸叫《卡答尔》,或者《巴答尔》,诸如此类的东西,在加州被打压的原因,也就是为何他险些被驱逐出境的原因,还是他为何来到这里,一门心思要建立自己哲学的原因。"

"他和阿伦老是争个没完——争论哲学问题。好啦,"波拉叹口气,用微笑抹掉感叹,"好啦,说够了,就算你全知道了。对了,要是你近距离碰上这几位贤哲的话,提醒一句,尤其是在男士屋——达尔·海尔滴酒不沾。西奥多·麦尔肯能喝得诗兴大发,常常一杯鸡尾酒下肚就醉。阿伦·汉考克是个大酒鬼。特伦斯·麦克费恩根本分不清喝的是什么,也不在乎一百个人能被他喝得九十九个倒在桌子下头,还照样大扯伊壁鸠鲁无政府主义,半点不昏头。"

晚餐继续进行,格雷厄姆注意到一件事。贤哲们对迪克直呼其名,但对波拉却言必称福雷斯特太太,尽管她对他们直呼其

---

① 希腊七贤(约公元前620—前550):是古希腊传统给予7位公元六世纪初的希腊哲学家、政治家、法律制定者的称号,他们由于智慧而闻名于世。

名,而不用姓。其中并无做作,自然而然,尽管太阳底下他们尊重的东西很少,就连工作也不当回事,可他们相当不自觉而且不约而同地认识到迪克·福雷斯特太太的某种明明白白的疏远,因此上不敢直呼其芳名。对这些迹象,埃文·格雷厄姆可不迟钝,明白迪克·福雷斯特太太待人接物自有一套,既纯粹民主又彻底高高在上。

晚餐后在大客厅里,又是同样情形。福雷斯特太太尽情取乐,但没人敢想当然忘乎所以。一群人落座之前,波拉似乎就已满世界冒泡泡,比任何人兴致都高。她的笑声,时而来自这群人,时而来自那角落,令格雷厄姆着迷。这笑声有种纤维般坚韧的质感,极为悦耳,极具吸引力,不同于他听过的任何笑声。这笑声使他都跟不上乌穆博尔德先生的宏论了。这位年轻人正高谈阔论,说加利福尼亚需要的不是排日法案,而是至少两千名日本苦力来加州的农场干活,朝那些威胁实行八小时工作制的农工脑袋上猛敲一记。这位年轻的乌穆博尔德先生,格雷厄姆听人议论,是维肯伯格一带最大的世袭地主,此君不肯随波逐流,宁做外居地主,并为此自鸣得意。

钢琴旁,艾迪·梅森被一群姑娘包围,正弹奏切分乐曲[1]和流行歌曲。特伦斯·麦克费恩与阿伦·汉考克就未来派音乐争得面红耳赤。多亏达尔·海尔,格雷厄姆逃脱了乌穆博尔德先生对日本形势的夸夸其谈,因为印度小伙认为亚洲应该属于亚洲人,而加州属于加州人。

波拉提着裙裾好跑得快些,正被玩闹的迪克追得乱跑。在躲开乌穆博尔德这群人时,被捉到了。

---

[1] 切分乐曲:早期爵士乐,1890—1915年间流行。

"不乖的女人!"迪克假作申斥,旋即和她一起劝说达尔·海尔跳舞。

达尔·海尔抵挡不住,把亚洲、亚洲人以及自己的胳膊腿一起抛到脑后,奇形怪状地模仿起探戈来,自称是现代舞蹈登峰造极的结晶。

"好啦,红云,唱唱你的《橡籽歌》吧。"波拉命令迪克。

福雷斯特手臂依然搂着太太不放,威胁着要惩罚她,阴沉沉地摇摇头。

"唱《橡籽歌》!"欧内斯廷打钢琴旁随声附和,艾迪·梅森和姑娘娘们也立刻跟着起哄。

"好啦,唱吧,迪克,"波拉求他,"就剩格雷厄姆先生没听过这首歌啦。"

迪克摇头。

"那就唱你的《金鱼歌》。"

"我要给他唱'山少年'的歌。"迪克眼睛闪着诡异的光亮,恐吓道。他跺跺脚,腾跃身体,发出一声马嘶,模仿大公马"山少年"惟妙惟肖,一甩想象中的马鬃,唱道:"听吧! 我是爱洛斯! 我在山间奔腾!"

"唱《橡籽歌》!"波拉立刻小声打断他,带一分斩钉截铁之意。

迪克温顺地停下《山少年之歌》,但执拗马驹儿似的摇着头。

"我有支新歌,"他严肃地说,"是关于你和我的,波拉,跟尼什纳姆人学的。"

"尼什纳姆人是加州这一带的土著,已经灭绝了。"波拉赶紧对格雷厄姆解释一句。

迪克跳了几个舞步,硬着两腿,模仿印第安人舞蹈,两只巴掌拍打着大腿,开始唱一支新歌,手依然抓着太太不放。

"我,我是艾-库,头一个尼什纳姆男人。艾-库是亚当的简称。我爹是郊狼,我娘是月亮,这是我老婆吆-土-土-维。她是尼什纳姆头一个女人。她爹是蚱蜢,她娘是花尾猫。他们是我爹娘死后世上最好的爹娘。郊狼很聪明,月亮很古老。可有谁听说过蚱蜢和花尾猫?尼什纳姆人永远错不了。天下女人的娘应该是只猫,一只皱皮苦脸,诡计多端的花尾巴小猫。"

歌声刚落,这支关于头一个男人和头一个女人的歌立刻招来女人的抗议和男人的欢呼。

"这是吆-土-土-维,是夏娃的小名儿,"迪克接着唱,故作粗暴地把波拉猛地抱紧些,"吆-土-土-维长得不好看,可对她不能太挑剔,要怪蚱蜢和花尾猫。我,我是艾-库,头一个男人。别怀疑我的品位。我是头一个男人,这一位我知道,就是头一个女人。只有一个就不能挑三拣四。亚当就是如此,他就挑了夏娃。世上就这个吆-土-土-维给我挑,所以我就挑了吆-土-土-维。"

埃文·格雷厄姆边听边盯着环绕美貌女主人的那条胳膊,觉出自己心怀忌妒,连忙生气地赶走这念头,"迪克·福雷斯特运气真好,运气太好了。"

"我,我就是艾-库,"迪克接着唱,"这是我露珠般的女人,是我蜜露般的女人。我骗你们啦。她爹和她娘既不是蚱蜢也不是花尾猫,是大山的黎明、夏日的东风。他俩一起孕育着甜蜜,从天空,从大地,直到在一阵爱情的薄雾中,在灌木丛和石兰叶片上洒满甜蜜露珠。

"吆-土-土-维是我蜜露般的女人。听我唱!我是艾-库。

吆-土-土-维是我的小鹌鹑,是我的小母鹿,是所有雨水、沃土哺育的葱茏。她来自熹微的星光,来自黎明的霞光……

"而且,"福雷斯特的即兴发挥抵达巅峰后,恢复自然发声和吐词,"而且,要是你们认为,可爱蓝眼睛的老所罗门对《雅歌》①比我有优先权,那就签下大名,订购本人的《雅歌》版本吧。"

---

① 《雅歌》:《圣经·旧约》之独特一卷。全书中心讲述男女爱情的欢悦与相思之苦,凡117节,体裁奇特,文字秀丽,富含东方色彩。

第十一章

是梅森太太最先提议要波拉弹一曲的,但却是特伦斯·麦克费恩和阿伦·汉考克把钢琴旁边弹奏切分乐曲的那伙人赶开,再打发腼腆的西奥多·麦尔肯做特使,把波拉护送到钢琴旁边。

"就是要搅乱这个异教徒的心,我才请你弹《水中倒影》①的。"格雷厄姆听到特伦斯对波拉说。

"然后请弹《亚麻色头发的少女》②吧,"被指控为异教徒的汉考克恳求道,"那就能恰好证明我的观点。这个野蛮的凯尔特人提出什么沼泽音乐要先于穴居人的音乐的诡论,可还愚蠢到家地吹嘘自己是超级现代人。"

"哎呀,德彪西!"波拉笑道,"还在为他吵架哪,啊?我试试看弹不弹得来吧。可开头是什么我都不知道。"

达尔·海尔伙同三位贤哲,迫使波拉坐到大三角钢琴旁。格雷厄姆觉得这架琴对这间客厅来说压根儿不算大。波拉刚落座,三位贤哲就溜到显然是早就看中的地方。青年诗人四肢伸展,俯卧到距钢琴四十英尺的一块厚熊皮上,双手埋进长发。特

---

① 《水中倒影》:克劳德·德彪西名曲。
② 《亚麻色头发的少女》:克劳德·德彪西名曲。

伦斯和阿伦懒洋洋地坐到一个有坐垫的楔形窗台上,挨得够近,以便万一波拉发表他俩不同观点时再起论战。姑娘们花团锦簇,挤在长沙发上,或三三两两,绿肥红瘦,端坐相思木椅上。

埃文·格雷厄姆正要朝前倾身,殷勤地为波拉翻翻乐谱,幸亏及时发现达尔·海尔已主动效劳。这场景,格雷厄姆不动声色却相当好奇地瞟了几眼。大钢琴在客厅远处尽头的一道低矮的拱顶下,聪明地高出地面,巧妙地摆放,仿佛置于一只共鸣箱内。所有玩笑嬉闹都已停止。明摆着,他想,小夫人自有一套,让众人都明白她扮演的不同角色。而对她眼下扮演的这个角色,他没来由地觉得肯定会让他失望。

欧内斯廷俯身越过一把椅子跟他说悄悄话:

"波拉想干的事都能干好。而且不用费劲……练习。她跟莱斯切提斯基和卡伦诺夫人学过琴,要知道,按照他们的方法,根本不像女人弹琴。听听这个!"

格雷厄姆知道波拉自信的双手带来的会是失望,即便那双手掠过键盘,弹着他无法挑剔的小和弦与急奏。但这些东西,他从前听那些技巧精湛,音乐却中庸的人弹得太多。然而,不论想象过什么她可能会弹的东西,却万万没料到她会弹拉赫玛尼诺夫[①]彻底男性化的《前奏曲》,这支曲子他只听男人弹过,而且要弹得好才行。

没想到,开头两个小节她就如同大师,如同男人,彻底驾驭了钢琴。她似乎把琴提升起来,就用她的一双手,用她男人般的力气与自信。接下来,正如他只听男人这样弹过的,她再次一沉到底还是一跃而起——他拿不准——弹至其后的行板,充满自

[①] 谢·瓦·拉赫玛尼诺夫(1873—1943):俄国作曲家、指挥家及钢琴演奏家,临终前加入美国籍。

信、纯净、妙不可言的柔情。

她往下弹,那分沉着,那分力量,绝非他眯缝眼睛,越过那架巨大钢琴的乌木键盘所看到的,简直还像女孩的娇小女人所能驾驭,一如她驾驭自己,驾驭作曲家。伴随《前奏曲》和弦渐终,余音绕梁,那股澎湃的活力仿佛依然在空气中回荡。她的弹奏果断而权威,他认定。

阿伦与特伦斯在窗台座上低声热烈争论,达尔·海尔朝波拉方向翘首期盼下支曲子,波拉向迪克瞟一眼,迪克正一盏接一盏,关掉那些发出碗状柔光的灯,直到只剩波拉坐在唯一的柔光中,烘托出她衣裙与头发悦目的金色光彩。

格雷厄姆目睹高耸的房间在不断增加的黑暗中,愈显高耸。长达八十英尺,高达两层半,从砖石四壁到树干屋顶,横贯着一条回廊,回廊扶手上悬挂着一张张兽皮、瓦哈卡与厄瓜多尔的一块块手工织毯以及来自南太平洋诸岛的构树皮布,女人先把树皮捣烂,再用树汁染色——格雷厄姆想起来,这房间简直就是某座中世纪城堡的宴会厅呀。他几乎有种强烈的缺失感——就缺一张长长的餐桌、盐瓶下面的白镴盘子、盐瓶上面的银器,还有巨大的猎狗在桌子底下争抢骨头了。

后来,在波拉弹完几曲德彪西,足够让特伦斯和阿伦再起战火之后,格雷厄姆和她热烈地交谈片刻。他发现她对音乐哲学很有见地,不知不觉就被勾得坦陈了自己钟爱的理论。

"所以呀,"他总结道,"音乐的真实心理因子花了将近三千年才让西方人接受。德彪西比任何他的先行者——比如毕达哥拉斯[①]时代的人——都更接近音乐生发思想、带来宁静的特质。"

---

① 毕达哥拉斯(公元前572—前497):古希腊哲学家、数学家。

格雷厄姆说到这,被波拉打断了,她示意坐在窗台上争论不休的特伦斯与阿伦过来。

"什么事啊?"特伦斯问,二人并肩走过来。"我蔑视你,阿伦,蔑视你。从伯格森①的《笑之哲学》中断章取义,此书对音乐的阐述比他的任何思想都更明晰,而你的断章取义根本不清楚。"

"哎呀,听着!"波拉明眸闪亮,"咱们又多了位哲学家。听听格雷厄姆先生的高论吧,他可值得你们唇枪舌剑,你俩都斗不过他。他跟你们一致,认为音乐可以逃避战争流血、敲桌子大吵,认为音乐是脆弱者、敏感者、高调者,逃离世界的愚蠢无情、粗陋原始,奔向超乎世界的节奏与颤动的吸毒后的梦幻。"

"返祖性!"阿伦·汉考克嗤之以鼻,"特伦斯的祖先穴居人、猿人、沼地人才这么干。"

"且慢,"波拉推波助澜,"我说的是他的结论、方法与过程与你们的不同。而且,阿伦,这些方面,他与你根本不一致。他引用佩特②说,所有艺术都会向音乐升华。"

"纯属史前人类与微生物之间的化学反应,"阿伦插嘴了,"细胞成分对太阳波长胡乱冲击的反应,一切民歌与切分音乐的基础。特伦斯在这点上转完了一圈,戳破了自己的所有夸夸其谈。还是听听我的吧,我来献上——"

"且慢,"波拉恳求,"格雷厄姆先生争辩说,英国清教徒阻挡音乐、真正的音乐,已有数百年……"

"没错儿。"特伦斯说。

---

① 亨利·伯格森(1859—1941):法国哲学家。
② 瓦尔特·佩特(1839—1894):英国散文家、文学艺术批评家、小说家。

"而且,英国不得不通过弥尔顿和雪莱赢得自己在节奏上的感性快乐。"

"这是个玄学派诗人。"阿伦插嘴。

"玄学派抒情诗人,"特伦斯立刻定义道,"这一点你必须承认,阿伦。"

"那斯温伯恩①呢?"阿伦语气加重,抓着先头的辩论不放。

"他还说奥芬巴赫②是亚瑟·沙利文③的先驱。"波拉挑战地大叫,"还说奥柏④是在奥芬巴赫之前。至于瓦格纳⑤,你们就自己问吧。"

说完她就溜之大吉,让格雷厄姆自己对付。他注视着她裙裾下膝盖的完美抬动,目送她越过大厅,去到梅森太太身旁,动手张罗桥牌组合,连特伦斯开口说什么都几乎没听清。

"众所周知,音乐是一切希腊艺术灵感的源泉……"

后来,两位贤哲为到底是柏辽兹还是贝多芬在作品中阐释了更多智慧而吵得不可开交,忘乎所以,格雷厄姆便趁机脱身。他显然想再次找到女主人,可发现她坐在一把大椅上,正咯咯笑着,和两个姑娘说着悄悄话。客人大多打桥牌打得热火朝天,他便随意加入一群男人——迪克·福雷斯特、乌穆博尔德、达尔·海尔及那位《饲养家公报》的记者。

"很遗憾你没法和我一起看上一遍,"迪克对记者说,"再花一天就够了,明天我就带你看。"

---

① 阿尔杰农·斯温伯恩(1837—1909):英国诗人、剧作家、小说家、批评家。
② 雅克·奥芬巴赫(1819—1880):德国出生的法国作曲家、大提琴家。
③ 亚瑟·沙利文(1842—1900):英国作曲家。
④ 丹尼尔·奥柏(1782—1871):法国歌剧作曲家。
⑤ W.R.瓦格纳(1813—1883):德国作曲家、指挥家。

"遗憾,"记者回答,"可我明天必须去圣罗沙。伯班克答应我整个上午的时间呢,你明白这意思。不过我知道《饲养家公报》会对你的实验感兴趣。能不能大概讲讲?简简单单,就简简单单几句?瞧格雷厄姆先生来了。他会感兴趣的,我肯定。"

"又是水利工程吗?"格雷厄姆问。

"不是,是把穷鬼变成好农民的愚蠢计划。"乌穆博尔德回答,"我认为,任何农民,到如今还没一块属于自己的土地,恰恰证明自身效率太低。"

"正相反,"达尔·海尔边说边在空中摇着他细长的亚洲手指头,加重语气,"正相反,时代变了。效率不再意味着占有资本。这是一场很有意义的实验,英雄的实验。一定会成功。"

"如何实验,迪克?"格雷厄姆催道,"给我们说说。"

"啊呀,没什么,不过赌桌上一块无用的白筹码罢了。"福雷斯特轻描淡写,"多半竹篮打水一场空,尽管我还是心怀希望。"

"一块白筹码!"乌穆博尔德打断他,"五千英亩顶呱呱的山地,就赌一场失败?哎呀呀,还赔上工资,外带食品!"

"食品不过是那地上长的嘛,"迪克纠正道,"我来说清楚。我把从这儿到萨克拉门托半路中间的五千英亩土地划了出来。"

"想想那片地上的苜蓿草,那你可是需要的啊。"乌穆博尔德打断他。

"去年,我的挖泥船队已经从沼泽地弥补了那个面积。"迪克回答,"问题是,我相信西部和世界都应当开始集约农业。我想在宣传上尽一份力。我已经把五千英亩土地按每家佃户二十英亩划分好了。相信二十英亩养活一家人绰绰有余,还可以缴纳至少百分之六的租金。"

101

"要是那样分配的话,就意味着二百五十户人家,"《公报》记者算账,"而且,假如每户五口人,就意味着一千二百五十口人呢。"

"没那么多。"迪克纠正他,"那片土地都给佃户租种的话,我们也就一千一百多人口吧。"他怪怪地一笑,"不过,他们会增加,会增加的。只要收成连着好上几年,平均每户就会有六口人啦。"

"我们是谁啊?"格雷厄姆质疑。

"哦,这件事我有个农业专家委员会——我自己的人,除了列布教授,他是联邦政府借给我的。要紧的是,他们必须好好种地,户户担责,按照我们颁布的科学方法。各户土地都一样,各户相互之间,就好比同一只豆荚里的豆子。户户的收成都明明白白,按照全体二百五十家佃户的平均水平来测算,谁家偷懒或者愚蠢,收成太差,都不能容忍。一旦佃户们确认了平均水准,种地不行的那些佃户就得立刻淘汰出局。"

"公平交易嘛。农民没有任何风险。地里能打下的粮食,佃户和家人会消耗的食品,加上每年一千块现金工钱,不管年景好赖,精明傻笨,至少每月能有一百块钱进项。那些笨人懒人肯定会被精明能干者淘汰掉,就是这样。这个实验将展示集约经营的强大。而且对工钱的保障还有更多。工钱支付后,这场实验必须向我交付百分之六的利润。要是收获更多,增加部分百分之一百都归佃户。"

"就是说,每个有干劲的农民都会日夜苦干来挣钱,我懂了。"记者道,"干吗不啊?能挣一百块的工作可不是随便找得到的。美国农民在自家地里月净利平均也挣不到五十块呀,尤其这工钱还得扣除监管和个人直接劳作呢。有这等好事,能干的人当然会拼命干,还会督促家里所有人拼命干。"

"这地方我恨的就是这个,"刚刚加入进来的特伦斯·麦克费恩宣布,"一天到晚就听见一件事——工作。想想就烦躁,每个佃户在自家二十英亩地上流血流汗,天亮到天黑,天黑到半夜——为的啥?一点肉,一点面包,没准儿面包上再多点火腿。活着为的啥?一点肉、一点面包、一点火腿?这就是活着的意义,生存的意义?人当然会死,辛苦一辈子,跟役马死得一样。可达到了什么目的?挣了点面包、肉、火腿?就为这个?填饱肚皮,有屋避寒,直到进坟墓,黑暗中让自己的尸体发烂发霉?"

"特伦斯,可你有一天也会死的啊。"迪克·福雷斯特反驳。

"可是,哎呀,我优哉游哉,活得快活啊。"特伦斯立刻回答,"终日与星星、鲜花相伴,坐在绿荫底下,听听微风吹过绿草。享受我的书、我的思想家们和他们的思想。美,音乐,所有艺术的所有慰藉。你说什么?等我消失在黑暗中那天,早已活够了,活美了。可瞧瞧你那些二十英亩租地上的两条腿的牛马们!从早到晚,苦劳苦作,衬衫被汗水湿透再晒干,就为填饱肚皮的那点面包皮、肉、面包,不漏雨的房顶,身后留下一窝小娃娃,再跟他们一样,过牲口般的苦日子,给肚子里填同样的肉和面包,穿同样的汗湿衬衫,堕入黑暗,只知道肉和面包,但愿还有点火腿。"

"可总得有人工作来供你优哉游哉的生活啊。"乌穆博尔德拍案而起。

"没错儿,没错儿,"特伦斯悲哀地说,接着就笑逐颜开,"而且我为此感谢慈悲的上帝,感谢田里拖着和赶着犁的来回跑的牲口们,感谢挖煤、挖金子的眼睛半瞎的牲口们,感谢能使我的双手保持柔软的所有傻瓜农夫们,他们赋予好人迪克权利,使他

103

能对我微笑,跟我分享他的财富,给我买最新的书,给我提供食品——这些食品都由那些两条腿的牲口补充,这些牲口还点燃他家的炉火,炉火边留给我一个座位,还给我在丛林中的瘦果鹃树下搭起一座棚屋,在那地方工作从不伸进它的鬼脑袋。"

是夜,埃文·格雷厄姆上床都迟迟挨挨,被不寻常的大宅和不寻常的女主人搅得意乱情迷。他坐在床边,衣服脱了一半,抽完整整一支烟斗。波拉的倩影老在眼前晃来晃去,和过去十二小时目睹的千变万化的情绪与外表一样——她和他讨论音乐;她为他弹琴,令他心仪;她把贤哲们勾来辩论,再丢下他,转身为客人安排牌桌;她与两个姑娘一道,舒服地蜷缩在大椅子里,像个小姑娘;当她夫君威胁要唱《山少年之歌》时,她以一丝钢铁的意志,令难以驾驭的丈夫就范;她毫无惧色,骑着那匹在泳池里险些淹死的大公马;几小时之前,她梦一般飘入餐厅,容貌打扮非凡出众,接待她的客人。

大宅,以其昂贵的价值与古怪的新颖,还有波拉·福雷斯特的婉妙身影,争相填满他的想象力。一次又一次,许许多多次,他眼前浮现着达尔·海尔摇着细手指头,与人争论,黑胡子的阿伦·汉考克慷慨陈词伯格森的教条,衣袖磨损的特伦斯·麦克费恩恬不知耻地感谢上帝,因为两条腿的牲口们使他得以游手好闲,白吃迪克·福雷斯特家的饭,白住在迪克·福雷斯特家的瘦果鹃树下。

格雷厄姆磕净烟斗,最后扫一眼舒服到极致的房间,关掉电灯,发现自己在暗夜中,在凉爽的被单之间,难以入梦。再一次,他听到波拉的笑声;再一次,他感到她如银似钢的力量;再一次,夜色温柔中,他目睹她衣裙下那风情无限的膝头的抬动。这明亮的幻影简直令他心烦,根本挥之不去。这幻影不断回来,在眼前燃烧,一个移动的光明与色彩的幻影,他明知这是自己的臆想,可这幻影就是不停地维护着现实中的幻觉。

他看见水下的大公马及其骑手,再次从水中升腾,一片慌乱的泡沫,一阵挣扎的蹄声,一张开怀大笑的女人面孔,在坐骑泡水的马鬃中泡着自己的秀发。《前奏曲》的两个小节在他耳中响起时,他再次看见那双驭马的双手鼓舞了钢琴,奏响了拉赫玛尼诺夫纯净辉煌的乐曲。

格雷厄姆对进化的神力称奇不已——从亘古泥沼与尘土中竟生出这等光艳动人的女子·啊——赞叹之间,终入梦乡。

第十二章

翌日清晨,格雷厄姆知晓了更多大宅规矩。阿麦头天已向他报告过一些细节,得知他喝完梦醒后的头一杯咖啡后更愿待在餐桌旁,而不是在床上吃早饭。阿麦还提醒他早餐时间并不固定,七点到九点之间都行,可自便。阿麦还说,要是他想骑马、游泳或骑摩托,或需要任何农场工具、用品,尽管打电话要好了。

格雷厄姆七点半来到餐厅,发现自己正好赶上与《饲养家公报》记者和那位爱达荷州的买家道别。他俩刚吃完早饭,正准备乘牧场的车,从埃尔多拉多开往旧金山,赶早班火车。格雷厄姆独自坐着,接受一位殷勤备至的华佣礼请,随意点些想吃的东西。很快,最先要的加雪利酒的冰镇葡萄柚汁就端了上来,仆人自豪地说这是农场自己种的葡萄柚。格雷厄姆婉拒各种早餐食品、土豆泥、米粥之类后,只要了软煮蛋和火腿。忽而,伯特·温赖特大大咧咧地进来了,格雷厄姆觉得他有点儿装腔作势。忽而,五分钟后,头戴软帽,身穿漂亮晨服的欧内斯廷·德斯顿也飘然而至,诧异道这么多人早起呀。

饭毕,三人正起身离桌,碰到鲁特·德斯顿和丽塔·温赖特到来。和伯特打台球时,格雷厄姆得知迪克从不到餐厅吃早餐,迪克凌晨就开始工作,六点喝咖啡,仅在很不寻常的场合才会在十二点半之前出现在午餐桌旁的客人面前。至于波拉,伯特解释,睡眠很不好,起得很迟,住在大宅宽敞的另一头一张没有门把手的门后面,通向一座隐蔽的院子,这院子连他都只见过一次。据说,她在十二点半前来餐厅的次数也少,即使来也不是这个时间。

"瞧瞧,波拉健康结实,力气十足。"他维护道,"可她天生有失眠症,就是睡不着。婴儿时期就如此。但这并不伤她一根汗毛,因为她意志强大,不会因此神经衰弱。她的体质差不多和神经一样紧张,可是,睡不着觉她并不撒野,她能凭意志使自己放松,还真的能放松。一旦彻夜失眠,她就称之为'白夜'。可能黎明时入睡,或上午九点十点入睡,那她就睡一个白天,来吃晚餐时又活蹦乱跳啦。"

"我看,她体质如此吧。"格雷厄姆推测。

伯特直点头。

"一千个女人里头,总有九百九十九个会觉得失眠是大麻烦。可对她不是,她坦然面对。要是这一次失眠到令人焦虑,她会想法子下一次补回来。"

伯特·温赖特关于女主人说得越多,格雷厄姆越明白这个年轻人虽说享有老朋友特权,依旧对她大大敬畏。

"她要为难谁,没有办不到的。"他告密了,"不管男人、女人、仆人,年龄和性别,不管以前伺候她有多久,只要她端起架子,盛气凌人,说翻脸就翻脸。不明白她怎么做到的。没准儿是突如其来一个眼神,嘴唇撇一下,说不清。总之,有法子让你懂,谁都不敢不服从。"

"她自有一套……行事方式吧。"格雷厄姆接茬道。

"正是这句话!"伯特笑了,"她自有一套,能让你明白,让你一阵寒战,还不知错在哪儿。也许她学会了默不作声,因为无眠之夜学会了自我控制,既不尖叫也不生气。没准儿她昨晚彻夜未眠——兴奋,你知道的,那群人、骑着'山少年'游泳,诸如此类。那些普通让女人睡不着的事情,像危险啦、海上风暴啦之类,迪克说,她根本无所谓。哪怕所在的城市遭到轰炸,所坐的航船从下风岸费劲地转到上风岸,她都能睡得跟婴儿一样甜,迪克说。她是个奇迹,没错儿。你该跟她打打台球那种英国游戏,她打得漂亮。"

片刻之后,格雷厄姆和伯特一道在起居室碰上了那群姑娘。尽管一个钟头里又是切分乐曲,又是跳舞,又是聊天,可他无一刻不感到一种寂寥,一种怅惘,一种想见女主人的期盼,期盼她以无法预测的新情绪、新方式,从敞开的大门突然驾临。

后来,他骑上"阿尔塔蒂娜",伯特则骑着一匹名叫"莫莉"的纯种母马。二人花两个钟头,参观了牧场的乳品中心,回来刚好赶上跟欧内斯廷比网球。

他急于吃午餐,并非都因为肚子饿。然而女主人没出现,他明白自己好失望。

"又是个白夜。"迪克·福雷斯特的猜测令他心安。对伯特推测她也许天生无法正常睡眠的说法,迪克还补充了细节。"要知道,我们结婚多年之后,我才亲眼见过她睡觉。我知道她的确睡觉的,可就是没亲眼见过。见过她三天三夜没合眼,照样快活开心。一旦合眼就真是筋疲力尽啦。那是'远航号'在加罗林群岛登岸的时候,当地人齐心合力要赶我们走。不是因为危险,因为没任何危险,而是因为当地人的大喊大叫,还有那份热闹。她忙得不得了。等一切平息下来,我有生以来,才头一回亲眼见她睡着了。"

那天上午来了位新客,名叫唐纳德·韦尔。格雷厄姆在午餐桌上见到客人。此人似乎谁都熟,像是大宅的常客。而且格雷厄姆获悉,他虽然年轻,可是太平洋沿岸有名的小提琴家。

"他为波拉神魂颠倒。"从餐厅出来时,欧内斯廷告诉格雷厄姆。

格雷厄姆眉头一耸。

"哦,她不介意。"欧内斯廷大笑,"来这儿的所有男人都为她神魂颠倒。她习以为常。她自有洒脱的方式不理睬他们的献媚,同时享受献媚,结果得到最大好处。而且迪克也很开心。你来这儿不出一星期肯定也会迷上她。你要是不迷上她,我们才奇怪呢,而且你多半还会伤了迪克的心。他把这个当成理所当然的事。一个多情又得意的丈夫一旦养成那样的习惯,眼见太太不被人欣赏,肯定伤心啦。"

"哦,要是指望我献媚,我看就只好从命啦。"格雷厄姆叹口气,"实话说,我不喜欢随大流。但要是已成惯例的话,唔,就遵守惯例得了。可惜周围这么多好姑娘,男人不好办哪。"

格雷厄姆细长的灰眼珠闪着揶揄的光,欧内斯廷芳心大乱,凝视这灰眼珠时间便有点长。她意识到自己失态,挪开目光,脸红了。

"小利奥——记得昨晚那个少年诗人么?"她急慌慌道,显然要摆脱自己的狼狈,"他就爱波拉爱得要命。我听到阿伦·汉考克开他玩笑,说他写了十四行诗的组歌,不用猜就知道那灵感打哪儿来。还有特伦斯——那个爱尔兰人,你认识的,他也爱波拉爱得要命。他们身不由己呀,瞧瞧,能怪他们么?"

"她当然值得这一切咯。"格雷厄姆嘟哝一句,虽说自尊依稀受伤——那个蠢里蠢气,满脑袋字母,享乐至上的无政府主义者,那个以游手好闲、当寄生虫为荣的爱尔兰臭小子,居然也敢爱上小夫人！"她值得所有男人的仰慕，"他滑头地接着说，"据我对她的一点点所见，她的确迷人出众。"

"她是我同父异母的姐姐呢，"欧内斯廷知会道，"虽说你可能做梦也想不到我俩血脉相同。她太不同啦，跟所有德斯顿家的人都不同，跟所有我认识的女孩都不同，虽然准确地说，她已不是女孩，知道么？她都三十八岁啦。"

"嘘，你这猫咪，小猫咪。"格雷厄姆悄声道。

金发碧眼的小美女诧异地看着他，被这不相干的插嘴吓一跳。

"别乱叫啦。"他假装斥她不懂。

"哎呀！"她叫道，"我不是故意透露她年龄的。您会发现我们这儿的人都直来直去。大家都知道波拉的年龄。她自己也告诉别人。我十八岁，满意了吧？得啦，就为您的良好教养打探一声，您多少岁呀？"

"跟迪克一样。"他立刻回答。

"他四十岁，"欧内斯廷得意地大笑，"您来游泳吗？水会很凉很凉。"

格雷厄姆摇摇头，"我要和迪克去骑马。"

她立刻脸一沉，十八岁的天真袒露无遗。

"哼！"她恨道，"又是他的培植绿肥啦、修造梯田啦、占有水资源啦！"

"但他说五点钟也许去游泳。"

她立刻喜形于色。

"那咱们就在水池边见。去的肯定是同一拨人，波拉说了五点钟游泳的。"

二人在一道长长的拱廊下分手，他顺路去塔楼房间换骑马

装,她忽然停脚唤一声:

"喂,格雷厄姆先生!"

他顺从地转过身。

"您真的不用非得爱上波拉不可,那只是我个人的说法而已。"

"我会非常非常当心的。"他一本正经回答,眼睛却在顽皮地笑。

然而,继续往自己房间走时,他不得不承认波拉·福雷斯特的魅力,换句话说,这位遥远仙女的触角已经伸到他跟前,将他勾住。此时此刻他十分清楚,自己更想跟波拉一起去骑马,而不是跟老朋友迪克。

他出了大宅,往老橡树下那一长排拴马桩走的时候,目光四射,急急寻找女主人的倩影,惜乎只看到迪克和马夫。不过树荫下,多匹上好鞍子的马正踢踏着地面,许有可能?但只有迪克和他单独上路。迪克指出她的坐骑,是匹机灵的栗色纯种,而且是公马,配的是澳大利亚鞍,钢马镫,双缰绳,单马嚼。

"我不知道她作何打算,"迪克道,"她还没露面呢,不过,至少迟些时候会去游泳,到时候咱们会看到她。"

格雷厄姆非常感激和享受这趟骑马兜风,尽管不止一次发现自己在看腕表,好知道离五点钟还有多久。格雷厄姆和主人骑马穿过一片又一片牧场原野。产羔季就要到了,二人时而你时而他,不时下马,好把那些矮个子大肚皮的什罗普母羊、兰布莱—美利奴母羊——被人类无可救药地不断淘汰选择的产物——给翻个身,扶得站起来。因为一旦这些母羊无可奈何地跌倒,四蹄朝天,就会因脊背太宽大而无法自己爬起来。

"培养美国的美利奴羊,我可真下了功夫。"迪克道,"给了它们发达的腿,结实的背,发达的肋骨,还有耐力。乡下的老品种缺乏耐力,人工繁殖和剪毛太厉害了。"

"你在干事业,一番大事业。"格雷厄姆称道,"想想看,往爱达荷运羊!本身就了不起啊。"

迪克·福雷斯特眼睛放光,回答说:

"比爱荷的羊好得多呢,听起来无法置信。恕我吹牛,如今密歇根州、俄亥俄州的大羊群都是我的加州兰布莱绵羊①羊羔的后代呢。举澳大利亚为例:十二年前,我以每只三百块的价格,卖了三只羊羔给一个来访的澳大利亚牧羊场主。他把羊羔带回去展示之后,每只就卖了好几千,又跟我订了整整一船。我的羊羔登场,只会让澳大利亚捡便宜。那边的人在说,苜蓿、自流井、冷藏船、福雷斯特家的羊羔已经让羊毛、羊肉的产量是原来的三倍。"

回家路上,碰巧遇到马场经理门德霍尔。二人就被他带去一片广阔的草场——间或有着绿树掩映的峡谷,长满橡树——去看一群一岁的重挽马驹。这些马驹次日清晨将被赶往米拉马山的高地草场关入饲养棚,约为两百匹,毛发粗糙,开始脱落,骨骼粗大,个头比同龄马大得多。

"我们不是要把这些马驹愣塞进马棚,"迪克·福雷斯特解释,"但这样门德霍尔先生好照料,让马驹打出生起,就不缺少任何营养。这些马驹要去的那座山上饲养场能提供均衡的草和料。这么一来,马驹每天晚上集中喂养,饲养员点数也就不费劲。过去五年,我每年往俄勒冈州一地,就要运去五十匹两岁的种马。要知道,这些马基本标准化了。那儿的人知道买下的是

---

① 兰布莱绵羊:一种改良型法国肉毛兼用细毛种羊。

什么货,太了解我的标准了,压根儿不查不看就掏钱。"

"那你一定也淘汰掉不少。"格雷厄姆贸然一句。

"旧金山大街上,你会看到我淘汰掉的马在拉车。"迪克应道。

"是啊,丹佛街上也有,"门德霍尔先生发挥道,"还有洛杉矶。对了,两年前闹马荒,我们还往芝加哥船运了二十车四岁的骟马,每匹马卖到一千七百块。体重最轻的也卖了一千六百块。还有配对儿的,一匹卖到一千九百块。哎呀呀,那一年马真是卖到好价钱,而且还远远不止这个价呢。"

门德霍尔先生骑马刚走,一名汉子骑一匹细长腿晃脑袋的帕洛米诺马赶过来,迪克介绍说这是亨尼西先生,牧场的兽医。

"我听说福雷斯特太太在查看马驹子,"他跟老板解释,"就骑马过来,想让她看一眼这里的'小鹿'。夫人不出一星期就可以骑它啦。今天她骑的哪匹马?"

"'花花公子'。"迪克答道,仿佛料到了随之而来的看法,因为亨尼西先生不赞成地直摇头。

"我可从不赞成女士骑公马,"兽医嘟囔着,"'花花公子'挺危险。比危险更糟糕——虽说我对这匹马的记录脱帽致敬——这家伙心眼儿坏。福雷斯特太太她骑的话,该给马加上笼头。而且那家伙还踢人呢,我都不知道她怎么给它上蹄垫。"

"啊,没事儿。"迪克安抚道,"她给马口上了个地道的马嚼子,而且会舍得用。"

"早晚别把她摔下来哦,"亨尼西先生嘀咕,"她若骑这儿的'小鹿'的话,我就放心多啦。这马才适合女人骑——虽说模样欠实,可心眼儿好。温顺的母马,温顺着呢。再说,那份活泼也会慢慢安稳下来的。顽皮总会有些的,但不是骑术学校的问

113

题啦。"

"咱们过去瞧瞧。"迪克提议,"福雷斯特太太要是骑着'花花公子'闯进那群马驹子,可真会有热闹。你不知道,那是她的地盘。"迪克跟格雷厄姆说明。"所有家生马、轻家畜都是她的事。管得还很成功,我都捉摸不透这怎么回事。就好比一个小丫头误闯到一间高危爆炸品实验室,用随便什么老办法胡乱搅和一通,结果造出的化合物比白胡子化学家还厉害。"

三个男人择一条横穿农场的路,骑行约半英里,进入一座林木繁茂的峡谷。一条细流涓涓流淌,眼前忽现一片广阔肥厚的草场。格雷厄姆一眼看到许许多多好奇的一两岁马驹子,这群马驹中间正是他的女主人,骑着那匹亮栗色纯种马——"花花公子"。这匹马正两条后腿站立,两只前蹄腾空,发出刺耳的嘶鸣。三人收缰,驻足观看。

"它会惹她生气的,"兽医愁眉苦脸,怨道,"'花花公子'很危险。"

但就在那一刻,波拉·福雷斯特并不知道有人观看,厉声呵斥,骑士般将锋利的马刺朝"花花公子"溜光的肚皮上狠狠一戳。那马扬起的前蹄顿时落地,烦躁不安,咯咯地咬着马嚼子,不乱叫了。

"不要命啦?"三人驱马走近时,迪克轻声嗔怪她。

"哎,我治得了它。"她咬牙切齿说一句。而"花花公子"两耳倒竖,两眼不怀好意直放光,张口险些咬到格雷厄姆的腿,幸亏波拉及时猛然拽开马脖,狠狠一夹马刺。

"花花公子"身子颤抖,发出哀鸣,暂时规矩了。

"一套老把戏,白人的招数,"迪克大笑,"她不怕马,马知道。她比马更高明,更狂野,让马直截了当明白何为狂野,叫马紧张。"

他们观望时,"花花公子"三次企图撒野,众人三次准备打马逃开,波拉三次细心轻操马嚼,狠戳马刺,直到那马站定,大汗淋漓,口吐白沫,垂头丧气,乖乖服输。

"这一招,白人一直玩的。"迪克说教道。而格雷厄姆则为小夫人驾驭野马的本领震撼,焦虑不安,浑身发颤。"白人比全世界的野蛮人更野蛮,"迪克接着说,"白人比野人更能忍,更肮脏,杀的人更多,更会折磨人,吃人吃得更多——没错儿,就是比野人吃人吃得更多。这是场公平赌注,穷途末路时,白人比野蛮人在同样情况下,吃人也吃得更多。"

"下午好,"波拉向客人、兽医和丈夫打招呼,"我想这回治住这匹马啦。咱们去瞧瞧马驹子吧。格雷厄姆先生得当心这马口,它咬人凶着呢。离它远点儿,保住你的腿能到老。"

"花花公子"示威结束,马驹们被自己的淘气同伴惊得在绿草地上四下逃散,直到再次好奇地转圈跑回来,驻蹄观看。然后由一匹特别欢实的栗色小牝马带头,在几位骑手面前围了半圈,全都耳朵支棱,小心警觉。

起初,格雷厄姆眼里几乎没有马驹子,只有变化多端的女主人的新角色。她的变化难道无穷无尽?他瞟一眼她坐下那匹浑身冒汗被征服的骏马,诧异着。"山少年"尽管体格庞大,但与这匹引颈长嘶、冲撞咬人的"花花公子"相比,只能算一只温顺的小宠物啦。"花花公子"才浑身充斥最任性、脾气最坏的良种马的全部任性与坏脾气。

"瞧瞧她,"波拉轻声对迪克说,免得惊动一匹野性十足的栗色小牝马,"多漂亮啊!我一直努力,要的就是这样的。"波拉转向埃文,"这些马驹总有缺点或缺陷,顶多接近成功。但这匹牝马成功。瞧瞧她！这马算是我能得到的最好结果啦。她爹是'大酋长'，你要熟悉我们的赛马记录就明白。那匹马腿都瘸掉还卖了六万块呢。我们借了它的种。这匹小牝马是那一季产下的唯一后代。瞧瞧她！她有她爹的胸和肺。我手里最好最合条件的母马都有记录。她娘并不合条件，可我挑中了。那是匹倔性子的老姑娘，但配'大酋长'正合适。这是她的头一胎，产马驹的时候都十八岁了，可我知道行。只要看看'大酋长'和她，就知道准行。"

"这匹母马不过一半纯种血统。"迪克解释。

"可有一半摩根马①血统。"波拉立刻回一句，"还有一点野马血统。这匹马要叫作'宁芙'②，就算在马名册里没地位。这匹马将是我的头一匹无可挑剔、完美无瑕的鞍马，我知道我喜欢的类型，我的美梦终于成真。"

"马有四蹄，一腿一只。③"亨尼西先生故作深沉。

"而且能走五到七种步法。"格雷厄姆轻巧地接一句。

"可我不喜欢那些步法多的肯塔基马，除了打猎。可在加利福尼亚，大路不平，山道多弯，麻烦多着呢。不如给我那些快步的、狐步的、长步小跑能赶路的，还有那些步子虽不长，却能赶路奔跑的。不过，那简直算不上什么步法——不过是从大步慢跑改为小步、碎步，好应付刮大风或者坑洼路罢了。"

"这马好漂亮！"迪克被这匹欢实的栗色小牝马深深吸引，赞叹道。小母马胆子大，离得近，正小心地嗅着刚服输的"花花公子"那颤抖且鼻孔大张的马口鼻。

---

① 摩根马：美国佛蒙特州轻型马。
② 宁芙：希腊、罗马神话中居于山林水泽的小仙女。
③ 此处套用英语谚语"马有四蹄，照样失蹄"。

"我宁要自家的马近于纯种,而不是彻底纯种。"波拉声明,"赛马在赛道上称雄,可使用太受局限。"

"交配很成功。"亨尼西先生评价"宁芙","步子够短,适合奔跑。也足够长,适合长小跑。我得承认以前对这种杂交组合毫无信心,但照你的办法培育的这匹马真是很棒。"

"我小时候没有马。"波拉对格雷厄姆说,"如今不但有了马,还可以随心所欲繁育它们。这事总让人觉得美得像做梦。有时候我自己都不相信,就骑马出来亲眼看看,好让心里踏实。"

她转过目光,感激地抬眼看着福雷斯特。格雷厄姆注视着夫妇二人深情对视,这对视足有长长半分钟。福雷斯特因妻子快乐而快乐,因妻子年轻的热情、生活的成就而快乐,格雷厄姆一目了然。"幸运的家伙!"格雷厄姆暗自感叹,感叹的不是迪克拥有辽阔牧场,经营非常成功,而是他拥有一个深情凝视夫君眼睛、满怀激赏的奇女子小夫人。

格雷厄姆边想边疑欧内斯廷说波拉已有三十八岁的那句话。忽然,波拉转向那群马驹,用鞭子指着一匹啃绿草的一岁小马。

"瞧瞧那平硕的臀部,迪克,"她道,"再瞧瞧那小跑的蹄和骸骨。"又对格雷厄姆道,"和'宁芙'的长脚腕很不同,是不是?可我要的就是这个。"她笑道,有点无奈。"母马是匹红褐马——那颜色简直就像二十的新票子——我曾经巴望她能生两只相同颜色的马驹,好套在我的两轮轻马车上。唉,不能说真得到了想要的,尽管把她养成了漂亮的红褐色跑马。这是我的回报,这匹黑马驹。等我们去看种母马群,就会见到她的同胞兄弟,是赤褐色,我好失望。"

她指指两匹并肩吃草的赤褐色马,"那两匹是盖伊·狄龙的同父兄弟,你瞧,都是公马娄·狄龙的后代。但同父异母,两匹母马的栗色不同,可你瞧它们多般配,而且都有盖伊·狄龙的皮毛。"

她催胯下已变顺从的坐骑前行,在马群侧面悄悄绕过,免得惊动马驹,可还是有几只撒蹄逃走。

"快看那些马驹!"她大叫,"五匹,那边,挽马。看它们奔跑时腾起的前腿。"

"挑出四匹来套辆四马马车,你要不得奖才怪呢。"迪克夸道,再次获得妻子感激的发光眼神,令注意到这眼神的格雷厄姆感觉刺痛。

"其中两匹的母亲是重挽马——就是中间那匹和最左边那匹——领头的那几匹中还有三匹。同一匹公马,配五匹不同母马,生下五匹最棒的马驹子,其中四匹正好毛色均衡相配,都在同一季,运气很不错吧,啊?"

她快快转向亨尼西先生,"我可以看看两岁马中那些能当马球赛马的马驹了。你可以挑好卖出去。"

"那匹红棕马,门德霍尔先生要是不卖上一千五百块的话,那就只能说明马球运动过时啦。"兽医赞道,热情渐涨,"我注意这些马有日子了。那边那头浅红褐马驹子。您记得它发育很慢,再给它一年时间,它准行。瞧它动作配合多好!瞧它转身!一张牛皮?它会带来白花花的银子!给它一年时间长起来,准能在国际比赛中露一手。听我的,一开头我就看好它。胜过伯林盖姆那一群呢。等它长好了,直接运去东部。"

波拉颔首倾听亨尼西先生的评价,双眸与他的眼睛一起发亮,看到自己亲手培育的年轻而丰腴的生命,心头滚烫。

"不过,总是叫人心疼啊,"她向格雷厄姆承认,"把这么漂亮的马卖给人家,结果很快就在赛场上被淘汰。"

波拉对马驹子一片真情,她的话毫无做作或炫耀之意,迪克不由得对埃文夸起太太的精明能干。

"我这个笨脑瓜会翻遍书房所有关于养马的书,质疑、思考孟德尔氏遗传定律直到头晕脑涨。可她是天才,用不着研究什么定律,巫师似的,天生就懂。她只要用眼睛打量打量那些母马,再用手摸摸它们,转几圈找到合适的种畜让它们交配,就能得到她想要的结果——除了毛色之外,是不是呀,波拉?"他逗趣道。

她不惜露齿,哈哈大笑,亨尼西先生也跟着笑了。迪克接着说:"瞧那边儿那匹小牝马。我们当初都觉得波拉做错啦。可瞧瞧那马驹长得多欢实!波拉让一匹老到站不稳、我们打算除掉的纯种母马,跟一匹标准种马交配,生出一只小牝马。再让这匹小牝马跟一匹纯种公马交配,生出的小牝马又以同样的标准培育,使我们的预言全都破产。喏,瞧瞧,最终养出了一匹多么漂亮的马球赛马,天下无双呀!我们得向她脱帽致敬——淘汰劣马时她可毫无妇道人家的软心肠。哎呀呀,够冷血的。优胜劣汰,绝不手软。不过,目前为止,毛色问题还没把握好。这是她天才失算之处,呃,是不是,波拉?你的双轮马车只好先将就着再用一阵'达迪'和'福迪'啦。顺便问一句,'达迪'怎么样啦?"

"好多啦,"波拉回答,"多亏亨尼西先生呢。"

"没啥大毛病,"兽医加一句,"就是胃口不大好,马夫有点大惊小怪。"

第十三章

从马驹场到水库泳池,格雷厄姆一路与女主人交谈,保持着不被"花花公子"恶狠狠咬到的近距离。迪克与亨尼西在前头,神聊生意。

"我这辈子被失眠折磨。"她说着一面夹夹马刺,遏制"花花公子"好战的威胁,"不过,我早就学会不烦恼、不在乎,其实还早就学会利用失眠,从中取乐。这是我知道的只要坚持就能掌控的唯一办法。你学没学会——你当然学会了——战胜退浪啊?"

"不错,就是顺其自然。"格雷厄姆回答,目光注视着她脸上的红晕和细密的汗珠,汗珠来自与躁动坐骑的不停博弈。三十八岁!他怀疑欧内斯廷是否撒谎。波拉·福雷斯特连二十八岁都不像,皮肤就像小姑娘嘛,细腻,紧致,透着小姑娘才有的那种水灵。

"正是。"她接着说,"不和退浪较劲就对了,由它席卷,翻滚,沉下去,再顺势上浮,这诀窍是迪克教我的。对付失眠也这样。要是眼前事件让我兴奋得难入梦乡,我就顺应它,从纠缠不休的退浪中更快地到达无意识。我就从相同或不同的角度,从精神上再过一遍那些不让我进入无意识的事。"

"就说昨天骑'山少年'游泳的事吧。昨晚我脑子里又过了一遍这件事,和白天的一模一样。然后,把自己当作观众,当作旁观的那些女孩子,当作你,当作那个牛仔,最要紧的是当作我丈夫,再回想一遍。接下来,动手画一张图、多张图,从各个角度画图,还加上框架,挂起来,再当观众,仿佛头一回观赏这些图画。我把自己当作各种观众,从尖酸刻薄的老太太到干巴精瘦的老头子,到寄宿学校的女生,到几千年前的希腊少年。"

"那之后我再把这件事编成乐曲,在钢琴上弹奏,想象在大型管弦乐队、铜管乐队演奏这支钢琴乐曲效果会如何。还反复地唱这支乐曲,用华丽的、抒情的、喜剧的不同模式。长时间疲惫之后当然唱着唱着就睡着了。不知道自己一直睡到了今天中午十二点。最后一次听到打钟是六点。睡觉这场博弈中,能连续睡上六小时就算中了头彩。"

她言毕时,亨尼西拨马上了一条岔道,于是,迪克·福雷斯特滞后一点,在另一侧给妻子保驾。

"埃文,打个赌怎么样?"他问。

"先得听听赌什么。"格雷厄姆回答。

"雪茄赌雪茄,赌你十分钟内能在水池里赶上波拉。不,五分钟内,我可记得你游泳是好手。"

"哦,给他个机会,迪克,"波拉大方地叫道,"十分钟就够他受了。"

"你可不了解他,"迪克争辩,"也太不吝惜我的雪茄啦。告诉你,他游泳本领高强,连夏威夷土著都游不过他,你该明白那意思。"

"也许我得再想想。说不定我还没入水,他划拉一把自由式就把我打败了。说说他的故事和得奖吧。"

"就告诉你一件事,马克萨斯群岛的人至今没齿不忘呢。

那是1892年那场大飓风,他在四十五小时内游了四十英里,只有他和另一个人上了岸。而且,其余人全是南太平洋土著,他是唯一的白人。可他挺过来了,所有土著全淹死了。"

"你刚才说过,还有一个活下来的啊?"波拉打断他。

"那是个女的,"迪克回答,"土著全淹死了。"

"那么说,那女的是个白人?"波拉盯着问。

格雷厄姆立刻转头看她,虽然她问的是她丈夫。孰料她也同时转头看他,结果二人竟四目相对。格雷厄姆便直视她疑问的目光道:"也是土著。"

"是位女王,信不信由你,"迪克接过话头,"具有古老酋长血统的女王,就是瓦哈岛的女王。"

"是酋长血统使她比其他土著人耐力更好吗?"波拉问,"还是你帮了她一把?"

"我想说,到最后是互相帮助,"格雷厄姆回答,"我们俩都长一阵、短一阵人事不省。时而是我,时而是她,疲乏到极点。日落时分终于到达陆地——一堵铁墙似的海岸,大浪滔天。她抓住我,在水里浸了几下,好让我恢复知觉。要知道,我当时只想待在海里,那就肯定没命了。

"她让我明白她知道我们在哪儿,潮水正沿海岸往西涌流,两小时之内就能把我们漂到一个可以登陆的地方。我发誓那两个钟头的大部分时间里,我要么睡着了,要么毫无知觉。而且我发誓,她的情形也和我一样。我偶尔苏醒,发现没听到涛声。这时就轮到我又拽又抓,帮她恢复知觉。多花了三小时,才终于抵达沙滩,爬出海水就一头睡去。第二天太阳把我们烤醒,两人就爬到野香蕉树树荫下,还发现了淡水,然后又睡着了,再醒来已是半夜。我喝几口水再一觉睡到天亮。后来,一群隔壁山谷来打野羊的土著发现了我们,她当时还没醒。"

"我打赌,船上的土著水手都淹死了,就剩下你一个,那肯定是你帮了她呗。"迪克发表意见。

"她想必这辈子感恩戴德哦。"波拉直视格雷厄姆,挑衅道,"别跟我说她不年轻、不漂亮、不是位金褐色皮肤的女神。"

"她母亲是瓦哈岛的女王,"格雷厄姆回答,"他父亲是位希腊学者,英国绅士。那次游泳时他们早已过世,诺麦尔已经做女王。她当时很年轻,和世上任何漂亮女人一样貌美如花。多亏他父亲的血统,她皮肤倒不是金褐色,是金黄色。不过,你肯定已听过那故事了。"

他停下来询问地看看迪克,迪克摇摇头。

远处一排树后传来大喊大叫,哗哗的溅水声,提醒他们水池近了。

"哪天你得给我讲讲后面的故事。"波拉道。

"迪克知道。他居然没跟你讲过?"

她耸耸肩。

"也许因为他自己从没那机会,没那诱惑。"

"上帝知道,这事当年广为人知。"格雷厄姆哈哈大笑,"还有人说我攀高枝呢。随人家怎么说吧,说我当过野人岛的国王,或至少是波利尼西亚群岛某座天堂的头人——'紫色的浪花,把我卷到乳白色的沙滩上,马希米岛山林寂静。'"他大咧咧地哼着歌儿,翻身下马。

"白蛾飞向凋萎的葡萄藤,蜜蜂飞向盛开的三叶草。"她哼着这支歌的另一行,而这时"花花公子"差点咬了她的腿。她一夹马刺,坐骑老实了。她等着迪克扶她下马、拴马。

"赌雪茄!我也下注!你肯定追不上她!"伯特·温赖特从

高达四十英尺的高台顶上大叫,"等一下！我来啦！"

他真的来啦,一个燕式跳水,几乎达到职业水准,女孩们一阵热烈鼓掌。

"燕式跳水,动作协调漂亮。"伯特从水池冒头,格雷厄姆夸奖一句。

伯特想装作没听见,就话锋一转,下起赌注,"格雷厄姆,不知道你游泳如何,"他说,"可我就想和迪克一起赢你的雪茄。"

"我也是！我也是！"欧内斯廷、鲁特和丽塔都嚷嚷。

"盒装糖果、手套,随便赌什么都行。"欧内斯廷加一句。

"可我不知道福雷斯特太太的纪录啊,"格雷厄姆同意打赌后抗议道,"不过,要是五分钟内——"

"十分钟。"波拉说,"各从水池两头开始,碰一下就算抓到了,公平吧？"格雷厄姆看一眼女主人,暗暗赞美。她身穿的不是那件显然只为女孩子们聚会穿的白色单丝裙,而是模仿流行时尚的忽蓝忽绿,熠熠生辉的丝绸套装——几乎与池水颜色相同,分外妖娆。短裙长度稍在膝盖之上,这浑圆的膝盖他认识,配上长丝袜和小巧的泳鞋,缎带交叉绑住,头上一顶漂亮活泼的泳帽。她把赌时从五分钟增加到十分钟,做得灵活漂亮,远超那顶泳帽。

丽塔·温赖特举起计时表,格雷厄姆走向一百五十英尺长的水池另一头。

"波拉,你冒险的话,会被抓住的,"迪克警告道,"埃文·格雷厄姆可真是高手。"

"我看波拉会给他颜色瞧,就算没那暗道。"伯特忠心耿耿地吹牛,"我还打赌,她跳水也比他强。"

"那你就输了。"迪克应道,"我在瓦哈岛见过他从岩石上跳水。那是在他的时代之后,在诺麦尔女王死了之后。他只是个小后生,才二十二岁,却不得不这么干。他得从保维礁石上往下跳,按照三角测量法,这座礁石有一百二十八英尺高呢。而且,道理上或技术上,他都不能跳燕式,因为在空中必须避开低处的两道岩壁。其中较高的那道岩壁,按照当地岛民传统,是当地最厉害的人有史以来敢跳的最高点。呣,他跳成功了,他就成了传统。只要瓦哈岛上还有人活着,他就是传统。丽塔,准备好。在足分钟上开始。"

"对这么一位可敬的泳手耍花招可丢人哟。"面对水池那头的客人,波拉向众人坦白,此刻双方都在等待信号。

"你还没来得及耍花招,就可能被他抓到啦。"迪克再次警告,又有点担心地对伯特说:"一切都正常吗?万一出问题,波拉就紧张啦,只剩五秒钟好出来。"

"一切正常,"伯特要他放心,"我亲自进去过。暗管工作良好,空气足着呢。"

"预备!"丽塔在喊,"开始!"

格雷厄姆短跑选手般朝他们这头飞奔而来,波拉则飞快地爬上高台。她登上高台时,他的手脚刚达梯子底层。他爬到一半时,她假装要跳水,迫使他停止攀爬,转而登上二十英尺高的跳台,准备跟着她往下跳。可结果波拉并没起跳,还低头笑他。"时间过去啦!每秒都宝贵啊!"欧内斯廷直嚷嚷。

格雷厄姆又开始攀登,波拉又假装跳水,把他赶回中间的高台。但格雷厄姆没浪费几秒钟,再攀登时非常果断,波拉摆好的跳水姿势也没能把他阻挡。在她跳水之前,他已接近三十英尺高台。而她足够机灵,不再犹豫,头后仰,弯双臂,两手抱在胸前,双腿绷直并拢,腾身起跳。身体朝外向下,在空中水平方向平衡下落。

"哦,你这个安妮特·凯勒曼①!"伯特·温赖特发出赞美。

格雷厄姆停止追赶,观看跳水,发现女主人离水面数英尺时,头朝前,舒展双臂,两手交叉,在头上扣成拱形,改变了身体平衡,从水平转为完美的入水角度。

她入水那一刻,他在三十英尺高台上向外倾侧身体,等待静观。看到她身体朝水池另一头笔直划出整整一划时,他才一跃而下。他肯定自己能追上她。这一跳远而平,入水距离比她远出去二十英尺。

但在他入水那一刻,迪克把两块扁平的小石头伸进水里,互击几下,这是要波拉改换方向的信号。格雷厄姆也听到了击水声,心中纳闷。于是以自由式大臂划水,浮出水面,迅即奋力向水池尽头游去。他拉身向上观察水面时,姑娘们一阵掌声,把他目光带向了水池另一头,小夫人正在拉身出水。

格雷厄姆再次沿水池一侧跑过来,波拉再次冲上跳台扶梯。但这一次,他强大的气息和耐力让她无法领先太多,她只来得及攀到二十英尺跳台,没时间摆姿势或跳燕式,便立刻笔直跳下,角度朝向水池西侧。二人几乎同时腾在了空中。在水中和水下,他的脸和胳膊都能感到她前进时留下的尾波。但她游入了西沉落日抛下的深深阴影,那地方水太黑,什么也看不清。

碰到池壁时他浮了起来,不见她的踪影。他爬出水池,大口喘气,准备好发现她就往下跳,可她踪影全无。

"七分钟!"丽塔喊道。"又过半分钟!……八分钟!……

---

① 安妮特·凯勒曼(1886—1975):澳大利亚职业游泳选手、歌舞杂耍明星电影演员和作家。

又过半分钟!"

然而不见波拉·福雷斯特浮出水面。格雷厄姆没有惊慌,因为发现无人慌乱。

听到丽塔喊"九分钟!"时,他宣布:"我输了。"

"她在水下都超过两分钟啦,可你们全都若无其事,倒叫我来劲儿了。"他快快地再添一句,"我还有一分钟——说不定还没输呢。"立刻双脚直插入水。

在水下,他翻身开始用双手探摸水泥池壁,摸到池壁中间,估计距水面十英尺左右,忽发现池壁有个大口。他四下一探,发现未加拦网,便大胆进入。身子还没完全进去就发现自己可以上浮,但他慢慢上升,在漆黑中浮出水面,不发出任何溅水声,四下里摸索。

他手指碰到一条冰凉光滑的胳膊,胳膊的主人被吓得一声尖叫,被抓住时抽筋般往回一收,他抓得更紧,旋即大笑,波拉也跟着笑起来。《水手之歌》的头一行歌词迅即闪入他脑海——"黑暗中听到她笑声,我爱她爱得要命"。

"你碰我时,我真吓死了。"她道,"你来得一点声音都没有,而且我正胡思乱想,做白日梦呢……"

"梦到什么啦?"格雷厄姆问。

"老实说,刚想到要给自己做条裙子——一条深红天鹅绒长裙,衬里要长而紧身,镶上凝重的金边、绒饰。搭配的唯一珠宝是枚戒指,鸽血红大宝石戒指,好多年前和迪克乘'远航号'远航的时候,他给我的。"

"还有什么你不干的事呀?"他笑道。

她也跟着笑起来。两人开心的笑声在封闭的暗道中发出空空的回音。

"是谁告的密啊?"她接着问。

"没人告密。你在水下超过了两分钟,我就知道大概是这种把戏,就摸了过来。"

"这是迪克的主意。这个地方是水池修成后再加的。你会发现他满脑子怪主意。他喜欢开玩笑,吓唬老太太们,跟她们的儿子或孙子下水池,再躲到这地方,把人家急得晕过去。不过,差点吓死一两个人之后——老太太,我是说。他就叫我代替他,像今天这样,只吓唬你这种最强硬的汉子。对了,他还出过一件事。有个科格伦小姐,欧内斯廷的朋友,教会学校的小姑娘,他们狡猾地让她站在出水管那头。迪克从高台跳下游到这儿,在水管这头。几分钟后,小姑娘吓得崩溃,以为他淹死了,他却从水管这头用非常可怕的墓地般的腔调说话,把那头的科格伦小姐当时就吓得晕倒了。"

"那这姑娘一定胆子小。"格雷厄姆评价道,一面努力压下好想有根火柴,好划亮了照照波拉·福雷斯特,看看她在身边划水姿态的荒唐念头。

"这怪不得她,"波拉回答,"她年轻,才十八岁,而且对迪克心怀小女生的暗恋。她们全都迷恋他,你瞧。迪克就是会装年轻,他一装,姑娘们就冒傻气,不明白他其实是个铁石心肠,玩命工作,思想深刻,成熟而且已婚的大男人。尴尬的是,小姑娘一睁眼,脑子还没来得及清醒,就把自己的心事给倒出来了,激动得语无伦次,而迪克呢,却是一脸的沉思⋯⋯"

"喂?你们打算待在那儿过夜啊?"暗管另一头传来伯特·温赖特的声音,响亮如同耳边有台扩音器。

"上帝啊!"格雷厄姆大出一口气,因为方才吓得一把抓住了波拉的胳膊,"这回把我吓了一大跳,算是替小姑娘解了恨。

而且,总算明白什么叫作易如反掌。"

"而且,我们也该动身回到外面世界啦。"她提议,"这可不是聊天的好地方。我先出去?"

"那当然,我紧跟后头。只可惜水不发光,不然就可以跟着你光彩照人的脚后跟啦,像拜伦那家伙写得一样。还记得那首诗①吗?"

他听见她在黑暗中咯咯笑着说:"那好吧,我现在出发。"

一星光亮都没有,但从她弄出的一点水声他明白她已翻身,头先入水。他想象着她动作的优美姿势,绝非一般女泳手能达到的水准。

"有人向你告密了。"格雷厄姆升到水面爬出水池时,伯特立刻发难。

"你就是在水下击石发信号的坏蛋。"格雷厄姆反诘,"我要是输了,就要抗议这不是赌博,是欺诈阴谋的鬼把戏。我肯定,称职的律师会宣布这是重罪,是该由地区法官亲自督办的案子。"

"可你赢了。"欧内斯廷叫道。

"我当然赢啦,所以,我就不起诉你,或者你们这帮坏蛋中的任何一个了——不过赌债必须马上付清。让我想想——你们欠我一整盒雪茄呢。"

"一支雪茄,先生!"

"一盒!一盒!"波拉喊道,"咱们来玩捉人游戏!从你开始!"

她边说边做,在格雷厄姆肩上拍一下,算是挑战,旋即扑入

---

① 指英国浪漫派诗人拜伦的名诗《她走在美的光彩中》。

水池。他还没来得及追,就被伯特一把抓住,转了一个圈。伯特自己也被捉了,逃脱之前,他又拍一下迪克。迪克追着太太游过水池,伯特和格雷厄姆钻个空子横渡过去。女孩们纷纷逃上扶梯,在十五英尺的高台上站成诱人的一排。

第十四章

对游泳不感兴趣,唐纳德·韦尔没参加下午水池的活动。但晚饭后,令格雷厄姆郁闷,这位提琴手独占了钢琴边的波拉。几位新客,以大宅这种随意的不期而至,来凑热闹,他们是:律师阿道夫·韦尔夫,前来与迪克商讨一桩用水权案子的;杰里米·布莱克斯顿,迪克的哈韦斯特集团总监,从墨西哥直奔而来,集团的财运,据他说,与以往一样,正日渐减少;埃德温·奥黑,红头发的音乐家与戏剧评论家;昌西·毕肖普,《旧金山快报》的编辑及老板,迪克的同学,还同一个兄弟会,格雷厄姆听说。

迪克已发动一场热闹的赌博游戏,叫作"恐怖五",虽热火朝天,参与者众多,赌注倒只限十美分。不断变换的庄家只要策略够机敏,输赢顶多九十美分。规则要求至少玩十分钟。这场游戏在房间另一头的一张大桌子上进行,伴随一片欠钱、借小钱、换零钱的喧闹。

九人一起玩,游戏有点挤。格雷厄姆不抽牌,更愿偶尔随意地支持欧内斯廷的牌,还不时瞄一眼长屋那头的提琴家与波拉——他们正全神贯注于贝多芬的交响曲和德利伯①的芭蕾舞曲。杰里米·布莱克斯顿要求把赌注涨到二十美分,迪克照他

---

① 利奥·德利伯(1836—1891):法国作曲家。

自己断言,乃最大输家,输了四美元六十美分,故作悲切地提议应该设立一项赌注,好次日早晨有人支付照明和打扫房间的费用。格雷厄姆最后一注输掉了一个五分币,还得向欧内斯廷付双倍,长叹一声,对她说想在屋里转一圈,换换运气。

"早知道你会的。"她压低嗓门对他说。

"什么意思?"他问。

她朝波拉方向瞟一眼,意味深长。

"那我现在就更得去啦。"他反诘。

"胆小鬼不敢吗?"她挖苦。

"没我不敢的事。"

"那就看你敢不敢。"她接应。

他摇摇头:"早想过去叫停那个拉琴没完没了的家伙了。这时候你还想拦我,太迟啦。再说,奥黑先生还等着你下注呢。"

欧内斯廷匆匆押了十美分,几乎不知自己是输是赢,一门心思盯着格雷厄姆朝房间另一头走去,虽然明白伯特·温赖特会注意她的凝视与方向。另一方面,不论她、伯特,还是桌旁的其他人,都不知道迪克一面揶揄戏谑,令众人大笑,一面眼睛快速扫视,一旁发生的这出戏根本逃不过他的法眼。

欧内斯廷只比波拉稍高一点,不过眼见要丰满起来,是个阳光健康,金发碧眼的姑娘。十八岁妙龄给她的皮肤洒上一层几乎透明的秀色,一眼看去,简直能看透那粉红色精致的手指、手、手腕、前额、脖子、脸颊。此刻这层婉约的玫瑰粉色又腾起一片红晕,她眼睁睁看着埃文·格雷厄姆朝房间那头走去。这一切迪克尽收眼底,他知道这姑娘正想入非非,做着何种美梦,虽说结局如何还无法预料。

她眼中看到的,只是她想象中的格雷厄姆王子般的仪态——高扬轻松,热情洋溢的头颅,快活随意的金沙色头发,直叫她手指头发痒,好想爱抚啊。而且,头一回知道有这么做的可能性。

而波拉,弹琴休息间隙正与提琴家聊天,忍不住就奥黑最近对哈罗德·鲍尔①的指手画脚愤愤不平,同样发现了妹妹的变化与格雷厄姆的动向,同样开心地注意到格雷厄姆仪态优雅。他高扬轻松的头部姿势、随意的发型、清爽古铜色的光滑面颊、漂亮的前额、长长的灰眼睛(眼皮有点下垂),还有孩子气的郁闷,被跟她打招呼的笑容一扫而光。

自打头一回见他,她就注意到这笑容。这笑容一往无前,友好的光芒照亮双眼,让眼角堆起亲切的细纹。这是令人微笑的笑容,因为她发现自己已在悄然回报,一面继续对韦尔发着牢骚,反对奥黑把鲍尔捧那么高。

但她与钢琴边的唐纳德·韦尔心照不宣,再聊几句,便开始弹一串匈牙利舞曲,使得在窗台座垫上悠闲抽烟的格雷厄姆再次惊艳。

他惊艳她的千变万化,惊艳她引导调教"花花公子"的灵巧手指,惊艳她池中戏水,潜入幽深暗道,惊艳她燕子般飞下四十英尺高台,在水面上双手紧扣,护住头部的圆拱,活像跳水运动员。

他得体地徘徊几分钟,便回到赌桌旁边。每隔几分钟就输给那个手气极好、得意扬扬的墨西哥矿山高管一枚硬币,惟妙惟

---

① 哈罗德·鲍尔(1873—1951):著名美国钢琴家,以拉提琴开始自己的音乐生涯。

肖地摆出犹太人的懊恼与激动,令全桌赌徒哄然大笑。

后来,"恐怖五"游戏收场,伯特和鲁特·德斯顿故意捣乱,把贝多芬的《悲怆奏鸣曲》中的柔板给糟践了,迪克当即给它命名《爱情慢步舞曲》,直到波拉大笑着停止弹奏。

众人重新组合。桥牌桌旁是韦尔、丽塔、毕肖普和迪克,杰里米·布莱克斯顿领着一伙年轻人打破了唐纳德·韦尔对波拉的独占。格雷厄姆与奥黑结对,在窗台座上聊起了奥黑的本行。

片刻之后,待钢琴边的人都唱完了夏威夷的《草裙舞歌》,波拉开始自弹自唱。她接连唱了几首德国情歌,尽管只是为身边的这个群体,而不是为满屋子的人。可是,埃文·格雷厄姆简直大喜,因为发现她到底还有个缺点。她堪称了不起的钢琴家、骑手、跳水家、泳手,但显然,她嗓音条件虽不错,歌唱得真不算好。然而,这个结论他又不得不很快推翻——她还是歌唱家,完美的歌唱家,缺点不过是相对而言。她的嗓音条件有限,甜蜜,浑厚,与她的笑声一样动人,但缺少顶级歌手必需的音量。她乐感很好,发声轻松自如,富于情感和艺术表现力,训练有素,灵气十足。但响亮度勉强达到平均水准,他断定。

至于音质——这一点他迟疑,这是个女人的嗓音,萦绕着丰润的性感。这嗓音充满世间的所有秉性——及所有约束,这是他进一步的分析。他不得不钦佩她不肯越过自己嗓音雷池的方式,这样做反而非常成功。

他对奥黑有关歌剧现状的小演讲心不在焉地点点头,一面嘀咕波拉·福雷斯特这么个完全能持自己天性的女主人,也许在更深刻、更热烈的方面不一定能把持自己。而他正面临着一场挑战——出于好奇,他承认,但不全是好奇。更遥远,更深刻之处,是一场对他这个按照男人亘古形象造就的男子汉的挑战。

正是这挑战令他踌躇,他甚至开始上下打量这间大屋子,那头上由三根大树干组成的高屋顶,那横在屋顶下面,挂满世界各地战利品的回廊,还有迪克·福雷斯特,赢得这些财富的主人——**那个女人**的丈夫,正在打桥牌,跟他工作时一样,全身心投入,抓到丽塔违例出牌便朗声大笑。而格雷厄姆勇气十足,敢于面对最终结局。他明白,纷乱思绪之中,挑战背后隐藏着的是那个女人——波拉·福雷斯特,妙不可言,超群出众,头一眼看到她,就身心大为震撼。自见过她水池里骑大马,他的想象力就一直被她巫术般地左右。女人,他见多识广,对她们的平庸相似早已厌腻。偶遇一个出色女人,就好比整整一代潜水员在咸水湖里发现了一颗璀璨大珍珠。

"真高兴你精神还这么足。"片刻之后波拉对他笑言。

她准备和鲁特一起回房睡觉。第二桌桥牌已经开打——欧内斯廷、伯特、杰里米·布莱克斯顿和格雷厄姆,而奥黑与毕肖普正沉迷一种双人牌戏。

"不扯他的那根弦,这个爱尔兰人还真可爱。"波拉接着说。

"你说的是音乐那根弦吧?我还算公道。"格雷厄姆问。

"他那音乐可真受不了。"鲁特评价,"他最不懂的就是音乐啦,活叫人发疯啊。"

"别担心,"波拉咯咯笑着安慰道,"你们都能报仇。迪克刚才悄悄告诉我啦,明天晚上安排哲学家们来。你知道他们对音乐的看法。音乐评论家正好当他们的牺牲品。"

"特伦斯有天晚上说过,对音乐评论家没有禁猎期。"鲁特添一句。

"特伦斯和阿伦会逼得他喝酒的,"波拉笑着预言,"而且达尔·海尔单枪匹马就能用其艺术批评理论把奥黑一切有关音乐

135

的谬论杀得片甲不留。他并不相信批评理论的任何观点,跟那天晚上跳舞一样,就为寻开心,这是他的乐趣。他这个哲学家思想太深邃,不得不找点乐趣嘛。"

"奥黑要是和特伦斯发起论战,"鲁特预言,"我看特伦斯一定会挽着他的胳膊,带他去男士屋,一面跟他谈经论道,一面漫不经心,给他灌进去他从没喝过的那么多酒。"

"也就是说,第二天奥黑肯定烂醉如泥。"波拉咯咯笑道。

"那我就要他就这么干!"鲁特大叫。

"你可别以为我们都这么坏心眼儿,"波拉对格雷厄姆声明,"不过是这个家的精神罢了。迪克喜欢,他自己就老在开玩笑,这样他就能放松。我现在就打赌,准是迪克给鲁特出的主意,要让特伦斯把奥黑带去男士屋,由鲁特来执行。鲁特,是不是啊?从实招来。"

"哎呀,我得声明,"鲁特慎重声明,"这主意并非本人完全独创。"

这时欧内斯廷加入进来,一句话就把格雷厄姆据为己有:

"我们都在等你呢。牌都切了,你和我搭档。再说了,波拉是睡觉前瞎折腾。跟她道个晚安,让她走吧。"

波拉十点钟去睡了,桥牌凌晨一点才散。迪克以长兄的方式,一只胳膊搂着欧内斯廷,在通向塔楼的岔道口跟格雷厄姆道过晚安,接着送他漂亮的小姨子回她的住处。

"欧内斯廷,给你句忠告啊,"分手时他灰色的眼睛亲切地看着她,但语气却是严肃的警告。

"我又做错什么啦?"她笑着嘟起嘴唇。

"目前……还没有。不过可别开头,不然会自讨苦吃。你还是个孩子,刚十八岁。性情又好,讨人喜欢,够让任何男人心猿意马的。不过,埃文·格雷厄姆可跟多数男人不一样。"

"哎呀,我能管好自己。"她顿生不忿,按捺不住。

"可还是听我一句吧。时候一到,爱情鸟就会在女孩子漂亮的脑瓜上叽叽喳喳叫。那时候女孩子可不能犯错误,爱上一个不该爱的人。眼下你还没为埃文·格雷厄姆晕头转向,该做的就是千万别为他晕头转向。他不适合你,也不适合任何年轻姑娘。他是个老家伙,老骨头,你活上十二辈子都不会明白,他把爱情,浪漫的爱情,青春之类,早都忘得一干二净。他要是再婚……"

"再婚!"欧内斯廷打断他。

"是啊,宝贝儿,他太太过世都十五年啦。"

"那又怎么样?"她不服气。

"就这么样,"迪克不动声色,"他已经历过年轻姑娘的浪漫,而且非常浪漫。所以,他十五年来都没再婚的事实就说明——"

"他一直都没从失落中恢复过来?"欧内斯廷插嘴,"这根本不算证明。"

"说明他年轻疯狂浪漫的学徒期已经结束。"迪克寸步不让,"你只要看看他,就会明白他并不缺少机会,而且时不时,非常精致的女人,真正聪明的女人,成熟的女人们已经跟他比过爱情长跑,考验过他的气息与耐力,但迄今为止她们谁也捉不到他。至于年轻姑娘,你知道这世界对他这样的男人来说,还不遍地都是?好好想想吧,别让他知道你的心思。你要是现在不对他心头发热,以后也就免得心头发凉啦。"

他拉住她一只手,把她拉近,靠在他身上,一只胳膊安慰地搂住她的肩膀。沉默几分钟,迪克估摸着女孩儿的心思。

"你知道,我们这些坚忍不拔的老东西。"他又半抱歉半幽默地开始说。

可她做个厌恶的动作,叫道:

"老东西才更有价值!年轻的全太年轻,那才是他们的问题。他们生气勃勃,马驹似的精神足,又唱又跳。可他们不认真严肃,不宽宏大量,不——哎呀,他们不能给女孩子那种见多识广,那种宽宏大量,那种,那种……唔,男子汉的气概。"

"我懂。"迪克咕哝,"可请别忘了瞧瞧盾牌的另一面。你们这些光芒四射的小女子对老男人的影响恰好相似。他们没准儿会把你们当玩具,当玩伴,寻开心,教你们一些精致的蠢把戏,但不会把你们当伙伴,平起平坐,分享一切。生命应该历练。他们历练过了,历练过不少了。可像你这样的小丫头,欧内斯廷,你历练过什么呀?"

"给我讲讲吧,"她突然发问,几乎有点悲戚,"他十五年前的那段浪漫史,那位年轻姑娘。"

"十五年?"迪克立刻回答,"是十八年。他们在她死前三年结的婚。实际上——你自己弄清楚吧——他们是由一位英国牧师证的婚。你出生后头一声哇哇大哭的时候,他们已经结婚成家啦。"

"是的,是的,往下说。"她紧张地催着,"她长得什么样?"

"她光艳迷人,皮肤金棕色或半带金黑色,是波利尼西亚的女王,她母亲在她之前也是女王。她父亲毕业于牛津大学,英国绅士,地道学者。她名叫诺麦尔,瓦哈岛的女王,野性十足。他那时年轻,比她更野。他们的婚姻没什么不光彩的。他并非身无分文的冒险家,她带给他一个岛国和四万臣民。他把自己的财富带去那个岛国——可不是一笔小数目。他建起一座南海岛屿上从未有过,也绝不会再有的宫殿。一座真正的房子,茅草苫顶,手工木梁,椰棕绳绑扎,诸如此类。这座宫殿就在岛上扎根、发芽,恰得其所,尽管他还从纽约请来霍普金斯做设计。

"啊呀呀!他们拥有自己的王室游艇、山间别墅、独木舟屋——本身就是座十足宫殿。我知道,我在里头享用过很多盛宴——虽说是在他们之后。诺麦尔那时已死,格雷厄姆下落不明,由一位旁系国王在统治。

"我说过他比她野性更足。他家用的餐具都是金子的。唉,再说这些又有什么用。他年轻力壮,她一半英格兰血统,一半波利尼西亚血统,货真价实的女王。两人都是自己民族的鲜花,一对神仙佳侣,过的就是神话里的日子。而且……嗯,欧内斯廷,时过境迁,埃文·格雷厄姆已经走过了年轻姑娘们的领地。如今,能让他动心的只有出色的成熟女人。再说啦,他实际上已倾家荡产,尽管他不是败家子,主要是运气太不好啦。"

"波拉才会更合他的意。"欧内斯廷沉吟道。

"对,的确是。"迪克赞同,"波拉,或者任何跟她一样出色的女人,会比世上所有甜蜜可爱的年轻姑娘更吸引他一千倍。我们老家伙有我们自己的标准,你得明白。"

"那我只好忍受小伙子啦。"欧内斯廷叹口气。

"眼下的确如此。"他轻声笑道,"永远记住,时候一到,你也会长大成为出色成熟的女人,也能在情场赛跑中战胜并且赢得埃文这样的男人。"

"可在那之前我就得嫁人啦。"她噘起嘴来。

"亲爱的,那才是你的好运呢。好啦,晚安。你不生我的气吧?"

她难过地笑笑,摇摇头,嘟起嘴给他亲,分手时说:

"你要是能给我指出条路来,最终能把我带到像你和格雷厄姆这样的白胡子老头儿面前。我就答应不生你的气。"

迪克·福雷斯特边走边关灯,走过书房,一面挑了十来本机械、物理方面的参考书,一面微笑,仿佛回想起与姨妹的谈话,很快乐。他自信这场谈话既及时又不唐突。但走到通往他办公室的螺旋楼梯一半时,欧内斯廷的一句话在脑中回响,令他陡然止步,肩膀往墙上一靠,"波拉才会更合他的意。"

"蠢驴!"他哈哈大笑,接着朝前走,"结婚都快十二年啦!"

他也真的撇过不想。回到自己睡台的床上,他看一眼气压计和温度计,准备定神解决一道一直困扰自己的电气计算问题。他目光越过大院,朝妻子那头幽黑的睡台凝望一眼,看看她是否依然不曾入梦,直到这时,欧内斯廷的话猛然再次回响。他轻蔑地再骂自己一声"蠢驴!"赶跑这思绪,点燃一支雪茄,以训练有素的眼光开始浏览那些书的索引,用火柴棍给找到的书页当书签。

第十五章

上午十点过后许久,格雷厄姆坐立不安,四处瞎转,直为波拉·福雷斯特午前会否露面心烦意乱,一头闯进了音乐室。尽管他已在大宅做客好几天,可宅子太大,音乐室还从未来过。屋子挺考究,面积大概三十五英尺乘六十英尺,高高的带桁梁的天花板上,一只黄色玻璃的天窗正洒下温暖的金色光芒。红色调主要来自墙壁与内饰。在他看来,这屋子承载了音乐的宁静。

格雷厄姆慵懒地注视着一幅基斯的作品——那必不可少的壮丽,太阳辉煌荣耀的氛围,夕照阴影下的羊群。突然,眼角发现女主人从远处的门口进来了。再一次,她美丽如画的形象令他倒抽一口气。她浑身白衣裳,显得非常年轻,大幅且多褶的荷璐扣①以其有意的质朴与宽松无形,使她身材倍显高挑。他熟知荷璐扣,在它的原初故乡,夏威夷的阳台上,这种长裙给丑女增加姿色,令美女倍添光彩。

二人在屋子两头相互微笑打招呼。他注意到她的体态,头部的娴静,双眸的坦诚——一切仿佛都在友好地问候"朋友,你好!"至少她走过来时格雷厄姆这般想象。

"你这屋子犯了个错。"他语气严肃。

---

① 荷璐扣:夏威夷妇女正式场合穿的曳地长裙。

"不,可别这么说！错在哪儿？"

"这屋子应当再长点儿,长多点儿,至少长上一倍。"

"为什么？"她不同意地摇头问,而他开心地看着她女孩儿似的双颊——根本不可能有三十八岁。

"因为,那样的话,"他回答,"你今早就得走上两倍长的路,那我看你走路的快乐就跟着长两倍啊。我向来认为,荷璐扣是为女人发明的最迷人的衣裳。"

"那就是因为我的裙子而不是因为我了。"她反唇相讥,"我看你就像迪克,句句恭维都带根绳子。瞧瞧吧,我们这些可怜的傻瓜刚开始为几句恭维沾沾自喜,那头绳子一拉,恭维就给收回去了。

"现在我想带你看看这间屋子。"她忙道,不容他拒绝,"迪克让我随意布置这屋子,连各部分的比例都由我定。"

"还有这些画？"

"是我挑的,每幅都是,亲自给它们挂到墙上。不过迪克为弗利斯察金①和我吵过。他赞成那边的两幅米利特②和克洛特③以及伊沙贝④。他甚至让步说音乐室可以挂几幅弗利斯察金,但就是这幅画不合适。你瞧,他是为我们当地的艺术家忌妒哪,他想挂更多他们的作品,想表示他对本国天才的欣赏。"

"我不大了解你们太平洋海岸艺术家的作品。"格雷厄姆说,"给我讲讲吧。讲讲他们的天才——当然,那是一幅基斯,那边。但旁边那幅是谁的？很美。"

---

① 弗利斯察金(1842—1904):俄罗斯画家。
② 米利特(1814—1875):法国乡村风景画家。
③ 克洛特(1796—1875):法国风景画家。
④ 伊沙贝(1767—1855):法国画家。

"是麦克马斯①的。"她回答。格雷厄姆满心欢喜,正打算好好跟她聊半点钟绘画,不料唐纳德·韦尔忽然闯进来,一见小夫人,那双疑问的眼睛就一亮。

他胳膊下面夹着小提琴,一副公干的神气,快步穿过房间,走到钢琴旁,放好乐谱。

"我们要练到午饭时间。"波拉对格雷厄姆解释,"他发誓说我技巧荒疏得厉害,我想他的话对一半。我们午饭时见。当然咯,你要愿意,也可以留下来。不过,提醒一声,我们可是认真苦练。下午我们会去游泳。迪克说,四点钟,在水池。他还说到时他会唱支新歌。韦尔先生,几点啦?"

"十一点差十分。"音乐家有点声色俱厉。

"您提前到了,咱们约的是十一点。那之前,先生,您只好等了。我还得赶紧先去见迪克,今早还没和他说早安呢。"

波拉对丈夫的时间表了如指掌。那个总摆在她沙发旁阅读架上的笔记本背面,秘密潦草地写着象形文字般的笔记,提醒她,他六点半喝咖啡;八点四十五分没准儿能找到他在看校样或读书,如果不骑马的话。九到十点不可找他,他得向布雷克口授回函;十点与十一点之间也不可找他,他得跟牧场经理们、工头们商讨业务,而助理秘书邦布莱特会跟任何法庭记者一样,在连珠炮般的会谈中,记下各方人员说出的每一个字。

十一点钟,除非有突如其来的电报或生意,她通常能单独占据迪克片刻,虽然他肯定正在秘书们的办公室里乱窜。打字机的嗒嗒声告诉她又有个障碍去掉了。图书室里,邦布莱特先生为短角牛经理曼森先生找一本书的景象告诉她,迪克与工头们

---

① 麦克马斯(1875—1938):出生于澳大利亚的美国水彩画家。

的会见已经结束。

她按下一只按钮,满登登的书架就旋开了一部分,露出一道很小的钢质螺旋梯,通往迪克的办公室。楼梯顶部,书架还有另一个相似的旋转轴,按下按钮就会驯服地打开,把她无声地带往他的屋子。听出里头是杰里米·布莱克斯顿的嗓音,她面露不悦,迟疑地驻足,看不见办公室里的人,也没有被发现。

"咱们要是放水淹掉矿山,自己也会给淹死。"矿山主管在说,"等于赔上一台印钞机——没错,就等于再抽干五六台印钞机,把古老的哈韦斯特集团毁掉,真他妈的太可惜呀。"

"可是关于这一点,去年的账本显示,咱们是在亏本经营。"波拉听到迪克在应对挑战,"从韦尔塔的每个小蟊贼到最后一个偷过咱们马的雇农都在欺骗咱们。很难再维持下去啦——特别税、土匪、革命者、墨西哥联邦政府,真够受的。要是结局在望,还能撑下去,可是这种混乱局面会不会持续上十几二十年,咱们可没保证啊。"

"反正都一样,连古老的哈韦斯特集团都想淹掉它了!"主管抗议道。

"想想维拉,"迪克回应,还厉声大笑,波拉听得出其中刻薄,"他说要是他赢,就要把土地统统分给雇农。逻辑上,下一步就该轮到矿山了。过去十二个月当中,你觉得咱们已经被迫给立宪主义者掏了多少钱?"

"超过十二万美元。"布莱克斯顿立刻回答,"还不算托利纳斯撤退前,咱们掏给他的硬邦邦的五万金条哪。他带着这笔金子,在瓜伊马斯调转人马去了欧洲。这些,我在信里都向你报告过。"

"杰里米,咱们要是继续经营矿山,他们就会没完没了巧取豪夺,阿门。我看干脆淹掉得了。咱们比那些恶棍更会创造财富的话,也让他们瞧瞧,咱们照样能毁掉财富。"

"我就是这么跟他们说的。他们边笑边再三说紧急情况下,这样那样的自愿贡献,对革命领袖们——其实就指他们自己来说,很可以接受。即使只有十个比索,大头目都不会染指一个。上帝呀!我跟他们指出咱们所做的事——给五千名苦力提供稳定的工作、工资从一天十分提高到了一百一十分。我跟他们指出,那些苦力刚受雇时才挣十分钱,如今挣五个比索。可他们还是那副该死的笑脸,贪心的手,那套该死的对神圣革命事业做贡献的鬼话。上帝呀!老蒂亚斯是个强盗,但还讲点面子。我跟阿伦佐说:'要是我们关闭矿山,这五千墨西哥人就会失业,你拿他们怎么办?'阿伦佐边乐边说:'拿他们怎么办?好办啊,给他们发枪,叫他们进军,占领墨西哥城!'"

想象中,波拉看见迪克厌恶地耸耸肩,她听到他说:

"祸根在于——矿石在那儿,咱们是唯一能把矿石弄出来的人。墨西哥人干不了。他们没脑子。他们就会动刀动枪,迫使咱们掏比咱们挣得还多的银子。杰里米,咱们只有一个办法。忘掉一两年的利润,解雇工人,只留下工程技术人员,继续抽水。"

"这话我扔给阿伦佐了。"杰里米·布莱克斯顿声音震耳,"他怎么顶我的?要是咱们解雇工人,他就要把工程技术人员也赶走,就让矿山淹没,他妈的砸在咱们手里。不,最后那句他没说。他就是满脸堆笑,可那笑脸明摆着就是那意思。给我两分钱,拧断他的黄脖子我都干。可惜第二天,另一个穿靴子的爱国者又会闯进我办公室,提出更苛刻的欺诈条件。

"就这样阿伦佐捞了一把。这还不算,他跑去华雷斯,加入那一带的大帮派,叫他的人放跑了咱们的三百头骡子——在当地卖肉都值三万美元哪,而且是我让他得了好处之后。该死的黄鼠狼!"

"眼下咱们采掘区的革命者头儿是谁?"波拉听到丈夫突换话题地问,这种突如其来的转换话题她早就熟悉,标志着他已总握局势的千头万绪,打算采取行动。

"拉乌尔·贝纳。"

"什么军衔?"

"上校。手下有大概七千名破衣烂衫的穷鬼。"

"辞工前他是干什么的?"

"牧羊人。"

"好极了,"迪克又快又狠,"你得演场戏,装成爱国者,尽快赶回去,跟这个拉乌尔·贝纳套近乎。他会看穿你在演戏,否则就不是墨西哥人啦。跟他套近乎,告诉他你要让他当将军——当第二个维拉。"

"天哪!天哪!好吧。可具体怎么干?"杰里米·布莱克斯顿问。

"让他当一支五千人队伍的头儿。解雇工人,让他使这些人成为志愿者。咱们平安无事,因为韦尔塔反正会完蛋。告诉他,你才是真正的爱国者。给每个人发一支来复枪。咱们就经受一次最后的敲诈,这能证明你是爱国者啊。答应他们等仗打完,人人都能回来工作。让他们带着你的祝福,跟着拉乌尔·贝纳出发打仗。只留下抽水的人手。就算咱们切断利润一两年,同时也削减了亏损啊。说不定还根本不用关闭老哈韦斯特呢。"

波拉听到迪克的解决办法,暗自笑了,一面轻手轻脚顺螺旋梯退下，往音乐室走去。她不开心，但并非因为哈韦斯特集团的局势。自结婚以来，迪克继承的墨西哥矿山的经营就一直麻烦不断。她不开心是因为错过了跟丈夫道早安。不过，一见到格雷厄姆就云开雾散——他还在钢琴旁徘徊，见她过来，正作势要走。

"别走呀，"她挽留，"留下看看我们如何勤学苦练，说不定能激发你的创作灵感，好动手写迪克一直跟我提的那本书呢。"

第十六章

　　午餐时,迪克的脸上不留哈韦斯特集团麻烦的任何阴影,人人以为杰里米·布莱克斯顿是来报告收益稳定,万事如意的。阿道夫·韦尔虽一早就坐火车走了,这说明他带来的生意已在某个未明时间完成了交易。格雷厄姆却发现吃饭的人比平时多不少。除开塔利太太——年迈发福,大概是位社交名媛。对她,格雷厄姆弄不懂——还有三位新客人,他们的身份,格雷厄姆听说了一点:一位是格尔赫斯先生,州兽医;一位是迪肯先生,太平洋西岸颇有名气的肖像画家;还有一位莱斯特船长,现任一艘太平洋邮船船长。此人大概二十年前曾为迪克开船,帮助他学会了驾船。

　　用餐到尾声,布莱克斯顿正看手表,迪克突然发话:

　　"杰里米,我想给你看看我在做的事。咱们现在就走。你去车站的路上会有时间的。"

　　"咱们都去吧。"波拉提议,"成群结队好啦。我都想死了要见识见识呢,迪克一直支支吾吾的。"

　　见迪克点头同意,她立刻命人准备农机,给马上鞍。

　　"看什么东西啊?"格雷厄姆等她忙完才发问。

　　"哦,迪克的噱头之一,他老是标新立异。这是项发明,他发誓能革新农业——就是小农业。我知道个大概,完工后还没见过。一星期前就建好了,但为了调整一条电缆还是什么的给耽搁了。"

"这项发明要是行得通,能赚成堆的钱。"迪克在桌子那头笑道,"给全球农民赚大钱,还可能给本人赚点儿稿费……行得通的话。"

"可到底是什么啊?"奥黑问,"在奶牛圈里放音乐,让母牛更安心地产奶?"

"每个农民都自己操犁,就坐在自家门廊下面。"迪克回应,"其实,就是食品生产从田头到纯实验室之间的一个根除体力劳作的过渡阶段。还是等你们亲眼看看吧。格尔赫斯,要是这项发明得以实现,我就先毁了自家的养马生意,因为从这里到杰里科之间,每十英亩地就能省掉一匹马。"

乘坐着农机与鞍马,一行人来到奶牛场再过去一英里的地方。这里,一片平地四四方方用栏杆隔开,据迪克称,正好十英亩。

"瞧瞧,"他说,"一个人,不用马,农民坐在门廊下就能犁田。门廊嘛,就请各位想象啦。"

田地中央,立着一根牢固的钢柱,至少二十英尺高,用拉索牢牢固定。

钢柱顶部的卷筒拉出一根细细的电缆通向田地最远的地边,那电缆绑在一台小型汽油拖拉机的转向操纵杆上。拖拉机旁,两位机械师正跃跃欲试。迪克一声令下,他们摇动曲柄,发动马达,拖拉机便开始工作。

"这里就是门廊,"迪克道,"想象咱们就是未来的农民,坐在廊阴下,读着晨报。与此同时,既不用人,也不用马,就能耕田。"

无须操控,地中央钢柱顶部的卷筒卷起了电缆,拖拉机就在电缆允许的周长内犁出一个圆圈,或者说更像一条内向螺旋,一道犁沟就翻好了。

"不用马,不用司机,不用犁工,什么都不用,只要农民摇动曲柄,拖拉机就开始犁田。"迪克欢欣鼓舞地说,而神奇的机械继续无须操控,翻起褐色的土壤,朝田地中央不停地螺旋前进。"犁地、耙地、平整、播种、施肥、种植、收割,统统可以在门廊下操控。农民坐在那儿跟电力公司买电就行。男人女人只要按按电钮,男的可以照看报纸,女的呢,照搅馅饼糊。"

"要让这项发明完美无缺,你现在该干的,"格雷厄姆夸道,"就是把圆圈的犁沟变成四方形。"

"对呀。"格尔赫斯赞同,"实话说,目前这样在方形地块里进行圆形耕作会荒废不少地哪。"

格雷厄姆凝神心算,片刻之后宣布:"大概每十英亩会损失掉三英亩。"

"肯定的,"迪克附和,"但农民的门廊就得在他那十英亩之内。门廊还代表着房子、谷仓、鸡窝之类建筑。很好,让农民把传统给丢掉。不让他把这些东西建在十英亩地的中间,而是建在地边的三英亩上。让他把果树、遮阴树、浆果树丛也种在地边。认真一想,把房子建在一片十英亩大的长方形地块中间的传统方式,就迫使农民在破碎的长方形地块上耕作。"

格尔赫斯激动得直点头,"没错儿。车道总是从中心伸出来,通向乡村公路或路权,那就破坏了农民耕作的效率。结果十英亩土地就被分割成更小的长方形,种植代价昂贵。"

"但愿航海也能这么自动。"莱斯特船长补一句。

"但愿画肖像也这样。"丽塔·温赖特大笑道,含沙射影地瞟一眼迪肯先生。

"但愿音乐评论也这样。"鲁特才不瞟眼睛,但显然针对的是眼前的同伴奥黑。

"但愿年轻姑娘的魅力也这样。"奥黑不饶。

"这套设备什么价?"杰里米·布莱克斯顿打听。

"眼下,以合适的利润,我们可以付五百块钱来制造和安装。要是普遍使用,采用最新大规模工厂制造的方法,三百块够了。不过,还是按五百块来算吧。去掉百分之十五的利息和使用费,一年要花费农民七十块。可任谁花两百块租一片十英亩的地,只要算账就会明白,七十块还不够他一年的养马钱哪。而且,按最糟的情况算,一年还能至少节省他本人或雇工的劳力两百块呢。"

"靠什么东西操控拖拉机啊?"丽塔问。

"靠立柱顶上的卷筒,卷筒按照整个耕作半径逐渐收放——这个计算必须高度精准,我保证——还有那根电缆,围着卷筒打转,不断变短,牵引拖拉机朝向中心。"

"反对推广使用的人很多,甚至小农户也反对。"

迪克点头附和。

"那是。"他回答,"我已经记下了四十条意见,还分了类。我手头对机械本身的意见更多。这项发明要是成功,还得花很长时间来完善和推广。"

格雷厄姆发觉自己神分两头,一面关注转圈子的拖拉机,一面不时瞅瞅马背上的波拉·福雷斯特——真是一幅好画呀。今天是她头一次骑"小鹿",就是亨尼西为她训练的那匹帕洛米诺母马。格雷厄姆笑了,对她的女性婀娜默默赞许,因为不论波拉是否有意养成对母马的偏好,还是挑中了一匹特别适合的母马,总之,她风姿绰约。

午后燠热,她不着骑装,只穿一件棕褐色亚麻衬衫,白色衣领后翻,一条短裙,做成骑装的西部样式,长至膝盖。膝盖到带马刺的淡黄色长靴之间,是迷人的紧身骑装裤。短裙与紧身裤用料是浅黄褐色丝质灯芯绒,双手上柔和的白色长手套与衣领相映成趣。她没戴帽子,秀发紧束,低绕耳后与颈背。

"你日头底下帽子都不戴,真不懂皮肤怎么还这么好。"格雷厄姆斗胆温和嗔怪道。

"我不会的,"她笑道,白牙耀眼地一闪,"我是说,一年里头像这样在阳光下露脸只有几次。我喜欢,因为喜欢阳光在我头发上闪金光。不过,我并不敢把自己完全晒黑。"

母马欢跳不已,一阵清风掀翻一片裙裾,露出她一只被紧身裤紧紧包裹的凸出膝盖。格雷厄姆注意到,她膝盖牢牢地压在猪皮英式马鞍上——马鞍簇新,浅黄褐色,好搭配她的服装与坐骑。他眼前再次浮现她浑圆雪白的膝头,紧压在凫水的"山少年"圆鼓鼓的肌肉上。

因拖拉机马达出毛病,机械师在犁了一半的田里手忙脚乱,一行人便在波拉带领下把迪克和他的发明抛在了身后,在通往游泳池的路上,在各个繁育中心之间,分散成一组组朝圣者。猪场经理克里林先生给他们看母猪"艾斯雷顿太太"和她新生的一窝惊人肥壮的十一只小猪崽,赢得一片赞美之声。而克里林先生至少一连四次激动宣布"这一大窝崽子,个个棒!"

其他一窝窝的约克夏母猪和猪仔、杜洛克红猪、O.I.C.母猪及后代,浩浩荡荡,众人看都看累了。还有新生的小牛、小羊、胖墩墩的母鹿、母羊。从一个养殖中心到另一个养殖中心,波拉一直提前打电话,通知众人的到来,所以曼森先生等着展示他的宽背短角牛"大波罗王"及其后宫,还有后宫产下的牛犊们,这些家伙个头与体重只比"波罗王"小一点点;帕克曼,泽西种奶牛经理,领着他的帮手们炫耀一番他的一流牛群,牛们名头响亮:"德雷克""金乔丽""皇家奶泉""牛津大师""卡马克家帅小伙",统统是有名的高乳脂血统种牛及子孙;还有"罗萨尔女王""斯坦比大妈""金乔丽姑娘""奥尔佳之花""梅特兰家戈迪",统统是一流高乳脂泽西乳牛,血统纯正;门德霍尔先生,夏尔马经管人,得意扬扬地给人看由"山少年"领头的一排英姿勃发的公马,更长一排由"福瑟琳顿公主"领头的银嗓子母马。甚至连只干半天活儿的老"阿尔登·贝西"——"福瑟琳顿公主"的母亲,也被他派人牵了来,因为客人的到来会给如此有名的母马带来该得的荣幸。

四点钟将至,唐纳德·韦尔对游泳不感兴趣,乘一辆农机回了大宅,格尔赫斯先生留下跟门德霍尔先生讨论夏尔马。一行人抵达时,迪克已到泳池,姑娘们立刻要求迪克唱他的新歌。

"其实也不是什么新歌。"迪克解释道,灰眼珠坏坏地亮,"而且不是我编的歌。早在我出生之前,我看是哥伦布发现美洲之前,日本人就在唱这首歌啦。而且是二重唱——附带惩罚代价的竞赛二重唱。波拉必须和我一起唱。我来教你。就在那儿坐下吧,好啦。现在你们其余的人统统围着她坐下来。"

波拉依然一身骑装,在一圈坐好的观众中间,面对丈夫,坐到混凝土地面上。在他指点下,她跟上他的节奏做各种动作,先在双膝上拍巴掌,再自拍双掌,再与迪克对拍手掌,跟小孩子唱儿歌《豌豆粥》①样子相仿。然后迪克开始唱歌,歌很短,她很快

---

① 英语儿歌,大意是:热豌豆粥,凉豌豆粥;粥在锅里熬九天;有人爱热粥,有人爱凉粥,有人爱熬了九天的粥。

就跟上了,拍着节奏和他一起唱。东方式的曲调缓慢易记,简朴单调,但很快就把观众挑逗起来:

锵——吉奈,锵——吉奈,

锵——锵,吉奈——吉奈,

横滨,长崎,

神户——嗨!!!

最后一个音节要突然发出,要爆发,要高八度,比整个旋律音调高出许多。与此同时,波拉和迪克的双手要突然伸向对方,不论握拳还是张开。游戏的关键在于,波拉的双手不论张开还是握拳,在发出"嗨"那一刻时必须与迪克的完全一致。第一回合,她做到了和迪克一致,二人的手都握拳。于是迪克摘下帽子,往鲁特的腿上一丢。

"我挨罚的代价。"他解释,"来呀,波拉,再来一次。"于是夫妻再唱,再拍手:

锵——吉奈,锵——吉奈,

锵——锵,吉奈——吉奈,

横滨,长崎,

神户——嗨!!!

这一次,唱"嗨"时,她的手握拳,而他的却张开。

"罚呀!罚呀!"姑娘们大叫。

她一看自己浑身打扮,慌了神:"我能罚什么呀?"

"一只发夹。"迪克提议,结果她的一只玳瑁发夹就扔进了鲁特腿上的帽子里。

"讨厌死了!"随着头上最后一只发夹被罚掉,波拉大叫一声。她输给迪克七次,而迪克只输了一次。"真不懂我怎么反应这么慢,这么笨。再说啦,迪克,你也太狡猾啦。我就没法子猜到你,料到你。"

他俩再次开唱,她再次输掉,这令塔利太太惊呼:"波拉!"波拉被罚掉一只马刺,而且被威胁若再输掉另一只,就罚她一只靴子。波拉一连三次的获胜迫使迪克输掉手表和两只马刺,接着她输掉了手表与剩下的马刺。

"锵——吉奈,锵——吉奈,锵——锵,吉奈——吉奈。"他俩又开始了。塔利太太发出警告:"听着,波拉,你不能再玩这个啦。迪克,你真不害臊。"

但迪克又发出一声"嗨!"赢了,众人大笑中,波拉脱下她一只香槟色的小靴子,加到鲁特腿上那堆东西中。

"没事的,玛莎姑姑,"波拉宽慰塔利太太,"韦尔先生不在这儿,他是唯一会被吓着的。来吧,迪克,你不可能次次赢。"

"锵——吉奈,锵——吉奈。"波拉和丈夫接着唱。这种叠唱开头缓慢,逐渐稳速加快,结果二人越发顺手,噼啪噼啪,巴掌拍个不停,动作和兴奋使波拉容光焕发。

就连一旁静观的格雷厄姆,也觉得受伤和不平。他知道这支《锵——吉奈歌》是旧时日本茶道馆里的艺妓唱的,尽管福雷斯特家和大宅的规矩自成一格,他依然为波拉竟玩这种游戏而大吃一惊。此时他没想过,若是鲁特、欧内斯廷或丽塔玩这种游戏,自己会不会只是好奇她们胡闹到什么程度。过后他才悟出,自己的关切与义愤其实是为了波拉,如此看来,她在他脑海里的地位远比自己意识到的更重要。而此刻,他只感到自己怒气渐涨,在尽力克制不发出抗议。

此时,迪克的烟盒、火柴,波拉的第二只靴子、腰带、裙夹、婚戒都已加入那堆罚品。塔利太太板着面孔,满脸苦修士的无奈,

155

不吭声了。

"锵——吉奈,锵——吉奈。"波拉边笑边唱,格雷厄姆听到欧内斯廷对伯特笑道:"不知她还有什么东西可罚啦。"

"哼,你还不知道她,"他听到伯特回答,"只要开了头,她就非赌输赢不可。她当然是开了头啦。"

"嗨!"波拉和迪克一面大叫,一面同时伸出双手。

然而,迪克握着拳头,而波拉张着巴掌。格雷厄姆目睹她浑身上下打量还有什么可罚,没了。

"快点,戈黛娃夫人①!"迪克喝道,"你唱也唱了,跳也跳了,该给伴奏的付钱啦。"

"这家伙傻呀?"格雷厄姆心想,"真是一朵鲜花插在了牛粪上。"

"唉!"波拉叹口气,手指头玩弄衬衫的纽扣,"要是该罚就罚吧。"

格雷厄姆怒火中烧,挪开目光,保持回避。众人一时鸦雀无声,他明白大家都悬悬地等着看她怎么办。忽然,欧内斯廷咯咯一笑,随即众人哄然大笑。伯特一声:"阴谋诡计!"粉碎了格雷厄姆的决心。他迅即一眼,发现小夫人把衬衫脱掉了,腰以上露出她的泳装——明摆着,她骑马出行前早有准备。

"来吧,鲁特,你是下一个。"迪克发起挑战。

可鲁特并没打算参加"锵——吉奈"游戏,红着脸率姑娘们去更衣室了。

格雷厄姆注视着波拉在四十英尺跳台上平衡好身体,然后

---

① 戈黛娃夫人:英国传说中的英格兰盎格鲁—撒克逊贵族妇,为争取减免丈夫强加于市民们的重税,裸体骑马绕行考文垂的大街。

一个漂亮的燕式扎入水池,听到伯特艳羡地叫好:"哎呀,你这安妮特·凯勒曼①!"格雷厄姆依然为险些使他勃然大怒的鬼把戏懊恼,不禁非常想了解这个了不起的女子,大宅的小夫人,她怎能令人如此倾倒啊。他沿水池悠闲地游着,睁开眼睛看着浅浅的池底,忽然觉得自己对她一无所知。她是迪克·福雷斯特太太,仅此而已。但她出身如何,经历如何,过去如何,去过何处——这一切他都一无所知。

欧内斯廷曾告诉他鲁特和她自己是波拉同父异母的姊妹。至少,这算得上一点数据。池底不断增加的光亮提醒他水池尽头快到了,能辨出迪克和伯特的腿纠缠在一起,肯定是在打斗,格雷厄姆回过身,仍在水底,往后游了二十几英尺。还有那个塔利太太,波拉管她叫玛莎姑姑。真是她姑姑?还是因为她母亲与鲁特和欧内斯廷的母亲交好,所以如此尊称?

他浮出水面,被其他人招呼加入"圈牛"游戏。累人的游戏打了半小时,他不得不惊异于波拉的灵活与战术,她总能一次次成功突围。众人气喘吁吁,筋疲力尽,争先恐后游到水池另一头,爬上岸,围着塔利太太晒太阳休息。

很快,好戏又开场。波拉和塔利太太争论着一件塔利太太认为不可能的事。

"玛莎姑姑,你从来学不会游泳绝不能成为你这种态度的理由。我游泳棒极了,告诉你,我可以就从这儿跳下水池,在水底下待上十分钟。"

"瞎话,孩子。"塔利太太笑逐颜开,"宝贝儿,你父亲年轻的

---

① 安妮特·凯勒曼:在澳大利亚出生的女游泳选手,1907年在波士顿由于穿一件大胆的连体泳装,被警方逮捕。

时候,比你现在年轻很多的时候,能在水底下比任何人都待得长。他的纪录,据我所知,是三分钟四十秒,我最清楚,因为当年他和哈里·塞尔比打赌的时候,是我亲自握表计的时。"

"哦,我知道我老爹当年了不起。"波拉得意道,"不过时代变啦。要是我老爹眼下在这儿,还年轻力壮,要是他想和我比谁在水下待得长的话,我肯定会害他淹死的。十分钟?我当然做得到。而且必须做到。玛莎姑姑,你就握表给我计时好了。哎呀,太容易啦……"

"就跟桶里抓鱼一样。"迪克帮她把话说完。

波拉向平台上方的跳板攀去。

"我一跳到空中就计时。"她吩咐。

"转体一周半。"迪克喊道。

她点头一笑,做出拼命深呼吸,把肺装满的样子。格雷厄姆着迷地看着。他自己跳水很棒,极少见到女人能跳转体一周半的,除了职业运动员。她淡蓝绿的丝泳装湿漉漉紧贴身上,全身匀称的线条尽露无遗。她仿佛痛苦地深吸一口气,似乎将肺的最后一立方英寸都填得满满,随即起跳。她腾起,身体笔直僵硬,双腿绷直,双脚并拢,在跳板尽头弹跃。她一被跳板弹入空中,就全身叠成圆球,一个完整旋转,然后舒展身体,完美姿势,完美入水,几乎没溅出一星水花。

"一块托莱多刀片掉下去,溅的水声都比这大啊。"格雷厄姆赞叹。

"我要能跳这么棒该多好呀。"欧内斯廷眼红不已,"可我永远做不到。迪克说,跳水要善于把控时机,波拉跳得这么好,就是因为时机把握得好。"

"还要善于舒展身体。"格雷厄姆加一句。

"操控得当的舒展。"迪克诠释。

"还有尽量放松,"格雷厄姆附和道,"我都没见过哪个职业选手能把转体一周半做得这么好呢。"

"那我比她还得意啦。"迪克声明,"要知道,是我教会她的,虽说得承认她真好教,学起来简直不费吹灰之力。她的确善于把控自己和时机。可不是么,头一次试跳就超过普通水准。"

"波拉出类拔萃。"塔利太太骄傲地说,眼睛紧张地盯着手表的秒针与波澜不兴的水面,"女人从来游不过男人,可她行——三分钟四十秒!她胜过了她爸爸。"

"可她不能在水下待五分钟,更不能十分钟。"迪克很严肃,"会把肺给憋破的。"

到四分钟时,塔利太太开始激动,看看这个,看看那个,急了。莱斯特船长不知秘密,骂一声,爬起来就跳进水池。

"出事了。"塔利太太故作镇定,"她跳水时肯定伤到了。赶紧找去,你们男人。"

但是格雷厄姆、伯特和迪克在水下碰头,只是开心地笑笑,互相捏捏手。迪克打手势要他们跟着,带路穿过幽黑的水面,进入暗道,一面踩水,一面与波拉会合,压低声音说话,咯咯笑。

"就来看看你是否平安无事。"迪克解释,"好啦,咱们赶紧走吧,伯特,我跟着埃文。"

一个接一个,他们潜下幽黑的水道,浮上泳池水面。这时候塔利太太已起身站在泳池边上。

"迪克·福雷斯特,你又玩什么鬼把戏!"她道。

可迪克不予理睬,装得不可思议地镇定,大声指挥男人们好叫她听到。

"伙计们,咱们办事得讲究方法。你,伯特,还有你,埃文跟我一起,从这头开始,间距五英尺,把池底搜一遍。然后往前移,再回头来一遍。"

"甭费劲啦,先生们。"塔利太太喊道,开始大笑,"至于你,迪克,立刻上来! 我要抽你一耳光。"

"姑娘们,好好照看她。"迪克大叫,"她发神经啦。"

"还没发呢,不过快啦。"她大笑。

"该死,太太,人命可不是闹着玩的!"莱斯特船长语无伦次,上气不接下气,一面打算再搜一遍池底。

勇敢的船长下水后,迪克问:"玛莎姑姑,你知道底细,真知道?"

塔利太太点点头:"迪克,接着装,已经有人上过你的当啦。去年在火奴鲁鲁,埃尔西·科格伦的母亲早告诉我啦。"

直到过去了十一分钟,波拉笑盈盈的面孔才浮出水面。她装得筋疲力尽,慢腾腾爬出泳池,坐到姑姑身边大口喘气。莱斯特船长努力搜救,倒真累得筋疲力尽,盯着波拉细细打量一番,然后走到最近的柱子边,老老实实在水泥柱上撞了三下脑袋。

"玛莎姑姑,我恐怕在水底下并没待够十分钟。"波拉说,"不过,也差不了多少,是不是呀?"

"你才不会差多少。"塔利太太回她,"连你身上湿了我都奇怪呐。好啦好啦,放松呼吸,孩子,别装模作样啦。我记得自己年轻时候在印度旅行,那儿有个苦行僧学校,僧人跳进深井,比你待的时间长得多,孩子,真的长得多。"

"原来你知道呀!"波拉反攻为守。

"可你不知道我知道呀。"姑姑反唇相讥,"所以你的行为就等于犯罪。想想我这把年纪,我这样的心脏。"

"还有你那聪明务实的脑筋。"波拉叫道。

"就凭这两条,我就该抽你的耳光。"

"就凭这一条,让我抱抱你,让你也湿个透。"波拉笑着回答,"我们真的骗过了莱斯特船长。是不是啊,船长?"

"别跟我说话,"果敢的水手阴沉地恨道,"我忙着呢,得好好想想怎么报仇。还有你,迪克·福雷斯特先生,我正琢磨是炸掉你家奶牛场呢,还是抽掉你太太的宝贝'山少年'的脚筋。没准儿双管齐下!与此同时,我要狠狠踢你坐下的母马几脚。"

迪克骑着"恶棍",波拉骑着"小鹿",夫妻并肩返回大宅。

"你觉得格雷厄姆人怎么样?"他问。

"棒极了。"她回答,"迪克,他跟你是一类。满世界乱跑,像你。身上同样留下满世界的印记——跑遍七大洋,博览群书,全都一样。他还是个艺术家,什么都知道。有意思。你注意他的微笑没?无法抵挡,叫人就想报以同样的微笑。"

"而且他身上也一样伤痕累累。"迪克点头同意。

"是啊,眼角旁边就有伤痕,一笑就露出来。不像疲惫的印记,倒像些永恒的老问题——什么原因?为什么?值不值?究竟为什么?"

* * *

马队殿后,欧内斯廷与格雷厄姆在交谈。

"迪克城府很深。"她在说,"你不大了解他,他深不可测。我了解一点儿。波拉了解得多。但其他人很少能看透他的心思。他是个真正的哲学家,跟苦修士或英国绅士一样,自控力很强。他名堂多多,能愚弄所有的人。"

* * *

在橡树下长长一排拴马桩旁边,下马的人群聚拢来,波拉正开心大笑。

"接着来,接着来。"她催迪克,"再起,再起。"

"她方才指责我,说我给家里仆人起名字,都快没词儿啦。"

"他一分半钟之内就起了至少 40 个名字。接着来,迪克,再起。"

"行啊,"他说着唱了起来,"我们可以叫他们阿美、阿沛、阿信、阿桑、阿三、阿萨、阿少、阿孝、阿乒、阿乓、阿姆、阿毛、阿莫、阿恼、阿灵、阿尼……"

迪克押着韵,数唱着即兴乱编的人名,一径走进大宅。

第十七章

接下来一星期,格雷厄姆坐立不安。是赶头一趟火车离开大宅?还是再会会,多会会波拉,和她厮守,多多厮守?两难决断,万千撕扯。然而,两头无果。

起初,他逗留的头五天当中,那个年轻提琴家几乎独占了可见到她的所有时间。格雷厄姆常常溜达到音乐室,遭到二人相当的冷落,闷坐半点钟,听他们奏乐。他们忘却他在场,要么脸放红光,全神贯注于音乐的激情,要么休息空当中,擦着额头汗珠,友好地有说有笑。格雷厄姆一眼看出,年轻音乐家爱她的那份热烈简直到了痛苦的地步。但令格雷厄姆伤心的是,有时当音乐家弹出特别动听的一段时,她凝视他的那份无限景仰。格雷厄姆试图说服自己,这一切不过是在她的精神层面,是对他人艺术境界的纯粹欣赏。然而,身为男人,他伤心,伤心不已,直到自己不肯再盘桓下去。

有一回碰巧,一曲舒曼终了,韦尔刚走,格雷厄姆发现波拉仍坐在钢琴旁,一脸梦幻的狂喜,见到他几乎不认识似的,机械地打起精神,心不在焉地随意打个招呼,就翩然而去。尽管自己受伤又恼火,格雷厄姆权当她处于艺术家的梦境,灵魂依然在倾听方才弹奏的乐曲的回响。不过女人真是难以捉摸的小东西,他不禁心生责难,女人动不动就莫名其妙毫无意义地感动。会不会是那个年轻音乐家用他的音乐打动了她的女人情怀?

韦尔一走,波拉就几乎完全退回自己私人一侧,那道没门把手的门后面。格雷厄姆听说,这司空见惯。

"波拉是那种自我欣赏的女人,"欧内斯廷解释道,"她常常独自一待好长时间,只有迪克能见她。"

"这可不讨其他人欢喜呀。"格雷厄姆笑道。

"反倒使她大受欢迎,只要她到场。"欧内斯廷反驳。

从大宅飘然而过的客人日渐减少。几位生意人和朋友陆续到来,但离开的人更多。在阿乐及其手下那拨华佣管理下,大宅一切运转完善良好,款待客人简直不成为主人的负担。客人们自娱自乐,互相取悦。

迪克不到吃午饭很少露面,即使片刻。波拉正执行隐居计划,不到晚餐也绝不露面。

"你这叫休养啊。"一天中午,迪克大笑道。他要挑战格雷厄姆,比试拳击、木剑和花剑。

"到时候啦,"回合之间喘息时,他对格雷厄姆说,"你该开始写你的书啦。等着看你书的人不少,我不过是其中之一呢,我很期待。昨天收到哈夫利一封信,他也提及此事,想知道你写了多少。"

于是,格雷厄姆守到自己塔楼房间里,整理笔记和照片,列出计划,埋头开写前几章。他深陷写作,若不是每天晚餐会见到波拉,对她刚刚萌发的兴趣本会消失的。再说了,直到欧内斯廷和鲁特动身前往圣巴巴拉为止,下午他们总是一起游泳、骑马、乘车去米拉马山草场,还有安塞尔默山那些高地牧区。其他远足有时会和迪克一道,看他的大挖泥船如何在萨克拉门托盆地工作,或如何在小狼溪与洛斯库托斯溪中修建水坝,或去他那按二十英亩划块的一大片五千英亩殖民地上看望农工们,他正试图让二百五十位家长,携全家老少入住,让那片土地盛产粮食。

格雷厄姆知道,波拉有时会独自骑马远行。有一回他还碰上她在拴马栏旁从"小鹿"背上下来。

"这马若是结伴而行,难道会给宠坏吗?"他有意揶揄。

波拉摇摇头,呵呵大笑。

"好吧,我坦白,"他豁出去道,"很想和你一起骑马兜风。"

"不是有鲁特、欧内斯廷、伯特嘛,那么多人呢。"

"这带乡下我初来乍到,"他自我解嘲,"跟熟悉它的人一道才能了解它。我已通过鲁特、欧内斯廷和好多其他人的眼光看过这一带了。但还有很多没见识过的东西,只能通过你的眼光来见识。"

"这理由倒讨人喜欢,"她闪烁其词,"简直就是——风景诱惑嘛。"

"而且是绝无恶果的诱惑。"他立刻加油。

她的回应来得颇慢。她直视他的眼睛,坦率直接。他想她的话经过了字斟句酌。

"那我可不清楚。"她最终出口就是这句。但他的想象力在跳荡,在捉摸和猜测这几个字眼儿可能的内涵。

"我们有那么多可谈的,"他再试一次,"那么多……应该谈的话。"

"这我明白。"她轻声道,一面再次坦率直接地看着他。

原来她明白啊——想到这一层他浑身着火一般,惜乎舌头却不够伶俐,助他逃脱她那冷静却撩人的大笑,她笑着转身走进大宅。

大宅的客人继续减少。波拉的姑姑塔利太太令格雷厄姆十

165

分失望（因为他原指望能从她那儿多了解些波拉的事情），只待几天就走了。似乎听说她还会回来多住些日子。不过，她刚从欧洲回来，说开心串门儿之前，先得完成一圈礼节性拜访。

奥黑，那位批评家，被迫逗留数日，好让人忘掉这伙哲学家对他音乐批评方面的灾难性大攻击。这原是迪克的鬼主意。夜幕降临，双方就摆开阵势，欧内斯廷偶然一句话招得阿伦·汉考克朝奥黑最坚定的信念丢下一颗炸弹般的狠话。达尔·海尔这位自告奋勇的同盟军，以其音乐理论狂飙般地侧面进攻，结果反而招惹了奥黑。于是乎唇枪舌剑，你来我往，直到急躁的爱尔兰人被两个巧舌如簧的家伙折磨得发狂，长松一口气，接受特伦斯·麦克费恩的好意邀请，跟他退到安宁的男士屋去喘口气。在那里，二人远离蛮徒，好一面喝着给人慰藉的加冰威士忌，一面聊着有关真正音乐的知心话。凌晨两点钟，奥黑眼神狂乱，烂醉如泥，被依然直立，脚步稳当的特伦斯扶上了床。

"别在意啊，"欧内斯廷后来安慰奥黑，眸子闪着一道光，这使他猜出其中有诈。"早知如此的。那两个哲学家真唠叨，就连圣人也会给逼得喝酒呀。"

"我还以为把你交给特伦斯最安全呢。"迪克假装抱歉，"一对儿爱尔兰人，你瞧。我都忘了特伦斯麻木不仁。你不知道，跟你说过晚安，他又到我那儿闲聊，脚下稳如磐石。他随口说起喝了几杯，所以我……我……绝没想到……唉……他会让你身体不适。"

鲁特和欧内斯廷动身去圣巴巴拉之时，伯特·温赖特和妹妹也想起了他们长期丢在脑后的萨克拉门托的家。同一天，两位画家，波拉麾下的被保护者到了。但他俩很少露面，跟着一辆双轮轻便马车和车夫进山去消磨长日子，回来就扎进男士屋吸长烟斗。

　　大宅自在安闲的生活，日复一日，平静如水。迪克工作，波拉继续隐居。瘦果鹃林的贤哲们飘进飘出，在晚餐桌和晚会上滔滔不绝，除了波拉为他们弹钢琴的时候。开车来的客人，继续从萨克拉门托、维肯伯格及其他山谷小镇不期而至，但阿乐和仆人们从不临阵着慌。格雷厄姆亲眼看到，有时不出二十分钟，十几位从天而降的客人就能入座，吃上一顿精美晚餐。也有些夜晚——少有——只有迪克、格雷厄姆和波拉一道用晚餐。饭后，在两个男人早早就寝之前，闲扯上一个钟点，这时波拉就在一旁独自弹几支温柔小曲，或先于他们早早退下。

　　然而，一个月色皎洁的夜晚，华森家、梅森家、乌穆博尔德家，几家人一窝蜂来了，格雷厄姆发觉自己落单，所有桥牌桌都已坐满。波拉在钢琴旁。他走近时发现，看到他，她眼中快乐一闪，转瞬即逝。她微微一个动作，似要起身，却又悄然控制冲动，依然端坐。这一点同样没逃过他的眼睛。

　　她立刻泰然自若，与他平日所见一样——尽管得见她芳容的机会实在太少，他觉得。他一面随口瞎聊，一面跟着她胡乱唱上几首歌。他试图跟上她，时而这首，时而那首，压低自己的男中音好配上她柔和的女高音。不料竟十分成功，赢得打桥牌的那些人一片叫好再来一个。

　　"是的，我当然向往跟迪克一道，再次周游世界。"停顿之间她告诉他，"明天就动身才好呢！可迪克还走不了。他在这座农场陷得太深，太多太多的实验啦、冒险啦。咦，你知道他最近又在搞什么吗？好像手里活儿还不够多似的，他又打算革销售那头的命，或至少惊动加利福尼亚州和太平洋海岸一带，要让买家们都到农场来。"

167

"他们真的来呢,"格雷厄姆说,"我在这儿碰到的头一个人就是从爱达荷州来的买主。"

"哦。不过,要知道,迪克的意思是形成一条惯例——让他们大批人在约定的时间来。也不是简单的拍卖,虽然他说要搞点儿拍卖来造声势,做成一个年度大市场,持续三天,独家展销。眼下他每天都花半上午时间和阿加先生、皮茨先生商量这事呢。阿加先生管销售,皮茨先生管展览。"

她说着叹口气,指头在琴键上滑出一串音符。

"可是,唉!我们要是能远走廷巴克图①、木浦②或者耶利哥③该多好。"

"别跟我说你还去过木浦呀。"格雷厄姆笑道。

她点点头。"得胸前画个十字,真的,但愿去死。就是跟迪克在'远航号'上,很早以前的事,简直可以说我俩的蜜月就是在木浦过的。"

格雷厄姆一面与她交换对木浦的回忆,一面疑惑她不断提到丈夫是否有意为之。

"我想象你会觉得这里就像天堂。"他道。

"是的,是的。"她似乎毫无必要如此热烈地向他肯定,"可最近不知怎么了,感觉就想赶紧离开这儿。也许是春燥?红神④和他们的药?迪克要是不那么拼命干活儿,被那么多项目

---

① 廷巴克图:马里中部小镇。
② 木浦:南韩港市。
③ 耶利哥:巴勒斯坦乡村。
④ 红神:早期北美殖民地崇敬的山林众神,呼唤青年奔向自然。杰克·伦敦热爱的英国作家兼诗人吉卜林在其《年轻人的足迹》一诗中曾写道:"红神们发出呼唤,我必须启程!"("And the Red Gods call me out and I must go!")此处表达了小夫人对户外活动的热烈向往。

绑住该多好！知道吗，我们结婚这么多年来，我担心碰到的唯一真正厉害的对手就是这座农场。他太忠诚啦，农场才是他的初恋。在遇到我之前，知道我存在之前，他早就计划好一切，并且着手兴办这座农场啦。"

"来吧，咱们一起试试这首歌。"格雷厄姆突然提出，说着把一首歌放到她面前的乐谱架上。

"哎呀，这可是《吉卜赛小路》，"她不乐意，"只会叫我更不开心。"她哼道：

追随拉玛尼标识，

向西，追随落日；

直到扬帆四处漂流，

东方与西方皆为归宿。

"拉玛尼是什么东西啊？"她停住问，"我一直以为是什么黑话或是方言呢，吉卜赛方言？跟着一种语言跑遍世界？——是一种什么样的语言学旅行？感觉有点莫名其妙啊。"

"某种意义上说，拉玛尼就是一种语言，是一种路标。"他回答，"但说的总是一件事——'这条路我走过'。就是把两根细树枝子，用特定方式交叉做成十字架，摆放在小路上，就组成了拉玛尼。不过这些树枝子必须来自不同的树或者灌木。因此，在这个牧场的话，路标就会用石兰和浆果鹃，或橡树和云杉，或七叶树和桤木，或红木和月桂，或越橘和丁香来做了。这是吉卜赛的同伴之间、情人之间互相留下的标识。"他哼唱道：

回到陆上，回到陆上，

告别开阔通畅的海道；

追随吉卜赛小路的十字路标，

走遍世界再还乡。

她点头神会，担心地朝那边打牌的人们看了看，一时恍惚起来，又快快地道，"天晓得，我们中有些人可是大大的吉卜赛，我尤其比别人厉害。就算迪克喜好田园生活，其实生来也是个吉卜赛。从他给我讲的你的事来看，你也无可救药是一个。"

"说到底，歌中那个白人才是道地的吉卜赛人，吉卜赛之王[①]，"格雷厄姆发挥道，"他比一般吉卜赛人流浪得更远，更野，装备更少。吉卜赛人跟着他的路走，但从不给他留路标。好啦，咱们试试这支歌。"

二人曲调轻快，唱着那些大胆冒险的词，兴高采烈。他俯首看她，心中疑惑——疑惑她，疑惑自己。这里可没他的容身之地，在这个女人身边，在她夫君的屋梁之下。可是，他却在这里徘徊流连，他早该离去。岁月荏苒，他刚刚弄明白自己。可眼前这就是迷醉，就是疯狂啊。应当立刻转身逃开！以前也经历过迷醉与疯狂，逃脱了。难道时光会叫人心肠变软？他问自己。抑或这次比以往经历的一切都更为疯狂？这就意味着亵渎珍贵的东西——心底极为宝贝，小心珍藏，小心呵护的东西，而且是从未遭过亵渎的东西。

可是，他并未转身逃开。他站在那儿，就在她身旁，看着她棕色的秀发闪着金色与铜色的光，在耳后卷成迷人的发髻，唱着一首似火燃烧的歌——这支歌对她一定也似火燃烧，不自觉地光芒万丈吧？

她太迷人，她的嗓音还不算她魅力中最厉害的。她的歌声，

[①] 吉卜赛之王：按文化和地域有很多不同版本，分别来自苏格兰、英格兰、威尔士、意大利等。

如此美妙的女人歌声,如此本质上与世间任何女人都不同的歌声,在他的耳边回响。而且他确切无疑地明白,她感觉到了折磨他的这种疯狂激情,她意识到了,正如他意识到的一样——**命中唯一的那个男人与命中唯一的那个女人终于相遇!**

他俩陶醉激动,纵情高唱。方才的念头与信心倍添了他的疯狂,直到他热烈的歌声与激情交会,不知不觉接近尾声:

> 雄鹰展翅风声呼啸的高天,
> 野鹿奔腾生机勃勃的荒原;
> 男人与女人心心相印,
> 如同往日的美好时光;
> 男人与女人心心相印,
> 帐篷的明灯就是我们的港湾;
> 晨光在天涯海角把我们召唤,
> 世界就在我们的脚下延伸。

最后几小节唱完时,他期待她会抬头看他,可她却在注视键盘,静默无声,片刻之后方抬头向他,那张脸恢复了大宅小夫人的神气,嘴角挂着俏皮的微笑,眼睛充满恶作剧:

"咱们给迪克捣乱去,叫他输。还没见过他在牌桌上发脾气呢,不过输上一阵儿,他情绪就不好了。"

"他就爱赌,"她接着说,一面带路往牌桌那边走,"这是他的一种放松方式,对他有好处。一年当中总有一两次,要是打牌的全是好手,他就玩一通宵。要是人家取消限制,他就下很小的赌注。"

第十八章

几乎就在合唱这首《吉卜赛小路》之后,波拉不再隐居。而格雷厄姆发现自己陷入困境,虽关在塔楼屋内决心写作,却整上午都能听到她那一侧传来的歌声、歌剧片段,笑声、大院里的训狗声、远处琴房数小时高低起伏的琴声。不过,他以迪克为榜样,整上午埋头写作,结果午饭前很少遇到波拉。

她宣布自己的失眠阶段结束,正盼着迪克给她带来各种开心与远足,还威胁说迪克若是舍不得亲自给她这些娱乐,她就要把大宅填满客人,让他知道什么是热闹。恰好这时她的玛莎姑姑——塔利太太,重访大宅,要住上几天。波拉就开始驾着那辆高高的单座斯图贝克式马车带她兜风。车上套着"达迪"和"福迪"两匹活泼的快马。塔利太太也顾不得年纪和体重,说只要是波拉操缰绳就不用害怕。

塔利太太告诉格雷厄姆:"这件事除了波拉,我对别的女人都不迁就。我只坐波拉赶的车。她对付马有办法,从小就喜欢野马,没当个马戏团骑手才是怪事呢。"

格雷厄姆从与波拉姑姑的闲聊中获知更多的,多得多的有关波拉的事。一提菲利普·德斯顿,波拉的父亲,塔利太太就打开了话匣子。他是她最大的兄长,年长许多,是她小时候的王子偶像。他爱干大事,王子般大手笔,在普通人眼中那就是一股子癫狂。他不断闯祸,豪侠仗义。在49年的淘金大冒险中,正是这股子癫狂使他发了大财,可同样是这股子癫狂让他输得精光。他老牌英格兰血统,有个曾祖是法国人,在大洋中遭遇轮船失事,背井离乡,爬上岸就与缅因州海岸线一带的农民与水手混作一堆。

"一个,就一个,每一代德斯顿中就会冒出一个法兰西人来。"塔利太太对格雷厄姆说,"菲利普是他那一代的法兰西人,而波拉在她那一代完全接受了相同的遗传。鲁特和欧内斯廷虽然是她的同父异母姊妹,可谁会认为她们之间有一滴共同血液?这就是波拉没去马戏团骑马,却自然而然漂回法兰西的原因,就是古老原始的德斯顿个性把她给拉回去啦。"

关于波拉在法国的冒险,格雷厄姆也得知不少。命运之轮翻滚向下时,菲利普·德斯顿的好运结束。对菲利普的妹妹来说,欧内斯廷和鲁特,两个小丫头,易于管教。但是波拉,一落到塔利姑姑手里,就是麻烦——"因为她的法国血脉"。

"哦,她可是古板的新英格兰做派。"塔利太太坚决认为,"就是那种注重名誉,品行端正,忠诚可信的人。她从小就绝不撒谎,除非为了救别人。这种关头,她的新英格兰祖传就无影无踪,她会跟她爹一样扯弥天大谎。她爹是一样的举止迷人,一样的胆大包天,一样的活泼爱笑。不过她是轻率无忧,而他是轻松快活。他要么赢得男人的尊重,要么就被男人视为仇敌。谁遇见他,都会心头一热。跟他打交道,你很快就要么喜欢,要么讨厌。这点上波拉不同。因为是女人,我猜,没有男人会生就那种见风使舵。我不知道波拉在这世上有什么冤家,人人喜欢她,除非,没准儿真有那种坏心眼的女人,眼红她有个顶呱呱的丈夫。"

173

格雷厄姆正听她说着,忽闻波拉的歌声从下面长长的拱廊飘入敞开的窗,歌声中那份令人魂牵梦萦的狂喜此后在他心头再也挥之不去。听她纵情大笑,塔利太太对他颔首一乐。

"听听她那菲利普·德斯顿式的笑声。"她轻声道,"在那个一身土布衣裳,最先被带去见佩诺布斯科特印第安人的法国佬之后,家族所有法兰西血统的女人,都这么笑,没注意到吗,波拉的笑声总能让所有人都抬头看她,向她微笑!菲利普的笑声就这么迷人。

"波拉一直热爱音乐、油画、素描。小时候只要顺着屋子周围她留在身后的图画和图形就能找到她。她抓到什么就画什么,在纸片上画、木片上画,还用泥巴和沙子做模型。

"她喜欢一切,一切也喜欢她。"塔利太太说,"动物面前从不胆小,但又怀崇敬之心。她天生敏感,崇敬美丽。对,她崇拜英雄,不可救药,不论人家是长相漂亮还是办事漂亮。她永远不会因为年龄渐长,就放弃对她所欣赏东西的美的崇敬,不论是一架大钢琴、一幅好看的油画、一匹漂亮的母马,还是一道美丽的风景。

"而且波拉一心想把自己也变成一道美景。不过她真弄不清自己该全力弄音乐还是弄油画。在波士顿几位最好的大师指点下,她还是常常忍不住回到素描,从画架被吸引到造型上。"

"就这样,喜欢最好的,心里盛满了美丽,她一面长大,一面着急,不知自己哪方面才艺更大,到底算不算天才。我建议她完全放下工作,到国外待一年。没想到她跳舞大得长进。不过,音乐与油画到底是她最爱。不,她不是缺乏常性,而是才艺太多。"

"才艺太广。"格雷厄姆夸张一句。

"对,这么说更合适。"塔利太太点头,"不过,才艺离天才还老远呢。但愿别折我的寿,年纪一大把了,我还真不知这孩子到底有没有天才的影子。挑中的这些玩意儿当中,至今也没见她哪样一鸣惊人。"

"除了自行其是。"格雷厄姆加一句。

"自行其是就算一鸣惊人啦。"塔利太太笑着来了兴致,"她是个才华横溢、超群出众的女孩子,没给宠坏,天性自然。再说了,忙来忙去又如何?我还能举出更多波拉冒险的荒唐事——对了,我听说她骑那匹大公马游泳的事了——她的荒唐事比她所有的画都要多,要是张张画都算杰作的话。不过开头她真是叫我看不懂。迪克常常叫她永远长不大的小丫头。其实,哎呀,她必要时神气得很呢。我见过的孩子就数她最成熟。碰到迪克,真是她的大福气。当时她似乎头一回自我感觉良好。事情是这样的。"

塔利太太接着讲述在欧洲旅行的那年,波拉在巴黎继续画油画,总算明白成功只能靠拼搏,姑姑的钱其实对她没好处。

"她自有办法。"塔利太太叹口气,"她——哎呀,打发我走,要我回家。只肯接受一点点零用钱,自己跟另外两个美国女孩去住拉丁区,可巧碰到了迪克。迪克不寻常,你猜都猜不出当时他在干什么——开餐馆!不是那些现代餐馆,而是真给学生们吃饭的地方。来吃饭的人都精挑细选,其中狂人不少。你瞧,迪克自己刚从海角天涯浪荡回来,照他的说法,先停一停脚,享受生活,好聊聊生活的事。

"波拉带我去过一次。对了,就在他俩订婚的前一天,他来拜访过我。我早就听说过幸运儿理查德·福雷斯特,他儿子的事也全知道。从世俗立场来看,波拉的婚姻再好不过啦,真是浪漫得很。波拉亲眼看过他当加州大学校队队长,打败斯坦福大学队那场比赛。下一次再见他时,她正和两个姑娘共享一间画室。她并不知道迪克身家千万,也不知道他因手头拮据,在开餐馆,她才不在乎。她总是做自己想做的事。想想那情形——迪克捉摸不透,波拉绝不调情。两人一定是扑进了对方怀抱,因为一星期之内就安排好了一切。迪克登门拜访我,好像我同不同意还要紧似的。

"再说说迪克的餐馆,招牌叫作'哲学家',一个玩扑克的小地方,在地下室,拉丁区的中心,只有一张桌子。想想看,一张桌子的餐馆!不过,那桌子可不一般!一张大圆桌,普通木板桌,连油布都没铺一块,桌面上满是污渍,是那些爱捶桌子的哲学家们数不清的饮料留下的,脏兮兮地就落座。不接待女人,只为我和波拉例外。

"你在这儿见过阿伦·汉考克了。他就是那帮哲学家之一,至今还吹牛说欠迪克一张大账单没付,比他任何顾客都欠得多。他们老在那地方聚会,那些年轻的哲学家们,一面捶桌子,一面谈哲学,七嘴八舌,操着全欧洲各种语言。迪克一直钟爱哲学家。

"可是波拉搅黄了这个开餐馆的小生意。两人一结婚,迪克就鼓起了那艘'远航号'的风帆,起航了,幸运的小两口从波尔多航行到香港,度蜜月去了。"

"结果,餐馆关门,那些哲学家也无家可归,无话可谈了。"格雷厄姆接一句。

塔利太太欣然大笑,直摇头。

"他把餐馆捐给他们了,"她一手捧腹,笑得直喘气,"要不就是大部分捐给了他们,我也不清楚如何做的安排。不到一个

176

月,警察突然来查抄,认为餐馆是无政府主义者的俱乐部。"

得知波拉颇为广泛的兴趣和才华之后的一天,格雷厄姆又惊奇地发现她独自坐在一只窗台座上,正全神贯注做一块精美刺绣。

"我喜欢绣花。"她解释道,"店铺里所有昂贵的绣品,跟我自己设计、自己绣的比起来,一文不值。迪克以前见我做针线就烦,他要的就是高效率,你知道的,消除一切浪费精力的东西。他以前认为做针线浪费时间,说我做的那些针线活儿,雇几个农妇唱个歌就干完了。不过,我到底说服了他。

"刺绣就好比自己作曲。当然能买到比自己写得好的乐曲,可是坐在钢琴旁,用自己的手指头和大脑唤起的音乐完全不同,满足感大得多。不论是想与别人的演奏比试,还是想把个性和对音乐的理解渗透于演奏,都是一样,是一种精神愉悦和满足。

"就说这块小小的绣品吧,荷叶边绣上一层小小百合花——世上没有。我的构思,都是我的,所以从构思到成形的快乐也是我的。店铺里当然有更好的构思和工艺,但这个不同。这是我的,我想象,我制作的。谁敢说刺绣不是艺术啊?"

她打住话头,两眼笑意荡漾,溢满对自己意见的坚持。

"谁敢说,"格雷厄姆附和道,"佩服美丽女性不是一切艺术中最有价值、最迷人的艺术啊?"

"我更崇拜一位杰出的女帽商或女裁缝。"她认真点头,"她们才是真正的艺术家,而且是世界经济的重要艺术家,迪克会说。"

* * *

另一次,到图书室寻找关于安第斯山区的参考资料时,格雷厄姆忽遇波拉。她正优雅地俯身大桌上的一张图纸,身旁堆满笨重的建筑图夹,忙着为瘦果鹃丛林的贤哲们画一张圆木平房还是营地的设计图。

"是个问题。"她叹气,"迪克说我要是盖房子,就得盖能住上七个人的。目前已有了四位贤哲,他一心要供养七个。还说不必操心什么淋浴喷头之类,因为什么样的哲学家还洗澡?他认真建议要有七个炉灶、七间厨房,因为哲学家总是为这类琐事吵翻天。"

"伏尔泰①不正是为几个小蜡烛头和国王辩论么?"格雷厄姆问,目睹她优雅的任性好开心。三十八岁!不可能。简直还是小女生嘛,还为什么作业烦恼激动。塔利太太的话忽上心头——波拉是她熟悉的最成熟的孩子。

他心中疑惑,她究竟是不是那个在橡树下拴马桩边简单两句话就快刀斩乱麻的人啊?"这个我明白。"她说过。她明白什么?是不是在耍滑头,说了句并无所指的话?可是和他一起唱《吉卜赛小路》的时候,她明明又狂喜又激动啊。**那一点他肯定**。可是,他不也目睹了她听唐纳德·韦尔演奏时的热烈与激情?然而,这一点上格雷厄姆的自我非常固执,较劲说,自己跟唐纳德·韦尔当然不同。想到这里,他不禁莞尔。

"乐什么哪?"波拉好奇。

"天晓得,我可不是什么建筑师。就看你本事有多大啦,能照迪克的所有荒唐要求给七个哲学家盖座房子。"

格雷厄姆回到自己塔楼的房间,面前那些关于安第斯山的

---

① 伏尔泰(1694—1778):原名弗朗索瓦-马利·阿鲁埃,法国启蒙时代思想家、哲学家、文学家。

书未及打开,就边咬嘴唇边费思量。这女人真是长不大,简直就是个孩子。或者——他吃不准——她那份大方自然不过是矫揉造作?她到底明不明白他的心?肯定明白,必然明白。她跑遍世界,阅人无数,绝顶聪明。那对灰色的眸子总是那么泰然自若,透着力量。没错——就是力量!他想起初次见面的那个晚上就曾发现,她的眼睛有时闪现出钢铁般的意志——菲薄却似钻石般坚硬的钢铁。他记得当时还把她的力量比作象牙,比作珍珠贝雕,比作少女发辫上的纤绳。

而且他现在清楚,自打在拴马桩旁那几句简单的对话与合唱《吉卜赛小路》以来,无论何时,只要二人四目相对,便有灵犀。

他翻动书页,寻找想要的信息,却视而不见。他想不采用这些信息接着往下写,却笔涩无词。他如坐针毡,抓过一张列车时刻表,琢磨发车时间,又改变主意,将内线电话拨通大宅马厩,要人给"阿尔塔蒂娜"上好马鞍。

初夏加州,美好清晨,睡意昏昏的田野微风不兴,田野里传来鹌鹑的呼唤与草地鹨的歌声,空气沉薰,是丁香花的香味。格雷厄姆骑马在丁香花篱之间穿行,听到"山少年"深沉的嘶鸣,还有"福瑟琳顿公主"清脆的回应。

他为何还在这里骑着迪克·福雷斯特的马?格雷厄姆扪心自问。看过列车时刻表了,他为何还不在赶头趟列车的路上?这种优柔寡断的奇怪弱点可是自己的新现象啊,他痛苦思量。可是——他浑身火烧火燎——这是他唯一的生命,而她,就是他全世界唯一的女人。

他一收缰绳偏到路旁,给一群安哥拉羊让道。全是母羊,好几百只。巴斯克牧人赶着羊群慢腾腾朝前走,还不时停下,因为每只母羊后头都跟着只小羊羔。围场里有很多母马和新生小马驹。一次,及时得到预警,格雷厄姆飞马驰向交叉路口,躲过三十匹小种马的马群,它们正横过牧场,被赶去别的地方。这些种马的喧嚣传遍了整个牧场,空中响彻尖利的嘶鸣与回应。而"山少年"见到这情景,听到这么多对手,得意忘形,在马厩里来回乱窜,不断引颈长嘶,要证明自己才是天底下最惊人最强壮的种马。

迪克·福雷斯特骑着"恶棍"飞奔而来,悄悄进入岔路口,目睹自家这么多牲口的热火场面,喜形于色。

"子孙满堂!子孙满堂啊!"他一迭声打着招呼,一面收住缰绳停住,也不知算不算停住,因为他那匹红褐色的母马,嘴喷白沫,烦躁不安,恶意地回头,先想咬主人的腿,又打算咬一口格雷厄姆,时而马蹄刨着大路,时而纯粹表示愤怒,一条后腿踢向空中,反反复复十几下。

"这些小种马可让'山少年'暴跳如雷啊。"迪克笑道。

"听听它的歌:

"'听我唱!我就是爱洛斯。我的铁蹄踏遍山野,我的歌声响彻山谷。宁静牧场上,母马们听到我就四下惊逃,她们对我熟悉不过。牧草在转绿,土地变肥沃,树木满汁液。春天来了。春天属于我。我是春之王。母马们记得我的歌,从她们母亲那里听说我。听我唱吧!我就是爱洛斯。我的铁蹄踏遍山野,宽广山谷响彻我声音,回荡我欢歌!'"

第十九章

塔利太太走后,波拉果真兑现她的威胁,使家里宾客盈门。她似乎记得所有等着受邀请的人,从八英里之外的火车站接客人的轿车来回穿梭,几乎没空过。歌手、音乐家、艺术家来得更多,姑娘们成群结队,后头跟着甩不掉的小伙子,妈妈们、七大姑八大姨的陪伴们,简直塞满了大宅所有通道,野餐时得装上好几车人。

格雷厄姆犯嘀咕,不知波拉是否故意让自己被这么多人包围。至于他自己,坚决丢下写作,早餐前就加入身体更壮的那帮年轻人的游泳,上午则骑马在牧场上四处兜风,加入户内户外的各色寻欢作乐。

有人晚睡,有人早起。一天晚上,固守日常作息,从不在午饭前露面的迪克在男士屋通宵打扑克。格雷厄姆也在牌桌旁,赢了不少。天快亮时,波拉忽然从天而降,说自己又逢"白夜",可脸上皮肤鲜嫩红润,看不出任何失眠迹象。她为眼神昏昏的玩家们搅和嘶嘶冒泡的饮料提神时,格雷厄姆不得不努力克制目光,不往那边多看。接着,她要众人玩一把连赌 J,结束了牌戏,打发众人早饭前游个凉水泳,再开始一天的工作或玩乐。

波拉没有单独的时候,格雷厄姆只能加入总是簇拥她的人群。年轻人不断跳着散拍舞和探戈,她却很少跳,跳的话也只和年轻人为伴。不过,有一回,她赏光跟他跳了一曲老派华尔兹。"你们祖先洪荒之前的舞蹈。"步入舞场时,她嘲弄年轻人,因为舞场被他俩这一对儿占尽风光。

刚从屋子这头舞到那头,二人就已完全合拍。格雷厄姆发现,波拉因其同情心成为出色的伴奏家和骑手,此刻却听任自己被男人的出色舞技掌控,直到二人共同组成一架运转良好、和谐流畅的情感机器。数分钟后,相互找到完美的步子与速度,格雷厄姆感觉波拉已彻底投入舞蹈,他俩节奏分明地停顿、屈膝,双脚不曾离地,却大大感染了旁观者,迪克大声喊出众人的感觉:"他俩飞起来啦! 飞起来啦!"乐曲是《莎乐美华尔兹》[1],随着乐曲尾声渐慢变弱,他俩舞步慢下来,慢下来,直到完美结束。

此时无声胜有声,对视一眼都多余,二人悄悄回到迪克正发话的人群中:

"瞧瞧,你们这些小树秧、小苹果、小鱼苗,这才是我们老一辈跳的舞哪。注意,我可没指责你们的新派舞。新派舞够时髦漂亮的。不过,学学华尔兹对你们也没坏处。跳华尔兹出神入化,就好比一股旋风。我们老辈人对这类有价值的东西还略知一二。"

"比如说?"一位姑娘问。

"就教教你们。我可不喜欢你们年轻人浑身汽油味儿。"

抗议声四起,一时淹没迪克的声音。

"我知道自己也浑身汽油味儿,"他接着说,"可你们连老派的运动方式都没学会呢。上运动场,你们这些姑娘没一个是波拉的对手。你们这些小伙子,我和格雷厄姆能把你们个个打得

---

[1] 德国作曲家理查德·施特劳斯的作品。

进医院。哎呀,我知道你们用摇把发动引擎、换挡,都无懈可击。可你们谁能中规中矩地骑好一匹烈马?用唯一的那种方式,我是说。至于开跑车,尖叫声刺耳朵。你们这些结实的小伙子当中有几个能在海湾里驾快艇飞驰?有几个能不用帮手就驾好一条单桅船、双桅船?操纵自如?"

"可我们照样能到达目的地。"同一个女孩顶嘴。

"这一点我不否认。"迪克回答,"可你们不能保证做得好看啊。举一个你们谁也没法做得好看的例子。那边的波拉,手握四匹快马的缰绳,脚踩车闸,在山道上都能让马车飞奔起来。"

一个燥热的上午,大院清凉的走廊下,格雷厄姆独自阅读,周围碰巧聚拢四五个人,其中也有波拉。片刻后他沉浸手中期刊,忘却了身边那些人,直至忽然意识到四周鸦雀无声,便抬头一看,发现别人都走了,就剩下波拉。听得见院子那头远远传来笑声。可是波拉!他吃惊于她的表情和眼神,这是专注他、关心他的表情——有怀疑,有揣测,简直近乎恐惧。然而,快快一瞬中,他来得及发现那眼中的深深搜寻,那几乎就是——他极快的想象力提示道——窥探一部刚打开的命运大书的眼神嘛。她目光慌乱一低,双颊明明白白泛起一阵潮红。双唇两次微张,似要开口。然而,被人撞破,她狼狈不堪,话到嘴边,未能出口。不过,格雷厄姆给了她台阶下,随意道:

"知道吗,我一直在看德·弗里斯[①]对路德·伯班克[②]成就的赞歌。在我看来,迪克对家畜业的贡献就好比伯班克对蔬菜种植业的贡献。你们是这里的生命创造者,把牲畜变成用途与

---

① 德·弗里斯(1848—1935):荷兰园艺学家和遗传学家。
② 路德·伯班克(1849—1926):美国园艺家。

美的新形态。"

波拉这时已恢复自持,笑纳赞美。

"我害怕自己。"格雷厄姆接着道,轻松却认真的口气,"目睹你们的成就,我虚度的生命不堪回首呀。为何自己就没能投入创造生命的事业?真眼红你们俩!"

"我们得为大批造出的生命负责任呢。"波拉说,"一想到这份沉甸甸的责任,简直气都透不过来。"

"农场当然应当多产。"格雷厄姆笑道,"我还从没被这么多开花结果的生命感动过呢。这儿的一切兴旺发达,翻倍增长。"

"对啦!"波拉忽发奇想,打断他,"哪天我要给你看看我的金鱼。也是我亲手培育的——对,商业用途。我给旧金山的生意人供应最稀罕的金鱼品种,甚至船运给纽约呢。最棒的是,我真的赚到钱啦——利润,我是说。迪克的账本里有呢,他管账可最严。家里哪怕一把钉锤都得列入清单,一根马蹄铁钉也记得一清二楚,所以他才雇这么多的会计。你可不知道,每一项哪怕最小的支出都要算的,包括牲口因为疝气和瘸腿耽搁的时间。从数也数不清的一排排可怕数字当中,他算出了一匹重挽马做工一小时的费用,而且精确到小数点后面第三位。"

"还是说说你的金鱼吧。"格雷厄姆提议,恼她不停地说丈夫。

"唔,迪克同样要会计跟踪记账。我使用任何农工或家佣的每个小时都得付钱,用于邮递金鱼的邮票和文具也一样,你瞧多奇怪。我得为设备支付利息,就连水,他也要我付钱,就好比他是城市供水公司,我是用户。可我还是挣了百分之十的净利,一共挣了百分之三十。但迪克笑话我说,等我扣掉监管的薪水——我自己的监管,他意思是——我就会发现自己工资低得可怜,运营亏损,而且用我的净利,我也雇不到一个如此能干的监工。

"正因为这样,迪克才事业成功。除非纯粹实验,他不搞清楚要做事情的所有细枝末节,就绝不会动手。"

"他这人够自信的。"格雷厄姆评论。

"从没见过哪个男人有这么自信,"波拉兴奋地回答,"也从没见过哪个男人有他这么多自信的理由。我了解他。他是天才——不过是最矛盾意义上的天才,因为他太理智,太正常了,结果身上没了一点天才的怪癖。这样的人比天才更罕见,更伟大。我觉得亚伯拉罕·林肯就是这种人。"

"我只能承认不懂你的意思。"格雷厄姆道。

"啊呀,我可不敢说迪克跟林肯一样了不起,那么了不起。"她连忙解释,"迪克的确优秀,但不是那种优秀。但是在极度的理智、正常、冷静方面,他俩是同类。听着,我也是天才。因为,你瞧,我敢做自己都不懂该如何做的事情,我偏就做成了。我的音乐也以这种方式动人。就说跳水吧,保佑我的小命——我真说不清自己是如何做燕式跳水、如何起跳、如何转体一周半的。

"而迪克不同。他不事先了解清楚如何做一件事,就什么也做不了。他做什么都有理智和先见之明。他方方面面统统了不起,但没有一样特别出色之处。哎呀,我太了解他了。任何体育项目他都没得过冠军或破过纪录,但任何项目他也绝不平庸。一切其他事情,精神上、智力上统统如此。他是一条打造匀称的链子,既没有粗壮的环节,也没有脆弱的环节。"

"我恐怕挺像你。"格雷厄姆道,"属于更平庸、更微贱之流,也算个天才?因为有时候我也会燃烧,会干出最出人意料的事。而且遇到神秘,我也会屈膝跪倒。"

"迪克讨厌一切神秘,或似乎如此。他不满足于了解怎么做,永远要弄清楚*为何那么做*。神秘对他就是挑战,给他刺激,就像公牛面前的那块红布。他立刻就想撕去神秘的外衣,露出神秘的真相,好明白*怎么做*与*为何那么做*,直到不再神秘,而只是一种概念,一种可以科学展示的事实。"

事态如何发展,三人都不清楚。格雷厄姆不知波拉正竭尽全力想抓牢丈夫,而迪克正竭尽全力应付自己的无数计划和项目,与众人见面的时间越来越少。他午餐时总会出现,但下午少有机会能与客人们出门。波拉不知道,来自墨西哥的那许多长长的密码电报正报告着哈韦斯特集团面临的危险。她只目睹墨西哥外国投资者的经纪人和信使们总是匆忙抵达农场,常常不合时宜,与迪克会谈。迪克除了抱怨几句他们占用了他最宝贵的时间之外,对讨论的事情只字不提。

一个特别运气的上午,十一点钟,波拉撞到迪克独自一人。"唉!你别这么忙该有多好!"她坐在他膝头,在他怀抱里喟然长叹。

的确,她打断了迪克对着录音机口授的一封信。她的长叹是因为听到邦布莱特提醒其到来的咳嗽引起,眼瞅着他手握一叠电报又要进来。

"今天下午让我给你赶车吧,套上'达迪'和'福迪',就我们俩,摆脱人群。好不好?"她恳求道。

他摇头,笑笑。

"午饭时你会遇到一帮古怪的家伙,"他解释,"其他人就不必知道了,可我要告诉你。"他压低嗓门,邦布莱特知趣地在文件柜旁忙着。"他们来自坦皮科[①],是一伙石油开发商。有赛缪

---

① 坦皮科:墨西哥东部港市。

尔斯本人,纳斯科公司的总裁;维沙,皮尔森—布鲁克斯公司那伙人的内线——人家想把纳斯科挤出市场的时候,这家伙操作收购了东海岸的铁路和在蒂纳的中枢;还有马修森——他是帕默斯顿利益集团——你晓得的,与纳斯科和皮尔森—布鲁克斯集团拼命争斗的那伙英国佬——大西洋这一岸的大头目。哎呀,还有好几个别的人。一旦这伙人停止窝里斗,凑到一堆,就说明墨西哥那边局势很不妙。

"要知道,他们全是搞石油的,而我在那边也是重要人物,他们想要我把矿山的利息转到石油上去。真的,要发生大事了,我们必须团结一心采取行动,或者撤出墨西哥。老实说,三年前遇到那次麻烦时被他们拒绝后,当时我在帐篷里就气冲冲打定主意,要叫他们日后登门求我。"

他爱抚着她,叫她够他一抱的亲爱小宝贝,可她发现他两眼不耐烦地扫视着录音机上没录完的信。

"所以,"他结束道,搂着她的胳膊紧一下,似在暗示和他会见的时间结束,她该走了,"那就意味着整个下午我都没空。他们都不过夜,晚餐前会走人。"

她滑脱他的膝头和搂抱,一反寻常地突然在他面前挺直身子,两眼冒火,脸蛋煞白,神情坚定,仿佛有要紧话想说。但一阵铃声轻轻响起,他伸手去够桌上的电话。

波拉垂头丧气,无言叹息,穿过房间走出门去。邦布莱特手持电报急急前行,她能听到丈夫已开始谈话:

"不,不行。他必须顶住,否则我就把他赶出业界。那家伙的协议全是废话。就那几条协议的话,他当然可以撕毁。可我手里有意思的来往信函够多的,恐怕他忘了……对,对。可以在任何法庭上取得胜利。今天下午五点前我就派人把文件送到你办公室。告诉他,对我,他要敢耍那套鬼把戏,我就叫他完蛋。我会建立一条竞争航线,一年之内,他的汽轮就会落到破产案产业管理人的手心……而且……喂,你听得见吗?……好好看看我建议的那一点。我相当肯定你会发现州际贸易委员会抓住了他两点……"

格雷厄姆,甚至波拉,都没想到迪克敏锐深沉,具有先见之明,能从难以捕捉的细微差别与朦胧隐约之中,精明地得出推断与预测,结果后来事实证明也完全正确。迪克虽未感觉不曾发生的事,却已料到可能会发生的事。他未听到波拉在拴马桩旁边讲的那几句言简却意深的话,也未看到长廊下格雷厄姆发现波拉对他深深审视的目光。迪克虽无所见,虽无所闻,却感觉到了许多。而且,隐隐约约,他甚至先于波拉明白了波拉后来才逐渐明白的东西。

最能给他带来猜疑的应该是那天晚上,当时他沉浸桥牌,若不是发现唱完《吉卜赛小路》,波拉就突然起身离去,若不是发现他们穿过房间走来,笑容满面,跟他打招呼,对他的输牌起哄,他就不会发觉波拉调皮的脸上有一丝丝不寻常的表情。那一刻,迪克大笑着反驳波拉,笑眼扫过她身旁的格雷厄姆,同样发现了一丝丝不寻常。那一瞬间,迪克注意到格雷厄姆神情不安。他为何不安?他的不安与她的突然离开钢琴之间有何联系?当时,这些念头从脑海中一一滑过,他一面嘲笑他们的俏皮话,一面发牌、理牌、没抓到将牌还叫牌。

然而,对自己,他继续把这些模糊担心的可能性视为荒诞不经,视为偶发的揣测、愚蠢的推断。基于最琐屑的依据,他聪明地得出结论——这一切不过意味着自己的太太很迷人,自己的朋友被吸引而已。但是,他有时无法把这些念头从心头赶开——那晚他们为何突然不再唱下去？他为何感觉到一丝丝不寻常？格雷厄姆为何不安？

*　　*　　*

一天上午，午前最后一小时，邦布莱特记录口授电报时也不知道迪克一面口授，一面溜达到窗前，其实是因为听到车道上隐约响起了马蹄声。近来，迪克不止一次这样溜达到窗前，明显心不在焉地瞟一眼上午骑马出行的那伙人在最后一阵飞奔，回到拴马桩边。不过，这天上午，人还未到，他就料到来者何人了。

"布莱克斯顿平安。"迪克接着口授，语气丝毫不变，眼睛盯着骑马者必然露面的大路，"如事发，可越大山进入亚利桑那。立即会见康纳斯。布莱克斯顿应给康纳斯全面指示。康纳斯明赴华盛顿。报告所有行动细节——签字。"

车道上响起"小鹿"和"阿尔塔蒂娜"的蹄声，齐头并进。迪克看到了不出所料会看到的人。后面一片叫声、笑声、马蹄声，马帮其余的人紧随其后。

"下一封，邦布莱特先生，请用哈韦斯特集团密码。"迪克若无其事继续下去，同时暗暗评价格雷厄姆马术还过得去，但绝不出色，得给他套一匹比"阿尔塔蒂娜"更高大的马，"致杰里米·布莱克斯顿。双管齐下，总有一封能到他手里……"

第二十章

　　客人潮再次从大宅退去,不止一次,午饭和晚饭桌旁只有迪克、格雷厄姆和波拉。逢此夜晚,两个男人就在睡觉前的时间闲聊,波拉不再弹奏轻柔的钢琴曲自得其乐,而是坐在他们旁边绣花,听两个男人聊天。

　　两个男人十分相似,生活经历相差无几,生命认知角度相同。人生哲学与其说伤感,不如说冷酷,二人都很现实。波拉如今管他们叫"一对儿黄铜钉儿"①。

　　"啊呀,就是,"她大笑着说,"我明白你们的态度。你俩成功,你俩一对儿——我是说身体好,都健康,抵抗力强,扛得住磨难。那些抵抗力差些的倒下了,可你俩活了下来。顶住了黄热病,埋葬了其他同伴。这个可怜的家伙在克里普尔克里克得了肺炎,还没等他站直身子呢,他又从中赚了一把。那么你们为什么没得肺炎啊?因为你们命更值钱?因为你们更积德?因为你们对冒险更小心,预先采取了更多措施?"

　　她直摇头。

　　"不是。因为你们天生更运气——我是说生就的好运气,

---

① 　一对黄铜钉儿:此处为双关语,含实质问题、事实、真相等意。

体魄健壮,精力充沛。咦,迪克在瓜亚基尔①安葬了他的三名水手、两位工程师呢,是黄热病。为什么黄热病菌诸如此类的,就杀不死迪克?你也一样,虎背熊腰的格雷厄姆先生。你最后的这次旅行中,为什么摄影师死在了沼泽地,你却安然无恙?说吧,从实招来。他体重多少?肩宽多少?胸肌多厚?鼻孔大吗?抵抗力强吗?"

"他体重一百三十五磅。"格雷厄姆遗憾地承认,"不过出发时他状态很好,很结实。他倒了,我觉得自己比他还吃惊呢。"格雷厄姆直摇头,"不是因为他体重太轻、个头太小。其他方面相当的话,小个子通常反而最结实。但你指出的那点也是原因,他缺乏体力和抵抗力。你明白我意思吧,迪克?"

"某种意义上说,这就好比肌肉与心脏的质量使得职业拳击手能够打得更久——比如二十、三十、四十个回合一样。"迪克赞同,"现如今,旧金山就有好几百个年轻人做着拳击赛场的美梦呢。我看过他们的选拔,个个看起来都棒,身材好,很健康,很结实,又年轻。人人热情高涨,可十之八九撑不到第十个回合。不是被击倒,而是自己垮掉。他们的肌肉、心脏都不一流,天生就无法承受十个回合的快速动作和紧张压力。有的人四五个回合就垮掉了。四十个人里头没有一个能彻底完成二十个回合的全力相互殴打。每场整整一小时的比赛,三局才休息一分钟,能顶住四十个回合的孩子,万里挑一啊。只有奈尔森、甘斯、沃尔贾斯特这样的才行。"

"你算懂了我意思。"波拉接茬,"瞧你们这一对儿,都年过四十啦。一对儿铁石心肠的罪人。一路上顶住多少别人顶不住

---

① 瓜亚基尔:厄瓜多尔西南部港市。

的艰辛磨难,死里逃生。荒唐够了,也玩够了。无法无天,满世界撒野也撒够了。"

"还出尽了洋相。"格雷厄姆笑着附和。

"还灌了多少黄汤!"波拉加一句,"可不是嘛,连酒精也没烧死你们。太结实啦。你们把别人灌到桌子下头、医院里面或者坟墓里去,自己却大摇大摆,吹着口哨,毫发无伤,连早起酒后头疼都没有。关键是你俩成功。你俩的肌肉都是金发碧眼动物的肌肉,主要器官也是金发碧眼动物的器官。从所有这些肌肉和器官里散发出你们金发碧眼动物的哲学,这就是叫你俩'一对儿黄铜钉儿'的原因。你俩鼓吹现实主义,实行现实主义,对没你们强大、没你们运气的人横冲直撞,踩着人家走过去,人家连骂一声都不敢。那些人就像迪克说的那些职业拳击手,要是让力量决定命运的话,头一个回合就完蛋。"

迪克吹出长长一声口哨,假作悲哀。

"这就是你们尊奉强者必胜信条的原因。"波拉接着说,"你俩若是软骨头,就会尊奉弱者信条,忍气吞声哪。可是你俩——一对儿肌肉圆鼓鼓的大块头——若是挨打,以你们的为人,才不会忍气吞声哪。"

"绝不会。"迪克不动声色地插嘴,"我们立刻咆哮——打死他!——立刻动手。她懂咱们,埃文,打得对手落花流水。哲学就像宗教,就是男人的化身,由男人照自己的形象创造。"

话锋转向世界,波拉继续绣花,眼中填满两个大丈夫的形象,她羡慕,钦佩,思索,缺乏他俩那种对自我的把握,她意识到,她视为生命中不可或缺的那些信念正在慢慢崩溃。

是夜晚些时候,她道出了心中烦恼。

"最奇怪的是,"她接着迪克方才一句话道,"对生活过多的哲学说教非但不能给人引导，反而叫人更糊涂。至少对女人来说，哲学氛围令人莫名其妙，就听人喋喋不休，议论一切、反对一切，结果令人无所适从。比如说，门德霍尔太太是个路德派教徒，对任何东西都不怀疑，觉得一切都是固定的，上帝的意志，不可改变。对星流啦、冰川时代啦，她一无所知。而且就算她知道这些，也绝不会改变她今生或来世对待男人、女人的行为准则。

"可是，你俩老对我们灌输事实。特伦斯跳着希腊伊壁鸠鲁无政府主义的舞蹈，汉考克挥舞伯格森玄学的闪光面纱，利奥顶礼膜拜美的圣坛，达尔·海尔鼓吹他的诡辩术，没完没了，还博得你们对他智慧的一片掌声。你们还不明白吗？其结果，一切人类的判断都被动摇了，既没对的，也没错的。让人在思想的汪洋大海中失去罗盘，失去方向舵，失去海图。该不该这样？能不能不那样？会出错吗？这有什么价值啊？门德霍尔太太对所有这类问题都立刻有答案，可是哲学家们有吗？"

波拉摇摇头。

"不，哲学家们只有思想，他们立刻就开始说啊，说啊，说啊，尽管知识渊博，却得不出任何结论。我也一样糟糕。我听啊，听啊，说啊，说啊，就和现在说话一样，可是毫无说服力，无法检验。"

"有检验啊，"迪克道，"古老永恒的真理的检验——**这行得通吗？**"

"啊，又开始鼓吹你心爱的实质问题啦。"波拉笑了，"只要达尔·海尔挥舞几下手臂，刮上几场词语旋风，就能证明所有实质问题统统虚无缥缈。特伦斯呢，会说实质问题根本肮脏、不相干，无足轻重。汉考克会说头顶伯格森的天穹就是用实质问题铺成的，只不过他们的文章会比你的高明很多。至于利奥，就说宇宙只有一个实质问题,就是美。这东西根本不是黄铜做的,而是金子做的。"

*　　　*　　　*

"听话,红云,咱们下午骑马兜风去吧。"波拉央求丈夫,"把那些蜘蛛网从你脑子里扫出去,让律师、矿山、牲口见鬼去!"

"我也乐意啊,波拉。"他回答,"可是办不到,我得赶紧坐车直奔巴克艾呢。午饭前刚来的消息,说大坝有麻烦了。大坝底层肯定有缺陷,爆破力量太大,给撕开了。水库库底不存水的话,一座结实的大坝又有什么用?"

三小时后,迪克从巴克艾回来,注意到波拉和格雷厄姆头一次单独骑马兜风。

*　　　*　　　*

温赖特一家和科格伦一家分乘两部车,赴俄罗斯河旅行一周,顺道造访大宅一天,这也是波拉赶上那辆四马马车,到洛斯巴诺斯山野餐的理由。一早起,迪克就脱不开身陪他们,尽管口授文件正在节骨眼儿上,他还是丢下布雷克出来给大家送行。他亲自确定挽具和绳结没有任何问题,还重新安排座位,坚持要格雷厄姆挪到前面,坐在驭手波拉旁边。

"为的是万一需要,波拉身边能有个男人帮一把。"迪克解释,"我见过车闸下坡失灵,给乘客带来大祸的事,有人连脖子都折断了。好啦,宽宽你们的心,有波拉驾车呢。给你们唱支歌送行吧:

小波拉能干啥?能干啥?
当然是赶两马四轮车啦。

小波拉还能干点啥？干点啥？

对呀，赶一辆四马四轮车啊。"

众人大笑，波拉朝马夫点头，示意松开马头，感觉感觉四匹马口的分量，收短再放长，调整一番，使四匹马的缰绳都在马项圈里落位，绷紧挽绳。

出发时，众人一片乱哄哄跟迪克告别，人人觉得这一天晨光灿烂，前程似锦，亲切的主人在祝他们玩得尽兴。然而波拉，尽管手握四匹骏马的缰绳，激动兴奋，却隐约感到一丝悲哀，许是因为迪克被抛在背后的身影。而格雷厄姆心头，迪克快活的笑脸带来的是丝丝愧怍，他不该坐在这个女人的身旁，而应当登上火车和轮船，逃向世界的另一头。

但迪克转身进大宅那一刻，脸上欢欣遽然消失。十点过几分后，口授结束，布雷克先生起身离去，迟疑一下，歉然道：

"福雷斯特先生，你嘱咐过要提醒你关于那本短角牛书的校样事宜。昨天人家电报催第二遍了。"

"我自己对付不了，"迪克回答，"请你订正排字，把校样交给曼森先生核对事实，告诉他务必确认'德文王'种牛的血统，再发船运。"

直到十一点钟，迪克都在接见经理和工头。但一刻钟后，他才打发掉皮茨先生，这位专管展销的经理带来了农场年度首次牲畜销售的展品目录试排版式。接着，邦布莱特先生又拿着一叠电报进来，等处理完这些，该吃午餐了。

自送走四轮马车，迪克这才独自清静。他走出办公室，来到睡台那排气压计、温度计面前。但他不为查气压、查温度，而是要看看这些仪表下方那只圆形木框里女孩的笑脸。

"波拉，波拉。"他大声呼唤，"结婚这么多年了，你还要让自己和我都吃一惊吗？人到中年,脑瓜儿该清醒了,你还打算发一回少年狂啊？"

他扎上绑腿和马刺,准备好午饭后去骑马。扣紧这些装备时,他对镜框里的姑娘总结了自己的想法。

"这场比赛非打不可。"他嘟囔道。停顿一下,他转身欲走,又嘟囔一句"自由赛场,不能犯规……不能犯规"。

* * *

"真的,我再不赶紧走的话,就是寄人篱下,得加入瘦果鹃林下那一伙哲学家啦。"格雷厄姆对迪克笑道。

鸡尾酒会时间到了,然而除开格雷厄姆,只有波拉前来凑热闹。

"要是所有哲学家共同来写一本书就好啦！"迪克反对道。

"上帝啊,伙计,你必须在这儿完成你的书。我让你开的头,就得看着你写完呀。"

波拉也劝格雷厄姆留下来,虽然就几句不疼不痒的客套话,迪克听来倒像乐曲。他心儿跳荡,毕竟,也许是他完全误会？像波拉与格雷厄姆这样两个成熟且聪明的中年人,任何这类春心蠢动都荒唐可笑,无法想象啊,他俩都不是感情用事的年轻人啦。

"为这本书干杯！"迪克祝酒,又转向波拉,"好棒的鸡尾酒。"他夸赞道,"波拉,你超越了自己,可这调酒的艺术,你没教好阿乐。他调的酒从来没你的好喝。真的,请再来一杯。"

第二十一章

格雷厄姆独自骑马,穿过俯瞰牧场中部群山之间的红杉树林峡谷。他跟坐骑"塞利姆"正渐渐混熟,迪克安排这匹体重一百一十磅、黑似煤炭的阉马取代了那匹太轻的"阿尔塔蒂娜"。策马前行,他慢慢熟悉着坐骑的好脾性、顽皮与可靠,哼起了《吉卜赛小路》,任由歌词引导着纷乱思绪。想到乡村情侣们在林中树上刻下自己名字首字母的做法,他也傻乎乎地信手折下一小枝月桂和一小枝红杉。在马镫上立直身体,他才能攀下一枝茎秆长长的五指蕨,把两根小树枝扎成一个十字架标记,做好之后就朝前面的路上一扔,发现"塞利姆"经过时居然没踩到。他一路回头,打望十字架,直到小路再次拐弯。兆头好啊,没被踩到,他心心念念。

一路向前,他伸手去攀更多五指蕨,更多红杉与月桂小枝轻拂他的脸,勾引他继续制作十字架。他便一路走,一路丢着做好的标识。一小时后,他到达峡谷尽头。知道小路要分岔,陡峭难走,他沉吟一番,拨转马头。

"塞利姆"一声嘶鸣,发出警告,附近立刻有马嘶回应。小路宽敞好走,格雷厄姆策马跑起狐步,猛拐一个大弯,追上了骑着"小鹿"的波拉。

"喂!"他大叫,"喂!喂!"

她收住缰绳,直到他赶上来。

"我正要拐弯呢,"她道,"你干吗拐回来呀?还以为你要去小熊山岔口呢。"

"你知道我在你前头啊?"他问,欣赏她男孩儿般坦率直视的目光。

"为什么不该知道?看到第二个标记就确定了呀。"

"哦,我把那些标记给忘啦。"他歉意地笑道,"那你为什么又往回拐?"

她等着"小鹿"和"塞利姆"越过一棵横倒在小路上的桤木,好看着格雷厄姆的眼睛回答:

"因为我不乐意跟着你的路走,不乐意跟着任何人的路走,"她立刻纠正自己,"所以到第二个标记就往回拐了。"

他一时语塞,二人陷入无言的尴尬。双方都意识到这种尴尬,只因彼此心照不宣。

"你是不是惯于在路上扔标记啊?"波拉开问。

"这是头一回。"他回答,一面摇摇头,"可是手边草木这么多,不做标记白可惜了。再说啦,那首歌老缠着我不放。"

"今早一醒来,那首歌也缠着我。"她道,这一次她的脸正对前方,好避开近旁紧紧垂下的一枝野葡萄藤。

格雷厄姆凝视着她面部侧影,那金褐色的秀发,那歌喉动听的玉颈,心头又是一番由来已久的痛,一番欲望,一番渴念。她的近在身旁就是诱惑。她身穿淡黄色丝绒骑装的倩影折磨着他,带来许许多多幻象的撞击——泳池里骑着"山少年"的她,从四十英尺高的跳台上燕式跳水的她,身穿暗蓝色中世纪风格长裙的她,沿长长的房间,施施而来的她——紧身裙幅下,那每一步的提膝动作,令人发狂啊。

"发呆想什么哪?"她打断了他的幻觉。他的回答张口就来。

"赞美上帝,你总算没提迪克。"

"你这么不喜欢他啊?"

"你可得公平。"他几近严厉地喝道,"正因为我喜欢他。要不然……"

"要不然如何?"她问。

她声音勇敢,虽然目光直视着"小鹿"支棱的耳朵。

"真不懂我为何赖着不走。本该早就走的。"

"为什么?"她问,依然凝视坐骑支棱的耳朵。

"公道些,公道些,"他提醒道,"原因你我心知肚明。"

她转身正对他,满脸红晕,无言凝望。持鞭的手快速抬起,却又停住,仿佛要捂胸口,却又迟疑,到底落下到身旁。但那眸子里,他发现,有欣喜,有惊讶。没错,有惊讶,也有欣喜。而他,心中明白——有的男人就是聪明,立刻把缰绳换手收紧,朝她靠拢,伸手搂住她拉向自己,直到两匹马都摇晃不定。膝对膝,唇压唇,把欲望亲吻给她。美呀! 情似火,唇如蜜,他心潮澎湃,狂喜战栗,感到紧贴他的波拉气息激荡起伏。

瞬间过后,她就挣脱自己,脸蛋煞白,目光炯炯。马鞭扬起来仿佛要抽他,却又落在受惊的"小鹿"身上。突然,她双腿同时用力一夹马刺,坐骑发出哀鸣,疾驰而去。

他听着蹄声沿林中小路轻快消失,马鞍上依然血脉偾张,心跳到恍恍惚惚。最后一下蹄声消逝,他从马鞍上半滑半跌到地上,在一块青苔覆盖的大圆石上坐了下来。直到把她拥入怀中那刻骨铭心的一刻之前,他压根儿没想到会遭此重重一击——比预计可能的重得多。唉,事到如今,悔又何如?

199

他猛地起身,把"塞利姆"惊得往后一跳,喷着鼻息,绷直了缰绳。

方才发生的一幕始料未及,无法避免,注定发生。他并非故意如此,尽管他现在明白,当初他若及时离开农场,不放任自流,本该料得到这个结果。如今,逃之夭夭已于事无补。而此情的疯狂、痛苦、愉悦,就在于心中无须再疑惑。她的激吻唇上犹在,就是无言衷曲,她已然表白了心迹。他品味着她的回吻,感官在回忆的大海中甜蜜地遨游。

他抚摸着她碰过的膝盖,满怀痴情恋人的卑微。妙啊,如此美妙的女人竟垂青于己。这不是个女孩,而是个女人,了解自己意志与智慧的女人。她方才就在他怀中娇喘吁吁,热烈回应他的激吻。付出得到了回报。岁月如梭,做梦也没想到自己还能迸发出如此激情。

他站起身,似打算上马——"塞利姆"在用鼻子拱他肩膀——却又顿住,跟自己争论。

问题已不在于逃不逃,这点已无疑问。不错,迪克当然有他的权利,但波拉也有她的权利。发生了方才一幕,他自己还有脸临阵脱逃吗,除非……除非她跟他一起走?现在走就等于闯了祸就逃。当然咯,两性世界中,常有两个男人爱上同一个女人的事,如此一来,背信弃义自然立刻关涉这种三角恋——毫无疑问,背叛女人比背叛男人更邪恶。

这世界,真实存在,他慢悠悠策马前行,想着心思。波拉,迪克,还有他,是这个真实世界真实的人,是三个敢于自觉直面人生种种的现实主义者。这不关牧师与教义的事,不关任何智慧与决定的事,他们必须自做取舍。有人会受伤,可活着就会受伤。生存的成功就在于把痛苦减少到最小。迪克自己就坚信这条,谢天谢地。他们三人都坚信这条。太阳底下这并不新鲜。一代又一代,无数人的无数三角恋情都获解决,那么这场三角恋也一样。所有人的恋爱问题都有法子解决。

他摇摇头,把清醒的念头推开,再次回味记忆的狂喜,再次伸手抚摸膝盖,再次回味她的热吻,甚至命"塞利姆"停住,好认真看一看曾拥她入怀的那只臂弯。

* * *

直到晚餐时格雷厄姆才再见波拉,惊讶她完全泰然自若,就算他目光敏锐,也找不到白天发生的那件大事的一星星痕迹,也找不到曾令她脸蛋煞白、双眸冒火、半扬马鞭要抽他的那股子怒气。方方面面,她都依然是原先那个大宅门的小夫人。甚至目光碰巧相遇,眸子也依然那么清澈宁静、绝无一分私情况味。新到的几位小住两天的客人、女士、迪克和她的朋友,使格雷厄姆心头轻松不少。

翌日清晨,在音乐室又遇上这些客人。波拉正在钢琴旁。

"格雷厄姆先生,不喜欢唱歌吗?"一位霍夫曼小姐发出邀请。

这位小姐是一家旧金山妇女杂志的编辑,他听说过。

"啊,我喜欢的。"他肯定道,"福雷斯特太太,你说是不是?"他求助。

"的确是。"波拉莞尔一笑,"若没别的理由,但愿他发发善心,别用歌声把我给淹死。"

"没别的理由,就想证明我们的话。"他自告奋勇,"有天晚上我们唱过一首二重唱。"他瞟一眼波拉,想看看反应。"那首歌尤其适合我的唱法。"他再瞟一眼波拉,没发现她有任何意愿的暗示,"乐谱在起居室,我去拿。"

"歌名叫《吉卜赛小路》,欢快,上口。"他离开时听到她对旁人说。

他们没像头一次那样毫无顾忌,纵情高歌,有意去掉许多狂喜与激情,去掉许多他们自己的理解,但唱得更加意味深长,更符合作曲家的意愿。然而,格雷厄姆边唱边想,而且明白波拉也在想,明白二人的心中还跳荡着另一首二重唱,而一曲终了,那几位鼓掌的女士却完全蒙在鼓里。

"我打赌,你从没唱得这么好过。"他对波拉说。

因为,他听出她歌声里有种新的东西——更丰满,更圆润,高亢激扬,这个金嗓子已经有过证明。

"得啦,我知道你们不懂,给你们说说什么是拉玛尼标记吧……"她说。

第二十二章

"迪克,孩子,你的观点明摆着是卡莱尔①式的嘛。"特伦斯·麦克费恩一副父亲的腔调。

晚餐桌旁,有瘦果鹃林下贤哲,加上波拉、迪克和格雷厄姆,共七位。

"给论点贴标签并不能解决问题,特伦斯。"迪克回答,"我知道自己观点是卡莱尔式的,但并不能据此就说这观点站不住脚。英雄崇拜是件大好事。我讲话,不仅以学者的身份,而且以务实育种家的身份,我天天要用到孟德尔②方法的。"

"我是不是应该得出结论,"汉考克插嘴了,"非洲霍屯督人与白种人同样优秀?"

"听听,南方人发话啦,阿伦,"迪克笑着反驳,"偏见,不是出身偏见,而是早期环境偏见,太强大啦,你们的全部哲学也憾不动啊。偏见就和赫伯特·斯宾塞③对曼彻斯特学派早期影响的妨碍一样坏。"

---

① 卡莱尔(1795—1881):生于苏格兰的英国著名作家。
② 孟德尔(1822—1884):奥地利遗传学家,孟德尔学派创始人,发现遗传基因原理,总结出分离定律和独立分配定律,提供遗传学的数学基础。
③ 赫伯特·斯宾塞(1820—1903):英国哲学家、社会学家,提出"适者生存说",著有《综合哲学》《生物学原理》《社会学研究》等。

"斯宾塞的能力跟非洲霍屯督人旗鼓相当吗?"达尔·海尔盘诘。

迪克摇摇头。

"海尔,让我说说这个话题。我觉得能说清楚。普通霍屯督人,或普通美拉尼西亚人,与普通白人水平非常接近。区别在于,霍屯督人与黑人中,普通人占的比例很大。而白人当中,超出普通水准的优秀者所占比例要大得多。这些人,我管他们叫突变优势种,他们加快了自己种族普通人的前进步伐。注意,这些优势种并未改变或发展普通人的本质或智慧,但他们给普通人带来更多的知识,更强的技能,使普通人整体上前进速度更快。

"给一个印第安人一把现代步枪,来取代他的弓和箭,他的猎物会多很多。这个印第安猎人本身并不会发生任何变化。但是,值得他所在的整个印第安民族炫耀的优秀者实在太少。结果是,全体印第安人,十代之内,也无法给他装备一把步枪。"

"说下去,迪克,展开你的观点。"特伦斯鼓劲,"我开始看到你的动力了,你很快就能叫满脑瓜种族歧视和愚蠢优越虚荣心的阿伦阵脚大乱。"

"这些优秀者,这些领跑者,是发明家、发现家、创造家,堂堂正正的领袖。一个缺少这种优势种的民族只能归类于劣等民族,低等民族,只好用弓箭打猎。

"霍屯督人出过什么伟人,什么英雄?——我指的是突变优势种。夏威夷人只出过一位卡米哈米哈一世[①]。美国黑人

[①] 卡米哈米哈一世(1758—1819):1810年征服夏威夷群岛,正式建立夏威夷王国。

中,境外只出过两位,布克尔·华盛顿①和杜波伊斯②,而且两人还都有白人血统……"

这场大辩论进行时,波拉假装听得兴致勃勃,不腻味,但在格雷厄姆同情的眼中,她内心已是沮丧。特伦斯与汉考克舌战间隙,她低声对格雷厄姆道:

"说、说、说,没完没了!我看迪克的话是对的,他简直永远是对的。但我得承认自己太无能,没法把这些话统统用于生活,用于我的生活,我是说,指导我该做什么,必须做什么。"她说话时定定地看着他的眼睛,使他对她的话了然于胸,"我不知道突变优势种和种族竞赛对我的生活有什么意义。他们没指点我对错,也没指点我的脚该走哪条路。他们既然开始辩论,就多半会整晚一直辩下去……

"哎呀,我听得懂他们的话,"她又连忙安慰他,"可那些话对我毫无意义。光说、说、说——可我想知道该怎么做,拿你怎么办,拿迪克怎么办。"

但话魔抓住了迪克·福雷斯特的舌头,格雷厄姆还没来得及小声回复波拉,迪克就问他要自己话题的数据,因为格雷厄姆曾到过南非不同的部落。看看迪克的脸,明明白白写满了与人辩论的开心快乐。格雷厄姆和嫁给迪克十几年的波拉做梦也想不到,迪克漫不经心的目光其实早把一切尽收眼底——他俩手的动作、椅子上的坐姿、面部的表情。

"怎么回事?"迪克心里打鼓——波拉不对头啊,明摆着心绪不宁啊,都怪这场舌战。格雷厄姆脸色也不对,说话心不在

---

① 布克尔·华盛顿(1856—1915):非裔美籍教育家、作家、演说家、共和党总统顾问。
② W.E.B.杜波伊斯(1868—1963):美国民权运动家。

焉,他另有所想,在想什么?

迪克暗藏心事,被话魔驱赶着,话题越扯越远,辩论愈来愈激烈。

"我简直头一回痛恨这四个贤哲了。"波拉对格雷厄姆低声抱怨,后者刚刚提供了迪克要的数据。

迪克显然沉溺自己的话题,不温不火,滔滔不绝地拓展观点。他看到波拉在对格雷厄姆低语,虽一个字也听不见。他看到太太神情越发不宁,而格雷厄姆一脸默默同情。不知她说了什么? 迪克只管对满桌听众侃侃而谈:

"费希尔和斯派泽一致认为,与说法语、德语或者英语的人种——即拥有大量遗传性状变异的人种——相比,稀有语种的人群缺乏遗传性状特征的变异。"

桌旁众人无一疑心到迪克故意抛出诱饵,把一个新话题引入了讨论。利奥后来也没想到,正是迪克手段高明的恶作剧,而并非他自己的提问改变了话题,当时他就种族发展中雌性突变优势种的作用提出了疑问。

"利奥,宝贝儿,雌性不会突变。"特伦斯朝旁人眨眨眼,回答,"雌性保守,保持种群纯正,修补和巩固种群,在进化这辆车上她们是永恒的障碍。要不是因为雌性,我们每位有福的儿子就都成为突变优势种啦。我指的是咱们可敬的育种家与务实的孟德尔信徒,今晚咱们有幸请他证实我的胡说八道。"

"咱们首先来寻根究底,弄清楚讨论的是什么。"迪克对新话题反应迅速,"女人是什么?"他问得很是认真。

"古希腊人说,女人是大自然创造男人时的次品。"达尔·海尔回答,嘴角挂着顽童般的嘲笑讥讽,薄嘴唇愤世嫉俗地一撇。

利奥大为震惊,脸腾地红了,目光痛苦,嘴唇颤抖,巴望着迪克相助。

"女人是半性人,"汉考克冷言冷语,"好比上帝造人时中途缩手,结果女人就只造了半个灵魂,最多是个四下里摸索的幽魂。"

"不是!我就说不是!"利奥大叫,"你们不能这么说!迪克,你懂。教训他们,教训他们!"

"但愿我能,"迪克回答,"但是这场人类的辩论就和人类自身一样模糊。咱们都知道,咱们经常摸索,经常迷失,尤其在自以为了解自身处境、了解自己之时,就更容易迷失。疯子的个性是什么?难道不是比我们的一贯个性只少一点或少很多吗?白痴的个性是什么?傻瓜的呢?智障儿童的呢?马的呢?狗的呢?蚊子的呢?牛蛙的呢?林中蜱虫的呢?菜园蜗牛的呢?利奥,你睡觉而且做梦时的个性是什么?晕船时的呢?恋爱时的呢?肚子疼时的呢?腿抽筋时的呢?突如其来惧怕死亡时的呢?生气时的呢?为世间之美欢欣鼓舞,你以为你在思索着难以表达、无以名状的念头时的呢?

"我故意说'你以为你在思索'。其实,你对世界之美的意识不会难以表达、无以名状。这意识清晰、敏锐、明确。可以用言语表达。你的个性也会与你的思想和言辞一样清晰、敏锐、明确。因此,利奥,当你欢欣鼓舞,以为处在存在感的顶峰之时,实际上你的意识就在激动、激荡、狂欢舞蹈,而且对这舞蹈的舞步一无所知,对这狂欢的意义同样一无所知。你不了解自己。你的灵魂、你的个性,在那一刻,是个模糊探索的东西。即便一只牛蛙,池塘边自我膨胀,暗夜中对一只背上也长疙瘩的配偶沙哑地呱呱叫,在那一刻,没准儿也同样拥有模糊探索的个性。

"不,利奥,个性,对我们任何模糊的人性来说,都过于模糊,无法把握。有些人貌似男人,却具有女人个性。有些人具有多重个性。有些两条腿的人类,既不是鱼,也不是肉,也不是禽类。我们这些个体,犹如一团雾气,飘过昏暗、黑夜与淡淡的闪光,全都雾气朦胧。在神秘的最深处,我们全都雾气朦胧。"

"或许不是'神秘'而是'神秘化'——人为的神秘化。"波拉说。

"听听,真正的女人发话了,这个女人利奥不认为是半灵魂。"迪克反驳,"利奥,问题在于,性与灵魂全都交织在一起,纠缠在一起。我们对前者知之甚少,对后者更一无所知。"

"可是女人很美丽。"年轻人结结巴巴。

"啊哈!"汉考克插嘴,黑眼珠闪着狡黠的光,"好啊,利奥,你把女人与美画等号啦。"

年轻诗人的嘴唇动了动,但只是无言点头。

"很好。那咱们就举绘画佐证。过去一千年中,作为经济条件和政治体制的反映,我们就能发现男人如何把女人塑造和涂抹成自己想要的形象,而女人又如何允许男人这么做。"

"你就别再钓利奥上钩啦。"波拉打抱不平,"你们全都老实交代交代,自己对女人到底了解什么、相信什么吧。"

"女人是一种神圣的主体。"达尔·海尔下定义严肃准确。

"有圣母玛利亚为例。"格雷厄姆抓紧机会,助波拉一臂之力。

"而且脑子有毛病。"

"一个个来。"汉考克道,"先说说圣母玛利亚崇拜,这是一种特殊的女性崇拜,与当今所有女性普遍的女性崇拜有关,这是利奥赞同的。男人是懒骨头、混日子的蛮子,讨厌被烦扰,喜欢安静、悠闲。可自打有男人之日起,就发现跟一个坐立不安、神经兮兮、敏感易怒、歇斯底里的伴侣绑在一起,这就是女人。女人变化无常,爱流泪、爱虚荣、爱生气,缺乏道德责任心。男人没法毁灭女人,不得不和女人在一起,尽管女人总不给他安宁。男人如之奈何?"

"但愿男人——狡猾的坏蛋——能找到出路。"特伦斯突然插言。

"男人把女人打造成天使模样,"汉考克接着说,"把女人理想化,高高地供起来,结果女人的坏毛病不再让他烦心,不再打扰他懒洋洋抽自己烟斗的安宁,不再妨碍他思考星球的大事。可一旦平凡的女人试图打扰男人,他就把她丢到脑后不想,只记得他的天使女人,完美女人,生命孕育者与不朽的监护人。"

"接着宗教改革来了,圣母崇拜被掀翻在地。可是男人依旧与安宁破坏者绑在一起。他后来怎么办呢?"

"啊呀,这坏蛋。"特伦斯咧嘴一笑。

"男人说:'我要让你变成一场梦、一个幻想',而且他做到了。圣母玛利亚是他的天使,是他对女人的最高概念。男人把圣母所有理想化的品质赋予尘世的女人,赋予每一个女人。从此之后,男人就傻乎乎地自欺欺人,相信女人,相信圣母……就像利奥这样。"

"作为一个未婚男人,你暴露出一种与邪恶、与女人的惊人亲密。"迪克评论道,"或者那一切不过是纯理论上的?"特伦斯呵呵大笑。

"迪克,孩子,阿伦最近在读劳拉·马霍尔姆的书,能整章整节,没完没了地往外喷。"

"关于女人说了这么多,可他连女人的裙边也没碰过。"格雷厄姆道,赢得波拉和利奥感激的目光。

"还有爱情。"利奥松口气,"关于爱情,谁都还没说一句呢。"

"还有婚姻法、离婚、一夫多妻、一夫一妻、自由恋爱。"汉考克飞快地接口。

"还有,利奥,"达尔·海尔问道,"女人在恋爱游戏中,为什么总是扮演追求者、女猎手的角色?"

"哦,那可不是。"利奥不动声色地回答,一脸行家神气。

"利奥,再来一个!"波拉鼓掌。

"那么说王尔德错啦?他说女人出人意料地进攻,却又莫名其妙地投降。"

"这还不懂啊?"利奥反击,"就是这套女人是祸水的瞎话把女人变成了牺牲品。"他说着朝迪克转过脸,偷偷地瞟一眼波拉,含情脉脉。

"不,"迪克拖着长腔,摇摇头,语气满载方才他从利奥眼中看到的温情,"我看女人既非捕食猛兽,也非被捕猎物,也非男人永能指望的开心果。但是还得说,女人的确是能给男人带来不少快乐的小东西。"

"很傻的小东西。"汉考克加一句。

"傻得精致的小东西。"迪克认真修正。

"我来问利奥一句,"达尔·海尔道,"利奥,女人为什么会爱揍她的男人啊?"

"而不爱不揍她的男人啊?"

"就是。"

"呣,达尔,你的话有些道理,但大部分没道理。哎呀,我已经跟你的伙伴们学会了下定义。你们狡猾地漏掉了两个前提。

我现在给你们加回去。一个揍自己心爱女人的男人是下等男人。一个深爱揍她的男人的女人是下等女人。上等男人绝不会揍心爱的女人。上等女人，"利奥目光不自觉地看向波拉，"绝不会爱一个揍她的男人。"

"不，利奥，"迪克说，"我向你保证，我从没揍过波拉。"

"所以呀，达尔，"利奥脸涨得通红，"你看你错了吧。迪克从不揍波拉，波拉照样爱迪克。"

迪克眉开眼笑，转头看看波拉，似在求证妻子对诗人结论的默默认同，但其实想弄清楚他所担心的那种情况下，波拉会对方才这番话做何反应。他觉得从波拉眼中捕捉到一种看不懂的光亮。而从格雷厄姆呆板的脸上，目前为止，除了开头的兴致并无明显变化。

"今晚上女人可找到圣乔治①啦。"格雷厄姆捧场，"利奥，你叫我丢人现眼。我坐在旁边一声不响，让你一个人独斗三条恶龙。"

"而且是这么凶恶的三条恶龙。"波拉接茬，"他们逼奥黑灌过黄汤，又会对利奥下什么毒手呀？"

---

① 圣乔治：传说古老欧洲城堡中，有位绝色美人，遭一条恶龙觊觎。紧急关头，上帝的骑士圣乔治突然出现，经过激烈搏斗，终将恶龙铲除，同时遍地龙血渐渐形成一个十字形。另在英国或英属领地早期钱币中，常常出现"圣乔治屠龙"图案，这源自十字军第三次东征，当时狮心王理查一世亲自率兵，在"圣乔治屠龙"地附近的一场战斗中大获全胜，声威大震。理查一世认为这是得到圣乔治的庇佑，从此视圣乔治为英国守护神。1277年，英国根据"龙血形成一个十字形"（圣乔治十字）的传说，设计出白底红十字的"圣乔治旗"——英国国旗，同时以"圣乔治十字"作为英国军队的纹章。每年的4月23日为圣乔治日（公共假日）。时至今日，"圣乔治"仍是英格兰文化的重要组成部分。参见本书第三章第二十四页鲁特、伯特、福雷斯特打闹时的对话。

"世上所有恶龙统统上阵,爱情骑士也绝不会打败仗。"迪克道,"利奥,这一仗最妙的是,交战双方都比对方估计得更正确。"

"这有一条弃暗投明的恶龙,利奥,孩子。"特伦斯开口了,"这条龙将抛弃它不光彩的同伴,站到你一边,做个圣特伦斯。现在这位圣特伦斯要问你一个可爱的问题。"

"让这条龙先咆哮吧。"汉考克插嘴,"利奥,以天下所有甜蜜爱人的名义我问你,为什么男人出于忌妒,常会杀死他们所爱的女人?"

"因为他们受伤了,因为他们丧失理智。"回答立刻有了,"还因为他们运气不够好,爱上一个下等女人,这女人有使他们产生忌妒的罪过。"

"可是,利奥,爱情也会迷失的。"迪克提示他,"你得给出一个更充分的理由。"

"迪克说得对。"特伦斯补充道,"我来帮你狠狠砍我自己一剑。在上等人中间,爱情也会迷失。一旦迷失,绿眼睛的忌妒魔鬼就来了。试想,你心目中的最完美女人不再爱那个不揍她的男人,而爱上另一个也不会揍她并且爱她的男人,那将会发生什么呢?注意,全都是上等人。你现在可以举起剑来杀死众恶龙啦。"

"头一个男人不会杀她,也不会伤害她。"利奥很坚定,"因为他要是那么做就不是你描述的那种人了,不是上等人而是下等人了。"

"你意思是他会自己走开吗?"迪克边问边忙于摆弄一支雪茄,好不看任何人的脸。

利奥郑重地点点头。

"他会自己走开,会给他的女人方便,还会对她非常温柔。"

"咱们就让这场辩论更透彻。"汉考克说,"就假设你爱上了福雷斯特太太,而福雷斯特太太也爱上了你,你们俩开着大轿车一起私奔了。"

"啊,我可不会。"年轻人双颊烧红,冲口而出。

"那你可不讨我喜欢哟。"波拉打气。

"利奥,只是假设嘛。"汉考克推波助澜。

可怜的年轻人,窘迫万状,声音发抖,但还是鼓起勇气转向迪克:

"那得由迪克来回答。"

"我来回答,"迪克道,"我不会杀波拉,也不会杀你利奥。不然就有失公道啦。不论我有多么伤心,都会说'祝福你们,孩子们'。不过,同时,"他顿了一下,眼角堆着坏笑,"我也会对自己说,利奥栽跟头啦——要知道,他根本不了解波拉啊。"

"她肯定会搅乱他对众多星球的思考。"特伦斯笑道。

"绝不会,绝不会,利奥,我保证。"波拉声明。

"福雷斯特太太,那你就言不由衷啦。"特伦斯说她,"首先,不打扰他你根本做不到。而且,打扰他是你不可推卸的责任。其次,恕我冒昧,我多少算得上个权威,年轻时也曾堕入情网,疯疯癫癫,心里只有一个女人,可眼睛里看的全是星星。要是心爱的女人能把我从星星上引开,那才求之不得,开心死呢。"

"特伦斯,再这么甜言蜜语,我就跟你和利奥坐车私奔啦。"

"求之不得呢。"特伦斯大献殷勤,"不过,到了星星上头,你那些花花绿绿的小零碎中间得给书本留点地方,我和利奥有空时还得看呢。"

论战渐渐丢开利奥,达尔·海尔和汉考克缠上了迪克。

"你先头说'有失公道'什么意思?"达尔·海尔问。

"就是我说的意思,就是利奥说的意思。"迪克回答。他知道波拉的厌倦已被赶走些时,她现在简直听得津津有味,"照我的想法,也合我的性格,最可怕的精神折磨莫过于亲吻一个忍受我亲吻的女人。"

"假使她欺骗你呢?比如念及旧日情分,或不愿伤害你,或可怜你呢?"汉考克质疑。

"对我来说,那会是不可宽恕的罪孽。"迪克回答,"对她也不公道。我无法想象拥抱一个不愿被拥抱的女人,即使片刻也不公平,也毫无快乐。利奥说得很对。喝醉的工匠用他的拳头也许能激发和维持他愚蠢伴侣的爱,但上等男人,但凡有点理性影子的男人,精神还有闪光的男人,绝不会粗暴地动手打爱人。我赞成利奥,会成全女人,会温柔待她。"

"那你鼓吹的西方一夫一妻制的结果又如何?"达尔·海尔问。

汉考克也问:"这么说,你赞成性爱自由?"

"我只能用句老掉牙的话回答你们,"迪克道,"没有自由就没有爱,永远如此。请记住,这观点只适合上等人。而且这观点回答的是达尔的问题。大多数人在法律上、工作上都受制于一夫一妻制,或者受制于某种严厉死板的婚姻制度。他们不适合婚姻自由或恋爱自由。恋爱自由,对他们来说就会是滥交的通行证。只有被上帝与国家用纪律与规则将人的本能严加管束的民族,才已经崛起并延续下来。"

"这么说,你自己也不相信婚姻法,"达尔·海尔问,"但对他人,你却认为适用?"

"我认为婚姻法适用所有的人。儿童、家庭、职业、社会、国家——这一切使婚姻,合法的婚姻,成为必须履行的责任。出于同样象征,我也相信离婚。男人、所有男人,所有女人,都可能不止一次堕入情网,旧爱消逝,找到新欢。国家管不了恋爱,男人女人同样管不了。一旦爱了就爱了,就明白这么多。恋爱就是心儿狂跳啊、长吁短叹啊、手舞足蹈啊、欣喜欲狂啊。不过,国家能管发结婚证。"

"你主张的性爱自由太复杂啦。"汉考克不以为然,"的确,活在社会的人类是复杂的动物。"

"可有的男人、恋人,失去了所爱就会死的。"利奥抢白,令举座吃惊,"要是心爱的女人死去,他们也会死。哎呀,他们会死得更快,要是心爱的女人活着却爱上了别人的话。"

"哦,这种人只好接着死啦,既然过去这种人总是殉情。"迪克冷酷地说,"死了也怨不得谁啊。我们生来如此,有时候就是情感迷失。"

"我情感就不会迷失。"利奥颇为得意,其实他那点秘密举座皆知,"我知道,我绝不会爱第二次。"

"孩子,你说得对。"特伦斯赞同,"你道出了天下所有真挚恋人的心声。快乐正在于爱情的绝对性——雪莱怎么说的?还是济慈——'全是奇迹,全是狂喜'——可不是吗,就连三心二意、自私自利的情人也会痴心梦想,心上人万里挑一,谁都不如她美丽迷人。"

众人离开餐厅时,迪克还在和达尔·海尔交谈,一面暗暗嘀咕波拉是亲吻他道个晚安,还是从钢琴旁溜走去睡觉。波拉呢,和利奥聊着他给她看的新写的十四行诗,也在暗暗嘀咕要不要亲吻迪克,不知为何,突然好想亲他。

第二十三章

那天晚餐后几乎无话。波拉在钢琴边自弹自唱一支情歌,打断了特伦斯关于爱情的感叹。他话说一半停下来听歌,觉得她歌声里有种新韵味。接着他悄然穿过房间,加入四仰八叉躺在熊皮上的利奥。达尔·海尔跟汉考克也停止讨论,各自坐进一张大椅子。格雷厄姆似乎最不感兴趣,翻阅着一本杂志。但迪克发现他很快就不再翻下去。迪克同样听出波拉歌声的变化,为猜度其中含意大伤脑筋。

她歌声一停,三位贤哲就同时走过去夸她头一回丢掉自我,纵情高歌,他们早就认为她能唱得这么好啦。利奥躺着纹丝不动,一言不发,两手撑着下巴,面部激动得变形。

"就怪你们扯那么多爱情。"波拉大笑,"还有利奥和特伦斯那些可爱的思想……还有迪克给我脑瓜里塞的那些东西。"

特伦斯摇摇一头灰白长发。

"你意思是他塞进你心里的东西。"特伦斯纠正,"今晚你的歌声有情有爱呀。亲爱的太太,我可是头一回听到你歌声这么嘹亮,再也不会悲叹你嗓音单薄啦。今晚你喉咙浑厚圆润,好比快乐岛①港口维系大商船的一条大大的锁链,大大的金锁

---

① 位于美国加州约塞米蒂国家公园内默塞德河上的一组小岛。

链哪。"

"为这句话我要为你唱一首《荣耀颂》①，"她回答，"庆祝圣利奥、圣特伦斯……当然还有圣理查德，打败了恶龙……"

这番话，迪克听得一字不漏，他走到隐蔽的餐柜前给自己调了杯苏格兰威士忌加苏打水，逃过了评论。

波拉唱《荣耀颂》时，他坐在长沙发上啜饮着威士忌，记忆犹新。在巴黎曾听过她这样歌唱，那是他们旋风般坠入爱河，然后直接乘"远航号"度蜜月期间。

少顷，他举起空杯示意邀请格雷厄姆，他为二人都调了高杯酒。等格雷厄姆喝完，他就建议波拉和格雷厄姆合唱《吉卜赛小路》。

波拉摇摇头，开始弹《健忘草》。

"她不是好女人，她三心二意。"利奥声嘶力竭地唱，"可他是个好情人，她叫他伤心欲碎；可他依然爱她，再也不能爱别人，叫他如何忘掉她。"

"好啦，红云骑士，唱你的《橡籽歌》吧，"波拉笑着对丈夫说，"放下杯子，乖乖地，种橡籽吧。"

迪克懒懒地从沙发上站起身，反抗地摇摇头，仿佛烈马在甩着鬃毛，再模仿"山少年"的样子用力跺着脚。

"我要让利奥明白，他不是农场唯一的诗人与爱情骑士。特伦斯，听听'山少年'的歌，全是奇迹，全是狂喜，还有更多。'山少年'不会为心上人失魂落魄。它根本就不失魂落魄。它是爱的化身。见到情人就腾起前蹄，倾诉爱情。听它唱吧！"

迪克发出公马般狂野的嘶鸣，响彻大厅，作势甩着马鬃，跺

---

① 《荣耀颂》：东正教、天主教的一首赞美诗。

着马蹄,唱道:

"听我唱!我就是爱洛斯。我的铁蹄踏遍山野,我的歌声响彻山谷。宁静牧场上,母马们听到我就四下惊逃,她们对我熟悉不过。牧草在转绿,土地变肥沃,树木满汁液。春天来了。春天属于我。我是春之王。母马们记得我的歌,从她们母亲那里听说我。听我唱吧!我就是爱洛斯。我的铁蹄踏遍山野,宽广山谷响彻我声音,回荡我欢歌!"

这可是瘦果鹃林下贤哲们头一回听迪克纵情高歌,众人热烈鼓掌。汉考克把这当作一场新辩论的题目,立刻开始大谈爱情的生物学伯格森定义,结果被特伦斯截住,因为他发现利奥一脸痛苦。

"请接着唱,尊敬的太太。"特伦斯恳求波拉,"唱情歌,只唱情歌,因为据我亲身体会,在女人歌声的陪伴下思索星星头脑最清醒。"

须臾,阿乐进来了,等波拉唱完一首歌,轻轻走近格雷厄姆,递给他一份电报。迪克见这打扰眉头一皱。

"很要紧,我觉得。"华佣向他解释。

"谁取的?"迪克问。

"是我——我取的。"仆人回答,"埃尔多拉多的夜班文书打过电话,说是很要紧,我去取的。"

"的确很要紧。"格雷厄姆看完电报开口,"迪克,我可以今晚出发,赶火车去旧金山吗?"

"阿乐,回来一下。"迪克叫道,看着手表,"开往旧金山的火车几点停靠埃尔多拉多?"

"十一点十分。"回答来得利索,"还有时间,但不太多。我去叫司机?"

"你今晚真得赶路啊?"他问格雷厄姆。

"真得赶,很要紧。还来得及打点行李吗?"

迪克对阿乐点头确认,回答格雷厄姆:

"只够快快拿些必需品。"再转向阿乐,"阿麦还没睡吧?"

"是的,先生。"

"派他去格雷厄姆先生房间搭把手。车备好马上告诉我。不用轿车,要桑德斯开那辆跑车。"

"此人真是虎背熊腰啊。"格雷厄姆一离开房间,特伦斯就评论。

众人已围在迪克身旁,只有波拉在钢琴旁听着。

"他是我愿意拔腿就走,跟着去冒险或闯天下的为数不多的几个人之一。"迪克道,"当年他曾在'内瑟米尔号'上,而这艘船在97年那场飓风中登陆了帕果。帕果就是一小块沙滩,高出海平面十二英尺,好多椰子树,无人居住。乘客中还有四十个女人,是些英国军官太太。格雷厄姆胳膊受伤,被蛇咬了,肿得和腿一样粗。

"海上雷雨交加,船只无法靠岸。两条船撞得粉碎,水手全完了。接连有四名水手自告奋勇牵一根轻索到岸上,结果一个接一个都死了,再被拖回甲板。大家解开最后一个水手的绳子时,格雷厄姆一只胳膊肿得腿一般粗,脱下外衣就接着牵绳。他成功了,尽管大浪把他打到沙滩上,折断了那条伤胳膊,还造成三根肋骨骨折。可他倒下之前把绳索牢牢地拴好了。为了把锚链拖上岸,又有六个人自告奋勇,抓着埃文的绳索往岸上游去,其中四个成功了。最后只有一名四十岁的女人丧生,受了惊吓,突发心脏病。

"我问过他一次。这家伙跟英国佬一样古怪,只肯说身体恢复得挺好。说咸海水、游水、骨折都抗刺激,对胳膊有好处。"

阿乐与格雷厄姆从另一头走进房间。迪克发觉格雷厄姆疑问的目光最先瞟向波拉。

"统统准备好了,先生。"阿乐报告。

迪克打算送客人出门上车,但波拉显然想留在室内。格雷厄姆走过去,喃喃敷衍地道歉告别。

而波拉,方才听了迪克一番话,心头还热着。她开心地看着格雷厄姆帅气的模样,目光流连于他轻松高扬的头颅,随意晒成沙色的头发,还有,他虽宽肩重体,举手投足却轻松自如的仪态。他朝她走近,她凝视着他长长的眼睛,那低垂的眼睑暗藏着男孩般的愠怒。她等着他眸子闪亮,绽开熟悉的微笑,愠怒消散。

他的歉意稀松平常,她的遗憾同样如此。但他握住她手的那片刻,目光分明是她暗暗期盼的意思,便予以同样的回报。两手紧握片刻,传递彼此的心意。她不假思索便回应了他的紧握,就像他说过的,他们彼此默契,无须言说。

他俩松手时,波拉飞快瞟了迪克一眼。共同生活十几年,她深知丈夫闪电般的观察力。他超乎常人,能从细枝末节推测事实,将细枝末节联系起来得出结论,而那结论之彻底之正确,简直令人生畏。可肩膀朝向她的迪克,正在为汉考克的什么俏皮话哈哈大笑,正欲起身陪送格雷厄姆,刚把笑眯眯的眼睛看向她。

不会,她想。迪克肯定没发现方才她和格雷厄姆交换的小秘密。他们只不过眼中很小很快的一亮,手指肌肉微微一颤,并未缠绵。迪克怎能看得到感觉到?他俩的眼睛当然藏过了迪克,紧握的手也藏过了,因为格雷厄姆是背朝迪克。

哎呀,方才不曾飞快扫迪克那一眼多好。她心中愧疚,这愧疚发出刺痛。她注视着两个男子汉——同样魁梧,同样金发碧眼——肩并肩走出房间。为何愧疚呀?她问自己,有什么秘密藏着掖着呀?然而,她足够诚实,直面事实,毫无遁词,她知道自己确有秘密要藏。想到放任自己欺骗,她双颊烧红。

"我就去两天。"格雷厄姆与迪克在车旁握手时说。

迪克看着他直截了当的目光,明白他紧握的手中那份坚定与热诚。格雷厄姆似有话要说,却欲言又止。再开口时,迪克知他改了主意:

"我想,等我回来,就该打点行李走人了。"

"可你书还没写完呢。"迪克不肯,暗骂自己听到这话时的开心雀跃。

"就是为了书。"格雷厄姆回答,"我必须写完才行。看样子我没法跟你一样工作。牧场太迷人了,静不下心来写书。我坐下来写,坐下来写,可讨厌的草地鹨尽在耳边叫,结果就看见田野、红杉树林还有'塞利姆'。枯坐一小时,还是弃笔打铃要'塞利姆'。就不算这个,还有上千种诱惑哪。"

他脚放上踏板,车已发动,说:"好啦,再见,老伙计。"

"回来再试试。"迪克打气,"必要的话,我们就制定一个适度的工作日程。我每天早上把你锁在屋子里,直到你完成当天计划。要是你整天不写,就整天给你锁着,逼你写。有烟没?火柴?"

"有的。"

在车辆出入口,迪克命司机,"桑德斯,开车吧。"汽车仿佛从灯火通明的出入口一下跃入黑暗。

回到大宅,迪克发现波拉在给贤哲们弹钢琴,便稳坐长沙发等待,思忖就寝时她会不会来亲他道晚安。他承认,睡觉前吻别并非二人的常态,从来不是。常常,常常,不到次日中午他都见不到她,可那时又有客人在旁。常常,常常,她早早开溜去睡,不好意思吻别丈夫,免得像在暗示客人,都该休息啦。

不,迪克推论,这个特殊的夜晚她是否与他吻别同样没有什么特殊含义,可他心里还是犯嘀咕。

她一直在弹,在唱,没完没了,直到他最后睡着了。醒来时发现屋里只剩下他一个人。波拉和贤哲们都已悄然离去。他看看表,一点钟。她从不弹琴至夜深,他知道。因为她刚走,是琴声停止的动静让他醒了。

可他依然心存希望。他也常常在她弹琴时打盹儿,但每次结束她都亲他,叫醒他,要他去睡,但今夜她不曾。也许,她最终还会回来。他睡意昏昏,躺着不动,期待着。再醒来一看表,两点钟。她没回来。

他穿行大宅,一路关灯,也关掉大厅的一盏盏灯。许许多多不起眼的细节简直自动组合成有序文本,是疑虑,是推测,不得不细读。

在自己睡台上,迪克扫一眼气压计和温度计,圆形镜框里她笑容烂漫的面庞抓住了他的目光。照片前他停下脚,甚至弯腰细看良久。

"哎呀,得了!"他喃喃自语,一面掀开床罩,把枕头在背后撑好,伸手去够一摞校样,"管它是场什么戏,都得演下去。"

他偏过头看看她照片。

"可是,唉! 小夫人,但愿你别走火入魔呀!"迪克长叹一声"晚安"。

第二十四章

偏不巧,除了几位不速之客共进晚餐,大宅很空。头一天、第二天,迪克的确做了工作安排或推迟了一些事务,好等着波拉提议下午去游泳或驾车兜风,没等到。

他发现她想方设法躲开一切可能的亲吻。晚上,她大声道晚安,隔着大院子。早晨,他准备好接受她十一点钟的问候。阿加先生和皮茨先生关于家畜销售的种种要务迫在眉睫尚未谈定,但刚到十一点,迪克就立刻打发他们走。她起床了,他知道,因为听到她唱歌来着。他在等,坐在书桌旁,头一回无所事事。面前盘子里一摞信件等着他继续签名。他记得这种上午的问候是她开的头,而且她一直在坚持。好可爱啊,他承认——那一声"早安,快乐先生!"的温柔——还有胳膊搂着她裹着和服的身子的感觉。

他想起来,自己常常连这短暂的温存也给截得短短,使她觉得,即使紧抱她的这一刻,他也忙得要命。他想起来,不止一次,她默默离开时脸上那依恋的哀怨。

十一点过一刻了,她还没来。他摘下话筒给奶场打电话,一阵女人的叽叽喳喳传来,还没挂上话筒就听到波拉的声音:

"打扰韦德先生啦。把你家的小韦德统统带来吧,哪怕就住一两天也好呀。"

这波拉倒怪了,以前逢没客人的空当她总是巴不得,这样就可以和他单独相守一天或几天了,可现在却在劝韦德太太从萨克拉门托来做客。如此看来,波拉不想与他单独相守,在拉人做伴,在躲他。

他微微莞尔,悟到如今得不到她的拥抱,倒特别想要起来。他想到带她动身去旅行,那问题就能解决,也许。他要紧紧拥抱她,紧紧地拥抱。为何不去阿拉斯加打猎?她一直想去的。还是重返乘"远航号"航行的老地方——南海?汽轮直航旧金山与塔西提之间了,十二天内就可以登上帕皮提的海岸。不知拉凡娜是否依然住在她的公寓里?眼前立刻浮现波拉跟他一道,在拉凡娜家芒果树荫下的门廊上用早餐的情景。

他一拳打在书桌上。不,上帝做证,他才不是懦夫!不会因为担心别的男人,就临阵脱逃。再说,硬要她远离可能想要的东西是否公平?是啊,他并不知道她想要什么,也不知道她与格雷厄姆之间到了什么程度。会不会她只是一时春心荡漾,待春天过去,这份春心就会自生自灭?可惜,他确定,与她婚姻生活的十几年之中就从没发现她动过这种春心。她从未令他心生疑窦。她对男人极具吸引力,对男人见多识广,受到男人艳羡追求,却从来无动于衷,自持恬静,自是迪克·福雷斯特太太。

"早上好,快乐先生!"

她从走廊探头进门打招呼,大方自然,眉眼唇间都是笑,指尖给他一个飞吻。

"早上好,我高傲的小月亮。"他回答,同样大方自然。

现在她要进来了,他想。他就要拥她入怀,吻她,考验她了。

他张开双臂邀请,可她不进来。她反而一惊,一只手抓拢和服胸口,另一只手拾起曳地裙裾,仿佛要逃,同时担心地朝走廊看去。可是他的尖耳朵并没听到任何人声。她嫣然一笑,又一个飞吻,走了。

十分钟后,他对邦布莱特完全听而不闻,邦布莱特手握电文把他惊一跳,因为他已坐在桌前木然不动,整整十分钟,木然不动。

可她依然快乐。迪克知她太久,熟谙她情绪变化的所有表现,不会不明白她在家、在拱廊、在院里,边走边唱歌的含义。他不出办公室,直到锣敲午餐。她也不像平日时那样,半路迎他。午餐锣响,从院子那头他听见她的颤音渐次消失在餐厅方向的屋子里。

一位来自国民警卫队青年团的哈里森·斯托达德上校是位前富商,喜欢研究工业关系与社会动乱,霸占了餐桌话题,大谈《雇主责任法》,好把农业雇工也扯进来。不过,波拉瞅了个空子,故作随意地告诉迪克,下午她要离家去维肯伯格的梅森家。

"我当然不知道几点能回来——你了解梅森那家人。不敢叫你一块儿去,虽说很想你陪我去。"

迪克摇摇头。

"所以,"她接着说,"要是你用不着桑德斯的话?"

迪克点头默许。

"下午我要用卡拉汉。"他解释,既然和波拉已没指望,他即刻安排自己的时间,"波拉,真不懂你为什么挑桑德斯。卡拉汉车开得更好,而且最安全。"

"没准儿就因为这个。"她笑道,"安全首先意味最慢。"

"可快车道上我还是宁要卡拉汉不要桑德斯。"迪克坚守立场。

"你要去哪儿?"她问。

"哦,带斯托达德上校看看我的拖拉机自动耕种农场,就是我一直在糟践的那十英亩自垦地呀。做了很多改动,人家等了我一星期去看实验呢。实在忙不过来,过后还得带他去看看殖民村,你觉得如何?上礼拜新添了五口人呢。"

"我还以为早满员啦。"

"是满员了,依然是。"迪克笑逐颜开,"但这五个是小宝宝。如今希望最渺茫的家庭都急着想生双胞胎哪。"

斯托达德上校应邀目睹现场实验,乐不可支地道:"好些自以为是的万事通在对你的实验摇脑袋呢。不客气地说一句,我忍着没做评判——还以为你只给我看看账本呢。"

迪克几乎没听到上校的话,心不在焉——波拉只字未提韦德太太和小韦德们到底来不来,也未提她发出的邀请。不过,这点他倒不以为是她疏忽,因为,常常,常常,和他一样,客人从天而降,她也是见面才知道。

不过,明摆着韦德太太那天不会造访,不然波拉就不会跑到三十英里外的山谷里去。就这原因,不能无视。她在逃开,从他身边逃开。她无法面对与他独处而必然产生的亲密接触的危险——而看眼下局势,他最担心的只怕就是那危险的含义了。再说,她连晚上也排满了,不回家吃晚饭,甚至晚饭后很久不回家。这赌注下得安全,除非她把韦德家那一大堆人都带来。她会很晚才回来,指望他已上床。好啊,就成全她吧,他狠狠心拿定主意,一面回答斯托达德上校:

"实验理论上很成功,给人性留出很大余地。我承认——人性,在这点上还存在怀疑与风险。但检验人性的唯一办法就是检验,这正是我要做的。"

"这可不是迪克头一回承担风险的实验。"波拉道。

"可五千英亩土地呀,二百五十名农民全部的工作成本哪,还每年支付一千块钱的工资!"斯托达德上校愤愤不平,"几次这样的失败——若失败的话——哈韦斯特集团可就给狠狠抽干啦。"

"哈韦斯特集团正需要这个啊。"迪克轻描淡写。

斯托达德上校茫然不解。

"就是抽干水的事啊,矿山正遭水淹呐——墨西哥的麻烦。"迪克再补充一句。

就在第二天,预计格雷厄姆回来那天,迪克上午十一点就骑上了马背,免得自尊重复遭受前一天的伤害——她就那么一句"早上好,快乐先生!"办公室另一头,他碰到阿哈抱着一大捧丁香花。马夫的路通向塔楼,但迪克还是证实一下。

"阿哈,这些花你送去哪里呀?"

"格雷厄姆先生的房间,他今天回来。"

这又是谁的主意?迪克思忖。阿哈?阿乐?还是波拉?他记得听格雷厄姆不止一次说过喜欢丁香花。

他不去图书室,转而信步穿过塔楼附近的丁香花丛。房间敞开的窗户里传出波拉愉快的哼歌声。迪克即刻紧咬下唇,接着朝前走。

一些名人显贵,男男女女,都曾住过那间屋子,可波拉从没为他们操心过摆放鲜花的事,迪克暗忖。阿乐本人熟谙花事,通常亲自照管或打发训练有素的仆人料理。

邦布莱特递给他的电报中有格雷厄姆一份,迪克看了两遍,虽说无关紧要,只告知归期推迟。

有悖平素习惯,迪克没等锣敲第二响。他头一响就起身,因为很想来一杯阿乐的鸡尾酒——给自己添添勇气,知道了丁香

227

花的事,还得见波拉,不料她竟抢了先。他发现,平日很少饮酒,很少独饮的她,刚把一只空鸡尾酒杯放上托盘。

如此看来,她也需要勇气,迪克推断,一面对阿乐点头,竖起一根手指。

"给我逮到了吧!"他开心地调侃波拉,"偷偷酗酒啊?症状很严重。当初跟你结婚时可没想到,娶了个注定会把自己喝到末日的酒鬼。"

波拉未及回嘴,进来一位年轻人,于是和迪克一道招呼温特斯先生,客人手里也端着杯鸡尾酒。迪克试图说服自己,波拉招呼新来者时那模样不是松了一口气,从前可没见过她待温特斯这么亲切啊,尽管经常见面。那么至少午餐会有三个人啦。

温特斯先生农业大学毕业,《太平洋农业报》特约撰稿人,迪克门客之一,是为一篇加利福尼亚养鱼池的文章来的,迪克想好了下午与他的工作计划。

"接到一份埃文的电报,"迪克告诉波拉,"他后天下午四点钟才回来。"

"让我白忙活!"她愤然道,"那些丁香花该枯啦、谢啦。"

迪克高兴得心头一热。这才是他率真坦诚的波拉。不管唱的哪出戏,结局如何,至少她不耍骗人的小伎俩。她一向如此——太透明,骗不了人。

虽如此,他还是有意瞟她一眼,作不解状。

"咦,当然是格雷厄姆的房间啊。"她解释,"我命伙计送去一大捧,还亲自给插好了。"

直到午餐吃完,她也没提韦德太太来不来。迪克确定她不会来,忽听波拉随意地问:

"要等谁吗?"

他摇摇头,问:"你下午有何安排?"

"还没想呢。"她回答,"我看也没法占你时间了,温特斯先生等着听你讲养鱼的事。"

"你可以的。"他叫她放心,"我会把温特斯先生交给汉理先生。他连鳟鱼产的每一颗卵都数得一清二楚,每条鲈鱼的老爷爷也叫得上名字。听听我的主意——"他顿一顿,想一想,灵机一动,面孔发光,"难得下午空闲,咱俩带枪打松鼠去吧。前几天,我发现小草场附近山上松鼠太多了。"

但他发现,一道害怕的阴影飞快掠过她的眼睛,稍纵即逝。她拍手赞成,神色恢复。

"不用给我备枪。"她说。

"悉听尊便。"他语气温存。

"我要去,可不想开枪。我带上加利纳①的新作吧,刚收到的,休息时念给你听。记得吗,上回咱们打松鼠就这么干的,给你念的是他的《追寻金色女郎》。"

---

① 理查德·勒·加利纳(1866—1947):英国作家、诗人。

第二十五章

波拉骑着"小鹿",迪克骑着"恶棍",依从性情乖戾的"恶棍"允许的距离,并肩出了大宅。"恶棍"叫夫妻二人无法长谈,只能交换只言片语。这母马小耳朵朝后耷,露着牙齿,企图逃脱迪克缰绳和马刺的控制,一门心思想咬波拉的腿或"小鹿"亮滑的身体一口。它失败一回,白眼珠子就涌上一股粉红潮,再渐次消退。除了腾跃、侧行、企图转身,它一刻也不安分,摇头晃脑,时时打算腾起前腿,总被迪克的马颌缰狠狠一勒。

"再给它最后一年。"迪克宣布,"倔头巴脑的东西,调教两年毫无改进。它认识我,熟知我的方式,知道我是主人,明白该何时服从,可就是不死心。老想钻我空子,生怕错过机会,不肯白白放过。"

"总有一天它会得手。"波拉道。

"所以不想再调教了。这马还算不上叫人揪心,可早晚会遭它祸害,要是概率论有道理的话。被它祸害的概率可能只有百万分之一,可天晓得几百万次中,大祸会何时降临。"

"你可真是天才,红云。"波拉一笑。

"何出此言?"

"你满脑袋都是数据、百分比、均值和例外。真不知道咱俩头回见面时,你用什么公式算计的我。"

"要是算计你,我可该死啦!"他哈哈大笑,"有时候所有符号都没用的。我可没有适用于你的数据。我不过跟自己承认,瞧瞧这位天下最妩媚的美人儿,我就想要她,比什么都更想,就是必须要她。"

"于是就得到了她。"波拉替他说完,"可是红云,自那时起,肯定的,你已经攒够了我的数据。"

"有一些,有不少。"他承认,"但希望不要得到最后那个数据。"

他的话被一声嘶鸣打断,肯定是"山少年"发出的。那匹大公马出现了,背上驮着个牛仔。迪克凝视片刻那马活泼漂亮的小跑姿态。

"咱们得赶紧让开。"他提醒,眼看"山少年"看到他们就突然撒欢狂奔起来。

二人同时调转马头,飞速逃开,但听背后骑手不断安抚奔马的"吁"声、重重敲地的蹄声以及狂野专横的马嘶声。"恶棍"发出回应,"小鹿"紧随其后。听骚动,他俩知道"山少年"变得越发狂野。

他俩顺路弯冲进一个交叉路口,五十步后收缰等待,直到危险过去。

"这马还从没真正伤过谁。"往回走时波拉道。

"除了那回不留神踏伤了考利的脚指头。你不记得他躺了一个月啦?"迪克提醒她,一面摆脱"恶棍"的小碎步,目光一扫,碰上波拉凝视他的奇怪眼神。

这眼神里有疑问,他看得出来,有爱情,还有恐惧——对,简直是恐惧,或至少是担心得快焦虑的程度。但主要还是一种探究、质询、疑问,与她当前的情绪依然合拍,他觉得,一面想起她

231

那句说他满脑袋数据的话。

但他装作没看见,迅速掏出笔记本,留神看看路过的一个涵洞,记下一笔。

"他们给漏掉了,"他说,"这个洞一个月前就该修好的。"

"所有那些内华达野马后来怎样了?"波拉问。

这是迪克的一项投机。当时内华达牧场遭遇淡季,野马要么甩卖,要么饿死。迪克运来整整一列车,放入西部大山的荒草地。

"驯马的时候到啦。"他回答,"我正想着办一场地道老派的牛仔竞技赛。你看如何?再摆个烤肉宴把乡亲们全请来。"

"可到时你又不出席。"波拉反对。

"我会休息一天的。说定了?"

她首肯,二人将马停在路一侧,好让三辆都拖着组合耙的拖拉机先过去。

"把这些耙子拉去大草场,"迪克解释,"地块合适的话,用机器比用马合算。"

二人从自家山谷冒出头,路过精耕细作的田野与林木葳蕤的小山包,上了一条热闹路,从碎石机那儿运送铺路石的车辆来来往往,听得见高处碎石机咆哮作响。

"我向来给它的调教还真不够啊。"迪克说着猛拽一把危险靠近"小鹿"体侧、龇牙咧嘴的"恶棍"。

"我也够丢脸的,把'达迪'和'福迪'给忘到脑后。"波拉说,"给它们喂得那么少,小气鬼一样。可它们照样欢实。"

迪克懒懒地听着,不过四十八小时之后再想起这话可就伤了心。

他俩嗒嗒前行,直到耳旁碎石机声消失,深入一片林地,穿过一道小小的分水岭,午后斜阳被石兰和瘦果鹃熏染成酒红、玫红的光芒,穿透一片新栽的尤加利桉树,洒遍小草场。到达小草场前,二人下马拴马。迪克从马鞍枪套里摘下 0.22 自动步枪,和波拉一起轻手轻脚走向草场边的一丛红杉树。他俩在树荫下安顿好,目光越过草场,凝视对面陡峭的小山坡。这道坡斜下草场,足有一百五十码远。

"瞧,松鼠就在那儿,有三四只呢。"波拉悄声道。她犀利的眼睛从青青的庄稼里辨出了松鼠。

这是些机灵的小东西,警惕性极高,躲开了下毒的谷物和迪克捕捉害虫的圈套,是些十足的运动健将。这是些幸存者,大约每二十只缺乏警惕的松鼠当中只活下来一只,却足以使山坡再度鼠丁兴旺。

迪克给弹膛和弹仓装上很小的子弹,检查消音器,伸展四肢趴下,胳膊肘撑地,瞄准草地那头。开枪时没有乒乓作响,只有子弹飞出时机械的嘀嗒一声。空弹壳弹出,另一颗子弹翻入弹膛。他再扣扳机,一只暗褐色的松鼠飞到空中,坠落,消失在庄稼地里。迪克等着,目光顺枪管看向几口洞穴,看向洞穴旁的大片干土露出被糟蹋的谷物。受伤松鼠再次露头,仓皇蹿过袒露的地面,步枪嘀嗒再响,松鼠翻身,不动了。

步枪每嘀嗒一响,除了被击中的那只,别的松鼠就都蹿进地垄,没事干,专等好奇心再度征服它们的警惕心。这正是迪克期待的空当。他趴在地上目光逡巡着山坡,等着好奇的小脑袋冒出来。他不知波拉是否会对他吐露心事。她有烦心事,但要独自承担?这可不是她的做派。从前,她一有心事,或早或晚,总向他倾诉的。不过,他思量,从前她也没碰到过这种事啊。这是她最不可能和他商量的一件事。但另一方面,他跟自己论理,她

233

为人总是坦诚。这么多年的共同岁月,他惊异她这份坦诚,激赏她这份坦诚。难道这次她将不再坦诚?

迪克就这么趴着,思绪纷乱。而波拉一声不吭,安安分分,一点动静都没有。他朝旁扫一眼,发现她躺着,闭着双眼,摊开双臂,似很疲倦。

一颗小脑袋,与其家园的干土颜色相同,从一个洞里探头窥探。迪克等了足足几分钟。直到肯定没有潜伏的灾难,那颗小脑袋的主人才用后腿站直起来,寻觅方才是什么东西弄出惊扰自己的嘀嗒声。步枪嘀嗒再响。

"打中了?"波拉问,眼都不睁。

"中了,好肥的一只。"迪克回答,"就在那儿,我叫一代松鼠断子绝孙了。"

一小时过去。午后阳光炙烤,但树荫下怪舒服。微风熏熏,不时将青青的庄稼吹起懒懒的涟漪,掀动他俩头顶的红杉树枝。迪克的纪录又添一只。波拉的书就在身旁,但她没提念给他听。

"什么事烦心啊?"他终于鼓起勇气问。

"没有。头痛,横过眼睛的一条神经好痛。没别的。"

"绣花绣多啦。"他逗她。

"没有的事。"她回答他。

一切似乎自自然然。但迪克允许一只特别肥大的松鼠离开地垄,爬过十几英尺裸土向庄稼靠拢时,告诉自己:不,今天两人没得谈了,也不会相偎在草地上热吻了。

目标现在到了庄稼边上。他扣动扳机,松鼠一个滚翻,一时不动,接着笨拙地朝洞口狂奔而去。嘀嗒、嘀嗒、嘀嗒,猎枪连响三声,地面腾起团团灰尘紧随逃窜的松鼠,标示着离目标相差无几。迪克食指尽快连扣扳机,仿佛从枪管中射出一股铅弹蒸气。

弹仓再一次快填满时,波拉开口了。

"老天!快速连射可真厉害。打中了?"

"中了,全体松鼠的老祖宗,一只啃庄稼的老贼,毁灭小松鼠食粮的坏蛋。不过九颗无烟长弹才打死一只,不划算。"

日头渐西,微风不兴。迪克又射死一只松鼠,他眺望山坡,心中不胜悲苦。他挤出时间陪她为的是听到她的心里话,但形势与他担心的一样严重,只怕更严重,他觉得自己的世界正崩溃瓦解,从前的信念在动摇。他困惑,他颓丧。这事怎么偏偏发生在波拉身上!他一直对他俩的感情坚信无疑,十几年的岁月可以做证,他是么确信……

"五点了,日头太低。"他一面起身一面说,打算扶她一把。

"感觉好多了,就这么歇歇。"她道,二人朝坐骑走去,"眼睛好多了。没费劲儿给你念书倒好了。"

"别贪心。"迪克提醒道,语气轻松,仿佛毫无心事,"别偷着看加利纳。过些日子你得跟我一起看才行。举手发誓,向上帝发誓,波拉。"

"向上帝发誓。"她顺从道。

"否则让驴子乱踏我奶奶的墓。"

"否则让驴子乱踏我奶奶的墓。"她一本正经地重复。

格雷厄姆走后第三天上午,迪克有意和奶场经理约谈,波拉忽然十一点钟又来致意,从门口探头看他,道一声:"早安,快乐先生!"梅森一家子乘几辆车来了,叽叽呱呱一群娃娃,让波拉午餐和下午都不空。而且在她挽留下,迪克发现,晚上她又可以陪客人一起打桥牌、跳舞,而无须担心与他单独相对。

但第四天早上,格雷厄姆预期归来那天,十一点钟,迪克独守办公室,正俯身书桌签署信函,听到波拉蹑脚进来了。他没抬头看,但接着签名时,全心期盼和倾听着她真丝和服轻盈的窸窸窣窣声。他知道她何时会朝他弯腰,便屏住呼吸。可是,她只亲了一下他的头发,道一声:"早安,快乐先生!"便躲开了他急于亲热的双臂,笑着逃了。与失望同样令人难受的是她的如花笑靥,她孩子般的喜形于色,眸子闪亮,满怀期待——今天下午格雷厄姆要回来了! 迪克无法回避这种联想。

他不想知道她是否再把塔楼房间摆满丁香花。与三名戴维斯来的大学生共进午餐时,波拉试探地提议,由她赶车去埃尔多拉多接格雷厄姆,迪克发觉自己被迫装出下午脱不开身的样子。

"赶车去?"迪克问。

"是'达迪'和'福迪',两匹马躁动不安,我觉得该遛遛了,我自己也该练练手。当然啦,你要愿意一起练的话,你说去哪儿就去哪儿。派人开车接他好了。"

迪克尽量不琢磨她是否急于等他接受或拒绝邀请。

"可怜的'达迪'和'福迪'要是下午拉我的话,就会去逍遥的猎场啦,"他哈哈大笑,同时制订他的计划,"现在到晚餐之间,我得赶一百二十英里路。我要开跑车去,会尘土飞扬,一路颠簸,偶尔走平路。不敢叫你一起去。你遛遛'达迪'和'福迪'吧。"

波拉叹口气。可惜她不善表演,本想表示没他做伴不开心,可他却觉得她分明是如释重负。

"要去哪儿?"她机灵地问。他再次发现她脸蛋红红,眼睛发亮,欢欣鼓舞。

"哦,顺河而下,去看看排水工程,卡尔森非要听听我的意见。然后往上去萨克拉门托,去见王云福的路上,开过提尔那片沼泽。"

"这个王云福到底何方神圣啊?"她笑问,"你还必须赶去见他?"

"重要人物,亲爱的,值两百万哪——用德尔塔乡下的土豆、芦笋来兑现。我要把提尔沼泽那三百英亩地租给他。"迪克又向三位农大学生道:"那片地在大河西岸,刚离开萨克拉门托的地方,是肯定要到来的土地稀缺的好例证。我买下来时,是片蘑草湿地,老派人全都笑话我。我还不得不买下十几块狩猎保护地,当时花了我平均每英亩十八块钱,这还没过去多少年呢。

"你们晓得蘑草湿地毫无价值,除了养鸭子和浅水畜牧。每亩地要花三百多块来抽水、排干,还要完成我治理河流工程的指标。你们猜猜,我把这地租给王云福老头十年是什么价?每亩两千块。我自己种菜供应市场,净利也没那么多。那些华人种菜有绝招啊,干活玩命儿啊。他们才不是八小时工作制,是十八小时。每个苦力都只占有极小的股份,王云福就用这办法,逃避法律规定的八小时工作制。"

* * *

两次被警告,一次被逼停,长长的下午迪克就这样过去。他独自驾车,虽开得飞快倒还谨慎安全。他不许自己造成事故,也从没出过事故。眼明手稳,无须掏摸,他瞬间就能拿起铅笔或抓住车门把手。在繁忙的乡村道路上,他就这样把一辆大马力汽车开得飞快。

不过,尽管他开车去做生意,顶着来自卡尔森和王云福的巨大压力,最恼火的事还是波拉竟如此出格,亲自出马跑上八英里,去埃尔多拉多接格雷厄姆回农场。

"呸!"他骂出声,旋即住口不想,把跑车从时速四十五英里一把加到七十,从左侧飞快掠过同向赶路的一辆单马车,再冲回

路右侧,虽留有余地,却险些跟对面蹿来的一辆车撞个正着。他减速到五十英里,又接着想心思:

"呸!要是我敢跟哪个姑娘赶车兜风,小波拉一定打翻醋坛子!"

想到这,他笑出了声。因为新婚不久他就领教过波拉不动声色的忌妒。她从不大吵大闹,当面指责,疑神疑鬼。但从一开始,她就安静却清楚地表示了自己的愤怒,假若丈夫敢对别的女人过分殷勤的话。

想起德哈门尼太太,他又咧嘴一笑,那个黑美人小寡妇,不是他的而是波拉的朋友,很早以前到大宅做过客。波拉早先宣布过那天下午不出门兜风,午饭时却听说迪克要带德哈门尼太太去贤哲们住的小树林以远的红杉谷兜风。他们出发不久,没想到不是别人,竟是波拉,追了上来,结果弄成了三人团!当时他就暗笑,觉得被波拉好好地挠了把痒痒,因为他根本没把德哈门尼太太或兜风当回事。

这么说,成亲伊始,他就管束自己,不讨好别的女人。他一直比波拉谨慎周到得多。他甚至还鼓励她,给她自由,为自己太太能吸引好男人而得意扬扬,看她被男人的谄媚奉承哄得高兴,自己也跟着高兴。他有理由高兴。他对她很放心,很自信——但她对他,他承认,倒有理由不那么放心和自信。十几年的婚姻证明他态度正确。所以,他对她,就如同地球自转般把握十足。可现在,随着思绪逐渐厘清,那地球自转倒成了站不住脚的命题,而老乌姆·保罗[①]的世界乃平地之说也许更值得思考。

---

① 乌姆·保罗(1825—1904):南非语中被尊称为保罗大叔,政治家,曾为南非共和国总统。

他掀起左手的长手套,看一眼表。五分钟内,格雷厄姆就会在埃尔多拉多下车。迪克自己从萨克拉门托朝西往家飞驰,急急赶路。一刻钟后,他断定是载着格雷厄姆的那趟列车从旁驶过。直到埃尔多拉多过去老远,他才赶上了套着"达迪"和"福迪"的马车。格雷厄姆坐在波拉身旁,波拉在赶车。迪克路过时慢下来,对格雷厄姆打个招呼,再加速时快活地大叫一声:

"抱歉,得让你们吃我的扬尘了。埃文,晚饭前你能到家的话,咱俩来盘台球。"

第二十六章

"这样下去不行,咱们必须采取行动。"

他俩在音乐室里,波拉坐在钢琴旁,仰脸看着身边俯视她的格雷厄姆。

"你必须下决心。"格雷厄姆接着说。

两张脸上都看不到爱情訇然降临的快乐,因为必须决定下一步。

"可我不要你走,"波拉强烈要求,"我不知道自己要什么。你得担待我。我不是为自己着想,早过了为自己着想的年龄啦。可我得为迪克着想,为你着想。我……很不习惯这种局面。"她惨淡地笑笑。

"亲爱的,这事必须解决。迪克不是瞎子。"

"有什么可给他看的啊?"她问,"什么也没有,除了山谷里那个吻,他也不可能看到呀。你还能想到什么——请问,先生。"

"有倒好啦。"他看她心绪好转,旋又低落,"我为你痴狂,神魂颠倒,我只知道这个。但不知道你是否也爱我,不知道你是否也为我痴狂。"

说着,他伸手罩住她键盘上的手,可她轻轻抽开了。

"难道还不明白吗?"他怨道,"可你还要我回来?"

"我要你回来,"她承认,目光深究他的眼睛,"是我要你回来的。"她重复一遍,语气更为轻柔,宛若沉思。

"我真被你弄糊涂了。"他性急,"你到底爱不爱我?"

"真的爱你,埃文,你知道。可是……"她顿住,似在字斟句酌。

"可是什么?"他催问,"说啊。"

"可是我也爱迪克。难道不荒唐吗?"

他没有回应她的微笑,她发现他眼中男孩般的郁闷,心头一热。一句话涌到格雷厄姆嘴边,可他欲言又止。波拉煞费猜详,为没听到而失望。

"会有办法的。"她认真宽慰道,"总会有办法的。迪克说一切事情都有办法。一切都在变。静止不动才会死灭,我们还没死,谁都没有……不是么?"

"你爱迪克,我不怪你。继续……爱迪克,也不怪你。"他急着说,"说到这个,不知你拿我和他比,发现了什么。老实说,我认为他很了不起,该叫他'大心'①才是。"

她莞尔一笑,颔首赞成。

"但你要是继续爱他,那我怎么办?"

"可我也爱你。"

"那不成。"他怒道,猛然从琴边急步走到屋子另一头,在对面墙上一幅基斯的画前驻足死盯着看,仿佛从没见过似的。

她暗展笑颜,为他任性的冲动欢喜。

"你不能同时爱两个人。"他扔过一句。

"哦,可我就是两个都爱,埃文。这正是我伤脑筋的事。我

---

① 大心:英国作家约翰·班扬名著《天路历程》中人物,系主人公的向导。

只是不确定爱哪个更甚。我了解迪克很久了。你……你是个,呃——"

"新欢。"他插嘴,气呼呼再大步回到她身边。

"不是那样的,不,不是那回事,埃文。是我乐意让你告白的。我爱你也爱迪克。爱你更甚。我,我不知道。"

她情不自禁,双手掩面,珠泪滚滚,听任他的手温情地抚摸她的肩。

"要知道我好难啊。"她哭诉,"你说你不知所措。想想我,同样不知所措啊,比你更糟,惊慌失措。你——唉,说这些干什么——你是个男人,有男人的经验,男人的本性。对你来说太简单了——她要么爱我,要么不爱我——可我纠结不清啊。我,我又不是昨天刚出生——我没有爱很多人的经验,从来没有过风流韵事,只爱过一个男人……现在你来了。你,还有对你的爱,破坏了一桩完美的婚姻,埃文——"

"我知道——"他道。

"——可我不知道。"她接着说,"你得给我时间,要么自己想办法,要么顺其自然。要不是为了迪克……"她伤心地说不下去。

格雷厄姆的手不自觉地顺她肩头安抚上去。

"不,不,还不行。"她柔声道,手在他手上爱意绵绵,片刻才挪开。"你一碰我,我就心乱,无法思考。"她恳求,"我,我无法思考。"

"那我就必须走。"他胁迫,却毫无胁迫之意。她表示不让他走。"眼下这局面没法待下去,受不了。我觉得自己就是个无赖,可又一直明白我不是个无赖。我讨厌欺骗——唉,我可以和帕坦人一起撒谎,对帕坦人撒谎——可我不能欺骗一个'大心'般的好男人。宁肯当面告诉他:迪克,我爱你太太,你太太也爱我。你打算怎么办?"

"那就这么去说啊。"波拉一时激情焕发。

格雷厄姆坚定地挺直身子。

"我去说,现在就去。"

"不,不,"她突然慌神,"你必须走。"她又一次说不下去,"但我不能放你走。"

* * *

假使迪克对波拉移情别恋尚有理由疑惑,随着格雷厄姆归来,这疑惑已烟消云散。无须别的,只要看看波拉便一清二楚——她简直如沐春风,欣然绽放,笑得更开心,唱得更欢快,举手投足之间,激情与活力齐发。起得早,睡得晚。她毫不吝惜自己,仿佛依赖痛饮精神的美酒而活着,使迪克怀疑这是否因为她不敢停下来思考。

他眼瞅她消瘦下去,觉得她瘦些倒比以前更可爱,迷人红颜又添一种妩媚。

大宅只管按部就班运转,快快活活,没心没肺。迪克有时暗自忧伤,大宅还能继续运转多久?想到将来大宅也许不能这样运转下去,他就害怕。可他自信,没人会知道,没人猜得到,只有他自己明白。然而,这情形还能持续多久?不会久了,他肯定。波拉不善做戏,就算她善于遮掩琐细龌龊的细节,那新添的声调与光彩,任何女人都没本事藏得住。

他知道家中亚裔仆人个个长于察言观色,而且守口如瓶,得加一句。可有女人啊,女人就是猫。叫她们抓到光芒四射,无懈可击的波拉和任何夏娃的女儿一样,也是泥巴做的凡人,那会何等开心。随便哪位碰巧来做一天客或过夜的女人都可能一眼看穿这状态——至少波拉的状态,因为格雷厄姆的态度他尚不清楚。让一个女人去拿获另一个女人。

但波拉,别的方面与众不同,这方面也不同。他从没见过她心怀叵测,盯着别的女人,好抓住人家说错话、做错事,除非与他有关。想到与德哈门尼太太兜风的事,他再次美滋滋一乐——只有波拉看作是他的风流韵事。

迪克想知道的还有,波拉是否也想知道他是否知道。

波拉的确想知道,但一时半刻徒劳无功。她没发现他对待她惯常的方式、情绪或态度有任何变化。他和平素一样,完成大量工作。和平素一样玩耍、唱喜欢的歌,做乐呵呵的大好人。她试图想象他待她多了一分体贴,可又怕是自己胡思乱想。

然而,没多久她就心生疑窦。有时候,人群中,餐桌上,晚间客厅里,牌桌旁,她就趁他不注意,透过半闭的睫毛凝视他,直到从他的眼神与面容断定他心知肚明。但此事她对格雷厄姆只字不提。反正让他知道也于事无补,还可能使他拔腿就走,这点她对自己坦白承认,是她最不愿发生的事。

然而,几乎肯定迪克知道或猜到之后,她心肠却硬起来,刻意斗胆玩火。要是迪克知道——既然知道,她心想——那他为何不说穿?他素日直来直去啊。她既盼他说又怕他说,直到恐惧消失,认真盼他说开来。他敢作敢为,不论什么事。她一直依赖他的敢作敢为。格雷厄姆说这是场三角恋。那好,就让迪克解决吧,他凡事能应付。可他又为何不行动呢?

与此同时,她依然热情似火,不管不顾,对用情不专的良心责备尽量不理睬,不多想,任生活的巨澜把自己抛上浪尖,正如她宽慰自己的——享受生命,享受生命,享受生命。她有时根本不知道自己在想什么,除了为两个如此出色的男人跟在她脚后而骄傲。骄傲一直是她压倒一切的基调——为才艺,为成就,为优势,一如为音乐,为容貌,为游泳技巧而骄傲。她才艺压身——跳舞,她十足把握,舞姿优美;穿衣打扮,别出心裁,令人惊艳;燕式跳水,优雅而大胆,没几个女人敢挑战;她还风情万种,骑着"山少年"从溢洪道飞驰而下,以钢铁般的意志驾驭庞大的坐骑游过泳池。

身为自己民族和类型的女子,她骄傲地目睹两个碧灰眼珠的金发男人对她由衷爱恋。她兴奋、发烧,但并不紧张。有时,两个男人凑到了一起,她就怪冷静地做比较,不知自己在他俩眼中,对谁显得更漂亮,更迷人。是格雷厄姆,她觉得。她已经拥有迪克,还想尽力抓住不放。

一想到两个优秀的男人为了她、由于她,备受煎熬,她就觉得这份骄傲带来的刺激当中简直有种残忍。因为她明知假如迪克知道,或者既然他知道,他也就肯定备受煎熬。她明白自己性方面富于想象力,目的性强,被格雷厄姆所吸引并不在于他的强健新鲜、与众不同。对自己,她不肯承认情欲超过其他诸多因素。内心深处,她意识到了自己不管不顾的疯狂,明白后果必对他们中的一个或全体不堪设想。但她任性,置诸多深层烦恼于不顾,拒绝考虑这些烦恼的存在。独自对镜,她会摇头,假装责备,大叫:"哎呀,你这个女猎手!女猎手!"待她允许自己稍作思考,她又承认,萧伯纳与瘦果鹃林下贤哲们对女人猎奇倾向的谴责可能没错。

她否认达尔·海尔的结论——女人是大自然创造男人时的次品,但又一次次回到王尔德那句名言:"女人出人意料地进攻,却又莫名其妙地投降。"有没有进攻过格雷厄姆?她自问。

对自己,她已突如其来地投降。还会有更多投降吗?他要走,带着她,或不带她,他要走。但被她拦住了。如何拦的?是不是心照不宣,承诺投降?她要笑,用笑赶走更深刻的顾虑,就活在飞逝的当下,让自己的身体更美丽,情绪更迷人,幸福得光芒万丈,因为她活着,热血沸腾。她做梦也没想到能这样活,这般热血沸腾。

第二十七章

但是,让心有灵犀的男女之间毫不动摇地保持距离,难。波拉和格雷厄姆悄然接近。从目光流连,手指触碰,到默许爱抚,直到他们第二次相拥,第二次长吻。而且这次波拉不但没大发脾气,反而命令格雷厄姆:

"不许你走。"

"我不能待下去了。"格雷厄姆上千次强调。"唉,我躲在门后头亲你,干了那么多诸如此类的傻事。"他抱怨,"而且是对你,是对迪克。"

"听我说,会有办法的,埃文。"

"那就跟我去,我们一起来解决。"

她害怕。

"记得吗,"格雷厄姆打气,"利奥舌战恶龙那天晚上迪克说过的话?——要是你,波拉,他的太太与人私奔,他就说'祝福你们,孩子们。'"

"那正是叫人为难之处呀,埃文。他就是个'大心',你给他名字起得恰如其分。留神,你现在注意他。他和那天晚上说的一样温存——对我温存,我是说,还更温存了呢。你注意他。"

"他知道了? 他说了吗?"格雷厄姆打断她。

"他还没说,但我肯定他知道或者猜到了,你注意他。他不会跟你争的。"

"不争!"

"正是,他绝不会争。记得昨天的牛仔竞技吧?他调教野马的时候咱们那群人到了,他就不再上马了。他可是个驯马高手。你不是也试了一把?坦白说,你把式也不错,可跟他就没法比。但他绝不会在你面前炫耀。凭这点,我就能肯定他知道。"

"听我说,最近你发现没,他对你的什么话都不再提问了,可从前他爱问,对谁都爱问。他还跟你打台球,因为你比他高明。他跟你比剑,你俩打平手。可他绝不会跟你比拳击或摔跤。"

"他拳击、摔跤都比我强啊。"格雷厄姆悲叹。

"你注意他,就会发现为什么我说他不会跟你争了。他把我当成任性的马驹子,由着我胡来,他绝不会干涉。哎呀,你信我的话,我了解他。他照自己的规矩生活,他都能教哲学家们实用哲学啦。

"不,不,听我说。"她先声夺人,不让格雷厄姆插嘴,"还有件事要告诉你。图书室到迪克办公室有条秘密通道。只有他、我,和他的秘书使用。这条道走到头就进了他办公室,给满登登的书架包围。我刚打那儿来。原打算进去见他,可听到有人谈话。当然是谈农场的事,我想,肯定很快就会走的,我就等。真的是在谈农场的事,但很有意思,用汉考克的话说就是——很能说明问题,所以我就待着偷听。这场谈话就能说明迪克,我是说。

"地毯上站的是迪克手下一个工人的老婆。这么大的农场这种谈话常有。就算我见到这女的我也不认识,也不知道人家姓甚名谁。那女的正哭哭啼啼倒苦水,迪克打断她说:'别扯那

些。我就想知道你有没有勾引史密斯?'

"他教名不是史密斯,是我们这儿的一个工头,给迪克干八年了。

"'啊呀呀,没有的事,先生。'我听那女的回他,'是他先缠着我,我一直想法子躲他的。再说啦,我丈夫脾气暴躁,我指望他能保住这儿的工作。他给您干了快一年啦,没人说他干得不好不是?从前,好长时间我们净打短工,日子过得好苦。不怪他,他不灌黄汤,他老是——'

"'打住。'迪克打断她,'他工作和习惯跟这件事没关系。你肯定从没勾引过史密斯先生?'她肯定极了,又说了十分钟,细数那工头如何惹她、缠她。她嗓音好听——那种甜甜的、怯怯的女人味儿,不用说,相当迷人。我都只好尽力克制不偷看,真想见识见识她的相貌。

"'那昨天上午打的那一架,'迪克道,'难道是小事一桩?我是说,除了你丈夫和史密斯先生,四邻八舍都不知道你家大打出手?'

"'知道,先生。您瞧,他无权闯进我家厨房。我老公又不在他手下干活儿。他一只胳膊搂住我就想亲,这当口我老公进来了。我老公脾气暴躁,可身体不壮实,史密斯先生一个能顶他俩。所以我老公就拔刀子,史密斯先生抓住了他胳膊,两个人就在厨房里乒乒乓乓打起来。我晓得要出人命,就冲出门喊救命。旁边农家的乡亲们都听到了闹哄哄的动静,因为他俩砸烂了窗户和炉灶,屋里到处冒烟,一地炉灰,邻居们好歹把他俩拉开。我啥也没干,不该这么丢人现眼。您晓得的,先生,长舌妇们会嚼舌头的。'

"说到这,迪克要她住嘴。又花了整整五分钟才把她打发

249

掉。她最担心的是她老公被开除。听到迪克的话,我就等着。他还没决定呢。我知道那个工头会接着进去,他进去了。我真想亲眼看个究竟,可惜只能偷听下去。

"迪克劈头盖脸一顿发作,数落那工头丢人现眼。史密斯承认的确打了一大架。'人家说没有勾引你!'迪克指责他。

"'那她撒谎!'史密斯说,'她跟我抛媚眼,就是勾引!打开头她就向我抛媚眼。昨天上午可是她亲口说要我去她家厨房的。我们没想到她老公来了。看见她老公,她才开始反抗,还说什么没勾引!'

"'别扯那些不要紧的。'迪克打断他。'是不要紧,但对洗刷我的清白很要紧。'史密斯顶嘴。

"'不,对洗刷你的清白也不要紧。'迪克回答。我听见他声音变得冷酷严厉,法官似的。史密斯不明白,迪克就告诉他,'史密斯先生,你错在打架滋事,弄出丑闻,给女人们整整四十分钟嚼舌头的机会,有损农场的纪律和秩序。这一切都归结到一个严重问题——降低了农场的效率!'

"可史密斯还是不明白。他以为错在追求有夫之妇,有悖社会道德。他就辩白求情,说那女人如何如何勾引他,好减轻自己的罪名。'福雷斯特先生,男人总归是男人。我承认,她让我变了傻瓜,我让自己变了傻瓜。''史密斯先生,'迪克说,'你给我干了八年,六年是工头。对你的工作我没话说,你很清楚如何应付工作。至于你个人的道德品质,我才不在乎。我才不管你是摩门教徒还是土耳其人,你的私人行为是你自己的事,只要不影响你的工作或我的农场,我根本不管。我的车夫,不论是谁,星期六晚上、每个星期六晚上,就算喝酒喝昏头,那也是他自己的事。但要是星期一早晨还没醒酒,拿我的马儿撒气,让马受

惊、受伤,危害到我的马,或者耽误星期一该干完的活儿,那一刻我就要管了,车夫肯定就得倒霉!'

"'您,您是说,福雷斯特先生,'史密斯结巴了,'那,那我得倒霉?''正是这意思,史密斯先生。你必须倒霉,不因为你钻了别的男人的篱笆墙——那是你和他之间的事——而因为你制造了麻烦,降低了农场的效率!'

"知道吗,埃文,"波拉中断她的故事,"迪克从一排排农场数据中看出来的人类悲剧,比普通小说家从大城市一大串事件中看出来的还要多。就说奶产报告吧——就是挤奶员提交的个人报告——从早到晚,什么名字的奶牛产奶多少磅、多少磅,又什么名字的奶牛多少磅、多少磅。他根本不用知道挤奶员姓甚名谁。但只要牛奶减产,他就会问奶牛场的工头,'帕克曼先生,巴奇·佩拉塔成家没有?''成家了,先生。''是不是跟老婆吵架呢?''是的,先生。'

"要不就是,'帕克曼先生,辛普金斯长期保持咱们挤奶员的最高纪录。可现在落后了。出了什么事?'帕克曼先生说不上来。迪克就交代:'去查查,他肯定有烦心事。像亲叔叔一样跟他聊聊,咱们得帮他赶走烦心事。'帕克曼先生就去查清楚。原来辛普金斯的儿子一面打工,一面念斯坦福大学,可是误入歧途,进了班房,因为伪造文书,正等着受审判呢。迪克派自己的律师去摆平了案子,让孩子出狱缓刑。辛普金斯的挤奶纪录就恢复了高水平。结果最妙的是,孩子变好了。迪克一直关心他,资助他念完大学的工程专业。他如今为迪克工作,负责排水工程,每月挣一百五十块钱,成了亲,前途一片光明,他父亲依然在挤奶。"

"你说得对。"格雷厄姆同情地咕哝,"我叫他'大心'叫得对。"

"我管他叫我的万代石。"波拉满怀感激,"他太结实了,什么风雨都不怕。哦,你对他真不了解。他这人自信,敢担当。这辈子就没惨败过。上帝眷顾他,总是眷顾他。他从没被人打倒在地……至今没有。我……可不想看他被人打倒,太伤心了。而且,埃文——"她把手恳求地伸过去,却化作了半爱抚,"我现在为他揪心,不知如何是好。我不是为自己忽冷忽热,犹豫不决的。哪怕他等而下之,哪怕他小肚鸡肠、优柔寡断,或有一点点的卑鄙无耻,哪怕他从前被打倒过一次,哎呀,亲爱的,亲爱的,我都早就跟你跑啦。"

她忽然两眼泪盈,按按他抚慰的手,恢复自持,又接着讲迪克那件事:

"迪克对那工头说:'史密斯先生,我认为,你的一根小手指头,对我、对世界,都比那位丈夫的全部身体更值钱,听听关于他的报告:顺从,谄媚,不机灵,不强壮,充其量一名无足轻重的工人。然而,你必须倒霉,我非常非常抱歉。'

"是的,还有好多。我给你讲的只是大概。你看看迪克的规矩。他就是循规蹈矩,给每个人画个框框。各人随心所欲,只要没伤到自己周围的人群,就不关别人的事。他认为,史密斯先生完全有权喜欢那个女人和被那个女人喜欢,要是事情果真如此的话。我老听他说,爱情强留不住,也强留不得。真的,我要是跟你走,他就会说'祝福你们,孩子们。'尽管这么说会叫他心碎。他认为逝去的爱情不应左右现在。听他说过,相爱双方时时在为对方付出,也得到了完全回报。他坚称根本没有感情债这回事,为情感损失索赔,简直荒唐可笑。"

"我赞成他的话。"格雷厄姆道,"'你答应过永远爱我'——

被抛弃的情人说,然后就使劲要账,好像兑现一张值很多钱的情感期票。钱就是钱,可爱情要么存活,要么消逝,消逝了还怎么兑现?我们意见都一致,解决办法就简单了。我们相爱,这就够了。干吗还要拖延下去?"

他俯身向她,手指在她置于键盘上的手上流连,先吻吻她的秀发,再慢悠悠把她的脸抬起来,吻她乐意的红唇。

"迪克不像你这样爱我,"她说,"我是说,没你这么狂热。他拥有我很久了,我觉得我已成为他的一种习惯。认识你之前,我就常常,常常,怀疑他到底更在乎我,还是更在乎这座农场。"

"挺简单的事,"格雷厄姆怂恿道,"咱们只要实话实说。咱们走吧。"

他把她拉起来,作势要去。

但她突然抽身,坐下来,双手捂住通红的脸。

"你不懂,埃文。我爱迪克,我会永远爱他。"

"那我呢?"格雷厄姆厉声问。

"哦,那还用说。"她莞尔一笑,"除了迪克,你是唯一这样子……亲吻我的人,也是我唯一这样亲吻过的人。可我拿不定主意,这场三角恋——照你的说法,必须给我想法子解决。我自己没办法。我比较你们,掂量你们,猜度你们。我记得和迪克过去的所有岁月。我拷问自己对你的感情。可我说不清,说不清。你很优秀,我很爱你。但迪克比你更优秀。你——你更性感,更——得找个词形容你——你更有人情味,我想。这就是为什么我更爱你……或至少我以为我可能更爱你的原因。

"请等等。"她抵挡他,双手抓紧他的手不放,"还有话要说。我记得和迪克过去的日子。但现在记得他,将来也会记得他。我受不了任何男人怜悯我丈夫,受不了你会怜悯他。我承认更

253

爱你,你就肯定怜悯他了。就为这个我没了自信,就为这个我往后退,我不知如何是好呀。

"要是因为我的行为叫任何男人怜悯迪克,我会羞死的。真的,会羞死。我能想得出的最可怕的事就是迪克被人怜悯。他一辈子从没被人怜悯过,他从来占上风——聪明、快活、强壮、一往无前。再说了,他也不该被人怜悯。都怪我……还有你,埃文。"

她猛然推开埃文的手。

"每一个动作,每一次允许你碰我,就会让他可悲。难道你不明白我有多纠结吗?而且还有我的自尊心。让你目睹我种种小事对他不忠,比如这个——(她再次握住他的手,用柔软的指尖爱抚)——伤害了我对你的爱,轻贱了我自己,肯定也轻贱了你眼里的我。想到我这样做对他不忠,我就畏缩——(她将他的手贴上脸颊)——就给了你怜悯他、指责我的理由。"

她安抚脸颊上他那只不安分的手,几乎茫然沉思地细细看,却又视而不见,翻过手掌,幽幽地吻上去,旋即被格雷厄姆拉了起来,被紧紧拥入怀中。

"你看你看。"她一面挣脱自己,一面嗔怪。

*　　　*　　　*

"为何要跟我说迪克那些事?"另有一回二人策马并行时,格雷厄姆问,"好赶开我?保护你自己吗?"

波拉点点头,迅速补充说:"不,倒也不是。你明知我不要你离开……离我太远。说那些,是因为我心里有迪克。你得明白,十二年来,他填满了我的心。说那些,我想,是因为……因为我在思考,思考!想想眼前这局面!你在插足一桩美好婚姻啊。"

"我知道,"他回应,"我也不愿意插足,是你硬不肯跟我走,我才插足的。我管不住自己。我尽量不想你,强迫自己想别的。今早写了半章,可我知道写得很烂,还得重写。不想你我也照样写不下去。南非及其人种学怎么能跟你比啊?只要接近你,我胳膊就不由自主会抱你。而且,老天做证,你乐意我抱你,你乐意的,你明明知道。"

波拉收紧缰绳,示意要飞奔,但先顽皮地一笑,坦白了。

"亲爱的插足者,我的确乐意。"

波拉半推半就。

"我爱我丈夫——别忘了!"她会警告格雷厄姆,但旋即却倒在他的怀抱之中。

* * *

"谢天谢地,总算只有咱们三个人啦。"波拉大叫,一手拽迪克,一手拽格雷厄姆,往大厅里迪克最中意的那张长沙发拉去,"来吧,咱们就坐地上,讲讲君王之死的悲惨故事。来吧,老爷们,神气的莽汉们,最后的太阳落下时,咱们来聊聊世界的末日。"

她兴致勃勃,迪克大吃一惊,她居然点燃了一支烟!十二年来,她吸烟的场合屈指可数,只在哪位女主人力劝她给某位吸烟女客面子的时候才会吸一支。迪克在为自己和格雷厄姆调苏打威士忌时再吃一惊,她居然要他也给她调一小杯!

"这可是威士忌。"他提醒。

"得啦,就小小一杯嘛,"她硬要,"咱们就成了三位好伙伴,一起震惊世界。等你俩鼓足了精神,做好了准备,我就是北欧武神,给你俩唱一支武神之歌。"

她比平日话多,千方百计想让丈夫坦陈心事。迪克意识到了,尽管他十分听话,对金发碧眼的北欧战神大败太阳神的主题尽情发挥。

她想要他跟我竞争啊——格雷厄姆心想。其实波拉根本没想那么多,她开心的是都爱她的两条好汉坐在一起的那份壮观。两个男人正聊着打猎猛兽的乐事,她心头闪过一念——还有哪个小女人俘获过比眼前男人更大的猎物呀?

她盘腿坐在沙发上,这地方,一转头就能看见格雷厄姆懒洋洋怪舒服地靠在一把大椅子里,也能看见迪克,撑着双肘,懒散地卧在一堆椅垫里。他俩聊天时,她目光从这一个看到那一个。他俩聊着战斗和战役,满口冷酷的现实主义字眼儿。而她自己思绪也随之刀光剑影,腥风血雨起来,直到观察迪克时可以心平气静,不再为多日来对他的怜悯而时时心痛。

她为他得意——哪个女人看他都觉得英俊潇洒,赏心悦目。但她不再为他难过。他俩说得对,这就是场打猎——快者胜,强者胜。他俩从前都参加过比赛,打过仗。那她为什么不?她继续观察,反复自问。

他俩并非修道士,这两个男人。他们过去当然活得放荡不羁,然后就神秘地走向她。日以继夜,他们曾拒绝过女人,也像她这样的女人。至于迪克,毫无疑问——她甚至听到过传言——他那场全球大冒险中当然有过别的女人。男人终归是男人,而他俩又是如此优秀的男人。她一阵火烧似的忌妒,忌妒那些他们肯定有过的女人,结果心肠硬起来。"他们发现乐趣,于是享受"①,吉卜林的诗行从脑中掠过。

怜悯?她为何要怜悯,难道她不更应该被怜悯吗?整个事

---

① 此处引用的诗行来自吉卜林的诗《女士们》。

情太大、太自然,无法怜悯。他们在玩一场大游戏,谁都不会赢。她胡思乱想,转而考虑到结局。她向来回避这类考虑,但被那一小杯威士忌壮了胆。她想到了前面的大祸,这大祸模糊无形,但真真可怕。

迪克使她恢复了自持,他故意在她一直茫然凝视的空气中做个抽取的动作。

"看到什么了呀?"与他目光相接时,迪克打趣她。

他满眼笑意,她虽有长长睫毛的掩饰,还是一眼看出,他洞察一切。此时,她确定他知道,确定无疑。从他目光中看得出,所以她才掩饰自己。

"辛西娅,辛西娅①,一直在想她呢。"她故作开心对他哼唱道。他继续聊天时,她伸手拿过他半空的酒杯啜饮一口。

该来的就来吧,她硬挺着,她要玩到底。这就是痴狂,但这就是命运,就是生活。从来没这样活过,值得一试,不论到头来要付出何等代价。爱情?她真爱过迪克吗?现在才明白爱情原来可以如此激情迸发。过去那么多年,是不是自己把喜欢之情错当成了爱情?目光落到格雷厄姆身上,她心头一烫,承认为他神魂颠倒,而迪克从未使她这般自失。

不胜酒力,她心跳加快。迪克漫不经心瞟上几眼,便觉察和洞明使她红颊红唇、光彩倍增、魅力四射的根由。

他话越来越少。这场关于太阳神毁灭者的讨论,因双方就事实取得一致,自然停止。最后,迪克扫一眼手表,直起腰,打个呵欠,舒展双臂,宣布:

"该上床啦。这位白人兄弟的脑瓜瞌睡得转不动啦。埃

---

① 希腊神话中的月亮女神、狩猎女神,代表光明、勇敢、聪慧。

文,来杯睡前酒如何?"

格雷厄姆点头同意,二人都觉得需要一杯补一补。

"酒鬼太太也来一杯?"迪克问波拉。

但她摇摇头,两个男人喝酒时,她忙着收拾钢琴旁的乐谱。

格雷厄姆替她合上琴盖,迪克在门口等,于是领先他们十几英尺。一路走,格雷厄姆照波拉吩咐,一一关掉走道里的灯。迪克等在分道处,格雷厄姆去塔楼卧室前该在这里道晚安。

最后一盏灯熄灭。

"哎呀,那盏灯别关,傻瓜。"迪克听到波拉叫一声,"我们通宵亮着的。"

迪克没听出什么,但黑暗让他燥热。他骂自己曾在黑暗中拥抱过她,因此灯再亮之前,也知道他们黑暗中已快快抱过了。

他俩朝他走来,迪克发觉自己不敢看他们的脸。他不愿正视波拉长睫毛遮掩下的坦率目光,又为如何跟格雷厄姆道个寻常晚安且不失态而伤脑筋,便手忙脚乱点燃一支烟。

格雷厄姆岔向他的路去了,迪克才从背后喊出一声:"书写得怎样啦?到哪章啦?"波拉正把手放到丈夫手心里。

波拉和迪克朝前走。她让他拉着手,还一路晃荡他的手,蹦蹦跳跳,叽叽喳喳,活像跟着大人的小丫头。而他灰溜溜地猜度着,不知她何计应对那躲避已久的晚安长吻。

已来到二人分道处,她显然还没决定。依然摇晃他的手,兴高采烈嘴不停,跟着他进了办公室。到这里,他决意投降——他既没心思也没力气再等她玩小心机了,不论什么小心机。

他假装突然记起,手朝书桌一挥,捡起一封信。

"我答应明儿一早给录音机留好答复的。"他解释一句,按一下录音键,立刻开始口授。

录完第一段,她的手还在他手心里。随后,他感到她手指头挣脱的力量和她悄声的晚安。

"晚安,宝贝。"他机械地回应,继续口授回函,仿佛忘却了她的离去。

他不停地讲下去,直到确定她已完全听不见。

第二十八章

那天上午迪克对布雷克口授信函和下指令时,十几次差点想说把其他信函先放放吧。

"叫上亨尼西和门德霍尔。"他交代布雷克。可是十点钟布雷克收好笔记起身要走时,他又吩咐:"你应该到种马场去追上他们。叫他们上午别来,明天上午再来好了。"

邦布莱特进来了,准备速记接下来的一小时内迪克与经理们的谈话。

"对了,布雷克先生,"迪克叫道,"跟亨尼西问问'阿尔登·贝西'的情况。"又对邦布莱特解释一句:"那匹老马昨儿晚上情况不妙。"

"福雷斯特先生,汉理先生必须马上见您。"邦布莱特报告。见老板不悦地眉头一皱,他又补充道,"是巴克艾大坝管道的事,设计图纸有严重缺陷。"

迪克只好认了,与工头和经理们又商谈了一个小时。

和沃德曼讨论浴羊药液正热闹,迪克忽然离开书桌,走到窗户跟前。窗外人欢马叫,波拉的笑声吸引了他。

"要带上那个蒙大拿州的报告。我今天给你送一份。"他注视窗外接着说,"他们发现那配方不管用,不像杀虫剂,更像镇静剂。药效不够大……"

四匹马一群,跑过他的视野。波拉夹在马丁内斯和弗罗里格中间,这两位是迪克的老朋友,一个画家,一个雕塑家,乘早班火车来的。波拉正和他俩逗乐。第四位是骑着"塞利姆"的格雷厄姆,稍稍殿后。一班人马就这样过去。但迪克很快就想到,他们会变成两人一组。

十一点刚过不久,他就烦躁不安,点支烟转进了大院子。这里,他冷冷一笑——种种迹象表明,波拉的金鱼疏于照料。这些又让他想起波拉的秘密小院,那儿的喷水池中养着她精心挑选、更为养眼的金鱼。他朝小院走去,穿过没有门把手的几道门,这几条通道只有波拉和仆人知道。

这是迪克送给波拉的最贵重礼物。这种爱的慷慨奢华唯有财富如山的君王才办得到。迪克任她花钱,任她挥霍,拿她用过的支票簿存根逗弄他从前的监护人寻开心。这小院与大宅的设计图和建筑物不关联,深藏不露,也就对大宅的线条和颜色毫无影响。真是景观中的景观,却不常示人。除了波拉的妹妹和闺密们,偶尔允许艺术家进去赞叹一回。格雷厄姆听说过小院,但连他,波拉也没让见过。

院子圆形,够小,不给人一点点宽敞的联想。大宅由结实的水泥筑成,而这里用的是精美的大理石。环绕小院的拱廊由精雕细刻稍显嫩绿的白色大理石构成,好不让任何反射的炫光刺眼。石柱与石柱撑起的低矮拱廊上盛开着淡粉色的石刻玫瑰,那里,一张张帕克①似的幽默笑脸取代了咧嘴笑的滴水兽。迪克沿拱廊下玫瑰色大理石的铺道施施而行,让美丽慢慢、慢慢渗透身心,温暖情绪。

---

① 帕克:莎翁喜剧《暴风雨》中的小精灵。

仙境般的小院核心是座喷泉,由不同层次的三座互通的浅水池组成,白色大理石,精美如同贝壳。浅池上方嬉戏着真人大小的娃娃,粉色大理石精工雕刻。有的在水池边探头窥视;有的要抓金鱼,一脸渴望;一个,仰卧地上,笑对蓝天;另一个,岔开胖出圆涡的小腿在伸着懒腰;有些池中戏水,有些藏身红玫瑰、白玫瑰花丛,但全都与喷泉相互接触。大理石的颜色太美妙,雕刻太生动,简直就是人间幻境,那不是雕塑,就是一群活泼的小天使。

迪克高兴地打量那些粉红色的娃娃良久,烟抽完了,还捏着熄灭的烟头。那才是她需要的啊——宝宝,娃娃,他想。她一直很想要孩子。她明不明白……他叹口气。忽生一念,朝她最喜欢的座位看去,心想,位子上肯定看不到她常做的那堆好看的针线活儿啦——这些日子,她针线也懒怠做了。

他没走进拱廊后的画廊——里头收藏着波拉精选的油画、蚀刻版画,以及她喜欢的欧洲各画廊艺术品的大理石或青铜复制品——却登上楼梯,走过楼梯平台上辉煌的胜利女神像,楼梯在这里分道。他继续往上,走进占据这侧整整一层的她的住处。不过,他先在胜利女神旁边驻足,俯视一番仙境般的院子。他承认,这院子是块色彩与切割都尽善尽美的宝石,虽然是他出资,但创意与建造却全是她的——她的一项杰作。这是她长久的梦想,他帮她实现了。可如今,他想到,这对她已毫无意义。她绝非唯利是图之辈,这点他了解。但假若留不住她的心,这园子就会沦为廉价珠宝,毫无价值了。

他在她房间里乱转,目光凝注却视而不见,然目力所及,洒去一片深情。如同她其余的一切,所有陈设别出心裁,具备她独有的韵致。但他扫一眼浴室,看到深陷的罗马风格浴缸,立刻在意地记住那儿的水龙头在滴漏极小的水滴,得叮嘱农场的水管工。

他当然要看她的画架,满以为不会发现新作,却出乎意料,正对一幅他自己的肖像。他知道她从照片临摹人物姿态和线条,再凭记忆完成画面的本事。她正在照着画的那张照片碰巧是张他骑马的快照。坐骑"恶棍"总算安分了一回,安分了片刻。迪克手握帽子,头发凌乱得恰到好处,面部放松,没意识到要被抓拍,那一刻正对着镜头。即使肖像摄影师也不可能捕捉得更像了,画面上,他的头和肩被波拉放大,她正画着这部分。这幅肖像已超过那张照片,因为迪克发现了她自己的手法。

惊异之中,他过细再看。那眼睛、那面部的表情,是他吗?再看看那张照片,没发现那神态。他走近屋里一面镜子,放松面部肌肉,任思绪牵扯到波拉和格雷厄姆。只见他眼中脸上慢慢地就显露出画像中的神情。他不相信,回到画架旁再次证实。波拉知道了,波拉知道了他知道,她是从他脸上看出来的——当那表情不经意地出现在他脸上之时——然后,她凭借记忆,在画布上再现。

波拉的华人女仆阿亚从衣帽间那头走进屋,他目睹她朝他走来,她却浑然不觉。她眼睛看地,心事重重。迪克发现她愁眉苦脸,但往日眉头微锁的那份渴望,使她被起这么个名字的那种表情已经消失。显而易见,她已不再渴望。但她眼睛看地,心事重重。

看起来人人的面孔都在诉说心思呢,他暗暗自嘲。

"早上好,阿亚。"他把她吓了一跳。

她回应问候,他从她眼中看到了同情,这双眼睛对他注视良久。用人中头一个猜到波拉秘密的人。得相信她,这个陪伴波

263

拉时间最多的人。

阿亚嘴唇颤抖,把颤抖的双手绞在一起,正壮起胆子——他看得出——她有话要说。

"福雷斯特先生,"她犹犹豫豫地开口,"没准儿您当我傻,可我还是要说。您,心肠好。您,就像我妈。您待我好很久了……"

她犹豫着,舌头润润慌乱的嘴唇,然后鼓起勇气看着他眼睛说下去。

"福雷斯特太太,她,我觉得……"

但迪克的脸色变得叫人害怕,她慌得说不下去,而且迪克推测,她想到要出口的事就难为情,脸涨得绯红。

"福雷斯特太太画得真好。"迪克帮她找个台阶下。

华人女孩叹口气,久久地看着迪克的肖像,那种同情又出现在眼神里。

她再叹口气,但迪克听出她话音里的冷漠:"是的,福雷斯特太太画得真好。"

她突然果断地审视他,打量他的面容,再转头看着画布,指着那双眼睛。

"一点也不好。"她说。

口气严厉,有点怒气冲冲。

"一点也不好。"她迈步朝前走,回头又甩一句,语气更响亮,更严厉,消失在波拉的睡台上。

迪克一挺肩膀,不自觉地面对快要临头的祸事。呣,结局开头啦。阿亚知道了,很快,更多人就会知道,所有人都会知道。他倒有点高兴,因为折磨人的悬而未决不会太久了。

但动身离开时他吹起了口哨,一支快活的小调,好告诉阿亚,目前为止,就他所知,世间一切都美好。

* * *

　　同日下午,趁迪克与弗罗里格、马丁内斯还有格雷厄姆出门不在,波拉也悄悄来到迪克住处。在他睡台上,她逐一检视他那一排排按钮,他床头那连接着他和农场所有地方以及加州多数其他地方的开关板,他那道旋转门上的照片,等他阅读的整齐排列的书、杂志、农业快报、烟灰缸、香烟、涂鸦板还有暖壶。

　　她的照片,睡台上唯一的照片,吸引了她的注意力。照片挂在气压计和温度计的下方,她知道这地方他看得最多。她灵机一动,把那张笑脸翻过去朝向墙壁。她从镜框背面那片空白看到床,再从床看到镜框,又赶紧把镜框翻回来,露出那张笑脸。照片适得其所,她想,真是适得其所。

　　墙上那把从床头摘取很方便的装在枪套中的大自动手枪,抓住了她眼球。她伸手轻轻抬起枪把,果然如她所料,枪套没扣上——迪克就这样,不论多久不用,他也绝不会让枪固定在枪套里。

　　回到办公室,她庄重地四下转悠,看一眼庞大的公文系统、图表、蓝图柜、参考书旋转书架、一长排一长排装帧结实的牲畜登记册。最后来到图书面前——整齐的一排小册子、装订成册的杂志文章,还有一套厚薄均匀、雄心勃勃的十二卷大部头。她费劲地读着标题:《加州玉米》《青贮饲料实践》《农场管理》《农场账务》《美洲夏尔马》《土壤腐殖质毁损原因》《青饲料作物》《加州苜蓿》《加州植被》《美洲短角牛》——看到最后这本她深情莞尔,想起了他当年掀起的那场大论战,他力主分别饲养肉牛、奶牛,而反对养奶肉双用牛。

她抚摸着一本本封底,闭上眼睛,把脸贴上去。哦,迪克,迪克——一缕思绪涌上心头,又渐次消退,化作淡淡忧伤,终被赶走,因为她不敢往下想。

书桌也是典型的迪克风格,井然有序。一切干干净净,除了铁丝篮里那些已打好等他签字的信件及特别厚的一摞黄色纸张,这是从埃尔多拉多经电话接力传递,再由秘书们打字的一摞电报。她漫不经心地扫一眼最上面那份的起头几行,碰上令她不解且好奇的一条消息。仔细一看,她眉头一锁,便接着往下看那摞电报,直至得到证实。杰里米·布莱克斯顿死了——亲切和善的大块头杰里米·布莱克斯顿。一群酒后发疯的墨西哥苦力在山中追杀了他,他当时正设法翻过大山,从哈韦斯特逃往亚利桑那。发电报时间是两天前。迪克知道两天了,却不说,不想让她担心。还有更要紧的,此事意味着金钱损失,意味着哈韦斯特集团每况愈下。这就是迪克的行事方式。

而且杰里米死了!房间仿佛突然变冷,她打一个冷战。生活就是这样——路尽头永远是死亡。她自己的无名恐惧再次降临。前头就是毁灭。为谁死?为谁毁灭?她不想猜下去。毁灭就够了。想到这里,她心头沉重。她缓步走出房间,静悄悄的屋子同样沉重。

第二十九章

"这种小鸟般的美感只有小夫人才具备。"特伦斯道,从阿哈向客人挨个儿送上的托盘里取了一杯鸡尾酒。

距晚餐还有一小时,格雷厄姆、利奥、特伦斯·麦克费恩碰巧在男士屋凑到一起。

"不,利奥,"爱尔兰人警告青年诗人,"一杯就够啦。你脸都红了,再喝一杯就该着火啦。在你那小脑瓜里把美和烈酒搅和在一起可不对头。酒就留给大人喝吧。酒这东西认缘分,你没缘分。至于我——"

他喝干杯子,停下,让舌头回味。

"这是女人喝的东西。"他摇头谴责,"不喜欢我,不咬我,有点怪味道。阿哈,伙计,"他呼唤华佣,"给我调大大一杯苏打威士忌——要烈的。"

他横着四根并拢的手指,比画倒酒入杯的高度,阿哈问他要哪种威士忌,他回道,"苏格兰式或爱尔兰式,波旁或黑麦都行——哪个近就倒哪个。"

格雷厄姆对华佣摇摇头,对那个爱尔兰人笑道:"特伦斯,你休想把我给喝倒,我可没忘记你对奥黑捣的鬼。"

"让你惦记真是意外。"特伦斯回答,"他们都说,谁要是感觉不好还怂恿他喝酒,就好比用棍子抽他。"

"那你自己呢?"格雷厄姆追问。

"从没被棍子抽过。我这人没什么阅历。"

"可是,特伦斯你刚才还评价……福雷斯特太太呢。"利奥求他,"听起来像一番好话。"

"好像还能是别的一样。"特伦斯指责,"不过正如我刚才所说——这种小鸟般的美感只有小夫人才具备——啊呀,不是那种蹦来跳去、摇尾巴的小鸟,也不是羽毛光溜、神气十足的小鸽子,是那种欢天喜地的小鸟,就像阳光下在喷泉边上点水的野生金丝雀,老在唧唧啾啾歌唱,快乐的歌喉洋溢着金子般的激情——小夫人就像这种小鸟。我观察她很久了。

"愿世间万物都奉献给她岁月的激情——长春花没资格比薰衣草颜色更深;一枝红红的玫瑰在风中翩翩起舞;阳光下花丛中,一朵绝美的公爵夫人玫瑰盛开绽放,正如她对我说的,'特伦斯,这玫瑰朝霞般灿烂,形状犹如一个吻。'

"所有这一切她都赞羡不已——坐骑'公主'银子般嘶鸣,霜晨羊铃叮当作响;山坡上、阳光下,安哥拉羊群美丽如画;紫色羽扇豆爬满篱笆,长长绿草覆盖山坡;夏日炙烤的群山,犹如褐色的雄狮匍匐远方——我甚至见过小夫人阳光照耀下的玉臂和秀颈,绝色性感啊。"

"她就是美之精魂,"利奥咕哝着,"男人愿为她这样的女人去死,可以理解。"

"而且男人更愿为她们活下去,疼爱她们,可爱的宝贝们。"特伦斯补充。

"听我说,格雷厄姆先生,告诉你个秘密。我们这帮瘦果鹃林下的哲学家,我们这些生命的残骸与废料,靠迪克的慷慨馈赠在这里安逸偷生,其实是个情人兄弟帮。我们的心上人儿就是同一个——小夫人。我们靠聊天做梦打发光阴,绝不肯为上帝、为国家、为魔鬼伸出一只手,却宁愿做小夫人的效忠骑士。"

"我们愿为她赴死。"利奥一面肯定,一面缓缓点头。

"不,孩子,我们愿为她活下去,愿为她战斗,死太容易啦。"

格雷厄姆字字明白。年轻人不明白,但他那双从灰白乱发下窥探的凯尔特式蓝眼睛,对局面的认识不会错。

楼梯上传来男人的说话声,马丁内斯和达尔·海尔进来时,特伦斯在说:

"人家都说眼下加利福尼亚天气好着呢,还听说金枪鱼都争着咬钩哪。"

阿哈挨个送上鸡尾酒,手忙脚乱,因为汉考克和弗罗里格也跟着进来了。特伦斯一杯接一杯,性急地灌下面无表情的华佣为他挑的酒,一面老父亲似的,对利奥历数喝满杯的习惯有多罪过、多讨厌。

阿麦进来,手握一张折好的纸条,看看这个,看看那个,不知该给谁。

"这里,走路如风的神仙。"特伦斯招手叫他。

"一份请愿书,措辞甚为得体。"特伦斯看完内容解释道,"欧内斯廷和鲁特已经到了,这是她俩写的请愿书。听好了——"他念道:"啊,尊贵可敬的牡鹿们,两只可怜温顺的牝鹿在林中孤独流浪,谦恭地恳求晚餐前能获准进入牡鹿领地歇息片刻。"

"比喻乱而不当,"特伦斯道,"不过她们态度还不错。这是规矩,迪克给男士屋定的规矩——倒是条好规矩:未经男士一致同意,女士一律不得入内。先生们准备好回答了吗?同意的请说'是'。反对的有吗?那就同意啦。"

"阿麦,脚下生风,快请小姐们进来。"

"'脚踏君王扔过的鞋子。'"利奥添一句,噘起嘴,崇敬地嘟嘟哝哝,爱意绵绵。

"'他将践踏君王的夜祭坛,'"特伦斯完成这句诗,"是个大人物写的诗呢,是利奥的朋友,是迪克的朋友,我要得意地宣布,也是我的朋友。"

"还有另一行,"利奥说,"来自同一首十四行诗。"他向格雷厄姆解释,"请欣赏这个:'倾听晨星动人的歌吧'哦,听啊,"诗人压低嗓音,满腔对美丽词语的钟爱,"'他手捧香消玉殒的美人,犹如尘灰。他将重塑未来的梦想吗?'"

波拉的妹妹们进来了,利奥住口,腼腆地起身迎接。

*　　*　　*

那天的晚餐与林下贤哲们在场的任何晚餐相同。迪克与平日一样爱争论,就伯格森的形而上学与阿伦·汉考克展开激辩,用尖锐的现实主义攻击伯格森。

"你的伯格森就是个江湖骗子哲学家,阿伦,"迪克概括道,"跟江湖骗子一样,兜售满口袋形而上学的假药,全都用已经证实的最新科学事实打扮得漂漂亮亮。"

"没错儿,"特伦斯赞同道,"伯格森就是江湖骗子思想家,所以才走红。"

"我反对。"汉考克插嘴。

"你先等等,阿伦。对这问题我可有些朦胧认识。趁它还没展翅高飞蓝天之前,让我抓住它。迪克方才拿获了伯格森的假货——直接从科学宝库里偷来的。他那份自信是从达尔文那儿偷来的——达尔文建立在适者生存理论之上的道德力量论。

伯格森偷到这理论怎么办?加上点儿詹姆斯的实用主义,用人类再生的永恒希望粉饰一番,使之通体闪耀尼采的'过度的成功无可比拟'①的调调。"

"你是说王尔德的调调。"欧内斯廷纠正他。

"天晓得,你要不在场,我盗用的话就是自己的啦。"特伦斯叹口气,朝她一鞠躬,"总有一天古文物学者会裁判到底是谁的话。就个人而言,我要说,这听起来倒是玛土撒拉②的调调。不过,正如我说,在我荣幸地插嘴之前……"

"有谁能比迪克更自信?"阿伦后来挑起话头,而波拉的明眸正对格雷厄姆脉脉含情。

"昨天我去瞧了瞧一岁的公马。"特伦斯应道,"眼前依然是那些俊美如画的动物,我要问:还有谁贩卖假货?"

"可是汉考克的抗辩没空子可钻,"马丁内斯斗胆发话,"没有神秘,这世界就太刻薄、太无益了。迪克眼中却没有神秘。"

"那你冤枉他了。"特伦斯防守,"我了解他。迪克承认神秘,但不是吃奶娃娃的那一种。他不承认荒唐故事,比如你们浪漫主义者大吹大擂的那些东西。"

"特伦斯懂我。"迪克直点头,"世界会永远神秘。在我看来,人类的意识并不比制作一滴水的气体的反应更为神秘。承认那种神秘的话,所有更复杂的现象就不复神秘。那种简单的化学反应就好比几何学大厦建立于其上的一条原理。物质与力才是永恒的神秘,通过空间和时间这对神秘来表现自己。诸多表象并非神秘——神秘的是表象的内容,即物质与力,以及表象

---

① 此处引自奥斯卡·王尔德,原文为:"Moderation is a fatal thing; nothing succeeds like excess."意为:适度会致命;过度的成功无可比拟。
② 玛土撒拉:《圣经》人物,享年九百六十九岁。

的舞台,即空间与时间。"

迪克停下来闲闲地打量阿哈和阿弥的神情,他俩正好在对面上菜。二人一脸漠然,他觉得;不过他敢打赌,十有八九他俩知道让阿亚心烦意乱的那件事。

"你无言以对了吧。"特伦斯满脸得色,"迪克大获全胜——脚跟还站不稳就绝不要异想天开。而迪克牢牢扎根地面,基于事实与定律,对抗所有虚空幻想与泡沫的空谈……"

* * *

后来,晚餐桌上,没有人会想到其实迪克万事不如意。他似乎一心庆祝鲁特和欧内斯廷的归来,拒绝忍受哲学家们的严肃讨论,开心地玩着种种恶作剧。波拉跟着起哄,还推波助澜,不让他的玩笑放过任何人。

恶作剧之一是欢迎回家的亲吻礼,所有男人无一幸免。格雷厄姆有幸成为第一个被吻者,好让他见证其他人的狼狈相。男人们一个接一个被迪克从院子里引进来。

汉考克被迪克挽进屋,朝屋子中间站在一排椅子上的波拉和妹妹们走去。他疑心地打量一番,坚持要绕到她们背后走一圈。但看来除姑娘们头戴一顶男人的毡帽外,并无诡诈。

"我看挺好。"汉考克站到她们面前,仰头一句。

"真的很好。"迪克要他放心,"她们代表本农场最美好的形象,将执行欢迎之吻。挑一个吧,阿伦。"

阿伦旋风般感觉其中可能有诈,忙问:"她们三人都吻我吗?"

"不,从她们当中挑一个。"

"没被挑的两个不会感到我对她们有成见吧?"

"不反感我的胡子?"他又问。

"根本不介意。"鲁特告诉他,"我一直想知道亲吻黑胡子是啥滋味呢。"

"所有贤哲今晚都得在这儿接受亲吻,你就快点儿吧。"欧内斯廷催他,"别人都在等呢。我也没被一片苜蓿地亲过呢。"

"你挑谁?"迪克催道。

"都这么说了还有什么好挑的。"汉考克高兴地回答,"我亲我的心上人小夫人。"

他仰起嘴巴,波拉低头向前,对准方向,从她凹陷的帽子里往他脸上倾倒了满满一杯水。

轮到利奥,他也勇敢地挑了波拉,还毕恭毕敬地弯腰去吻她的裙裾,险些坏了这场好戏。

欧内斯廷指点他,"这不行,必须是真的亲。仰起你的嘴来。"

"让最后一个先来吧,利奥。"鲁特恳求,不想让他难堪。

他一脸感激,仰起嘴巴,可是脑袋后倾不够,结果鲁特帽子上的水都浇到了他的颈背。

"三位都得亲我,我的天堂就增加三倍。"是特伦斯面对艰难选择的对策。结果,他的献媚就同时得到三下水的浇洒。

迪克越闹越欢,他无法无天的鬼把戏简直人间少有。他叫弗罗里格和马丁内斯背靠门比一比,好平息他俩谁个子更高的纠纷。

"膝盖挺直,并拢,头后靠。"迪克命令。

他俩的脑袋刚靠到门上,门的另一侧咚地发出巨响,将二人吓一大跳。门呼地开了,原来是欧内斯廷,两手各持一根包布锣槌。

迪克手拿一只高跟缎子拖鞋,和特伦斯顶着一块床单,教他玩"鲍勃兄弟,我浮起来啦"的游戏,众人乐得沸反盈天。忽然,梅森、华森两家人,还有维肯伯格那一大家子不速之客,蜂拥而至。

迪克立即坚持一行人中的年轻人得接受亲吻欢迎式。十几个人会见更多人的喧闹声中,他也没漏掉洛蒂·梅森一句话:"哎呀,晚上好,格雷厄姆先生,还以为您早就走了呢。"

迪克在一大群客人临门的混乱中,依然保持着热情洋溢的快乐姿态,期待观察女人专盯女人的犀利眼光。没过多久,就发现洛蒂·梅森正这般犀利、猜疑地偷窥波拉。波拉碰巧和格雷厄姆面对面,在对他说话。

还没呢,迪克推断,洛蒂还不知道。不过,这种情况下,他肯定,猜疑常有的,算不了什么。发现纯洁无瑕的波拉跟自己同样具有女人的弱点比其他任何事,都更使洛蒂那颗女人的心窃喜。

洛蒂·梅森二十五岁,身材高挑,皮肤微黑,美貌无疑。迪克已然领教过,此人之胆大同样无疑。曾几何时,迪克被她吸引,他必须承认,是被她微妙地勾引,犯下了拈花惹草之罪,幸亏他不准自己如她所愿走得太远——他这厢逢场作戏,也只许她那厢逢场作戏。尽管如此,二人之间的打情骂俏已足以使他今夜就指望她而不是维肯伯格家别的女人,露出怀疑的头一个迹象。

"是呀,他舞跳得真好。"半小时后迪克走过去,听到洛蒂·梅森对年轻的麦克斯韦尔小姐说,"是不是啊,迪克?"还向他求证,目光直率,一副清纯模样,其实他明白,她在探他底细。

"说谁呢?格雷厄姆,肯定是。"他的回答不动声色,直截了当,"当然是他。咱们跳支曲子怎么样,让麦克斯韦尔小姐见识见识？虽说这里只有一个女人能让他放开速度跳。"

"那自然是波拉了。"洛蒂响应。

"波拉，当然。可不是嘛，你们这些小丫头根本跳不好华尔兹。从没机会学习。"洛蒂漂亮的脑袋一甩。"新舞蹈流行前，你可能还学了点儿，"他讨好一句，"不管怎么说，我要埃文和波拉开始跳，你做我舞伴，敢打赌，舞池只会有咱们这两对儿。"

一曲华尔兹才跳到一半，迪克停下来说："就让他们一对儿跳吧，值得一看。"

他站在一旁，兴致勃勃地观赏，目睹妻子和格雷厄姆跳到曲终。他知道身旁的洛蒂不时对他偷觑，已经打消了疑心。

众人纷纷翩翩起舞。夏夜太热，朝院子的大门道道敞开。时不时这一对，时不时那一对，转出大厅，在月光如水的长长拱廊下舞着，直到众人纷纷效仿跟了出去。

"他真是个大孩子。"波拉对格雷厄姆评论，二人在听迪克对所有人细数新买的夜间摄影机的种种好处，"你听到阿伦在餐桌上抱怨了，还有特伦斯的解释，迪克有多么自信。他这辈子就从没祸事临头，从没被打倒过。他的自信总是得到证实，就像特伦斯说的，总有人在贩卖假货。迪克知道，他真知道，可他太相信自己，太相信我。"

格雷厄姆被麦克斯韦尔小姐拉去跳舞了，波拉顺思路想下去。迪克到底并不怎么难受嘛。她原该想到的，他就是头脑冷静，这个哲学家。他对待失去她之痛，会和对待失去"山少年"、杰里米·布莱克斯顿之死、哈韦斯特集团矿山被淹的损失同样泰然自若。她嘲笑自己，对格雷厄姆热情似火，却嫁了一个不肯伸手抱紧她不放的哲学家，好难啊。一缕新思绪忽现心头，格雷厄姆令人着迷的还有人情味儿，还有激情似火。这一点他俩心

275

心相印。但是迪克,就连血气方刚、巴黎初遇的那些日子,也不曾使她燃烧过。迪克也是个好情人,伶牙俐齿,情话绵绵,情歌唱得她心花怒放。可是说不清,她对格雷厄姆的感觉就是不同,格雷厄姆对她的感觉想必也不同。再说,很早以前那些日子,迪克突然华丽出现之时,她对爱情和情人还那么稚嫩,缺少阅历。

这么想着,她便对迪克硬起心肠,不管不顾地对格雷厄姆热烈起来。人群、欢乐、兴奋、舞中的贴近与温存、夏夜的燥热、如水的月光、鲜花的幽香——齐齐煽起她的热情,她急切企盼能冒失地再与格雷厄姆共舞一曲。

"不需要闪光灯。"迪克在向众人吹嘘他的新相机。"是德国人的发明。普通光线下曝光半分钟就够了。最妙的是底片立刻就显影,就像普通的蓝图。当然咯,缺点是没法用底片印照片。"

"可要是拍得好的话,普通底片可以从它复制,然后再印照片啊。"欧内斯廷说得更细。

她知道那条大大的、长二十英尺的弹簧玩具蛇就蜷缩在那个玩具相机里头,只要迪克一捏那个圆球,那蛇就会弹出来,就像那种儿童玩偶盒。其他知道这机关的人也力主迪克去取相机,好一睹真容。

迪克离开的时间比自己预料得要长,因为邦布莱特在他书桌上留下几份电报,事关墨西哥方面的局势,急待答复。手握玩具相机,迪克抄近道,穿过大宅和院子。成双成对的舞伴们渐渐离开拱廊,消失在大厅里。他倚着一根柱子,看他们走过去。最后一对儿是波拉和格雷厄姆,从他身旁经过,近到简直伸手可触。然而,尽管月光明晃晃洒遍他全身,他俩却看不到,只顾彼此深情对视。

走在前头的最后一对儿已经进去,音乐停止。格雷厄姆和波拉站住,他弯起胳膊给她挽,要带她进去,但她却突然情不自禁抱住了他。男人的谨慎使他稍作抗拒,但她一只手臂搂住他脖子,使他情不自禁低下头,凑上她的唇。二人一个瞬间激吻。下一刻,波拉就挽住他胳膊,进了大厅,银铃般的笑声盛满由衷的快乐。

迪克抱紧柱子,突然一松手,砰然坐地。他的心脏似乎蹿至嗓子眼儿,堵住了喉头,造成了窒息。心脏该死地堵着喉咙,闷住他,直到他想象自己用牙齿嚼碎了它,和着令人复生的空气猛吞了下去。他浑身冰凉,突然大汗淋漓。

"谁听说过福雷斯特家的人有心脏病?"他咬牙切齿,依然坐地,靠柱子支撑身体,擦干脸上的汗。他手在抖,还有什么在体内抖着,一阵恶心。

看来似乎不是格雷厄姆先吻她,他暗恨——是波拉吻的格雷厄姆。那就是爱情、激情。他亲眼看到。那场景在他眼前再度燃烧,心脏又往上蹦,一阵窒息的先兆攫住了他。他以极大的意志力控制自己,站了起来。

"上帝啊,心脏跳到嘴里了,给我嚼碎了。"他咕哝着,"嚼碎了。"

他绕远道穿过院子返回,走进灯火辉煌的大厅,手拿玩具相机,脸上恢复了足够的活力。人们见到他的反应却出乎他的意料。

"你刚撞到鬼啦?"鲁特打招呼。

"是不是不舒服?"

"出什么事啦?"问题接二连三。

"有什么不对头吗?"他反问。

"瞧你那脸、那气色。"欧内斯廷道,"出事了。怎么回事?"

迪克调整自己时注意到洛蒂·梅森掠过格雷厄姆和波拉脸上的目光,还注意到欧内斯廷察觉洛蒂的神色,跟着看了过去。

"是的,"迪克撒谎,"坏消息,刚得到的。杰里米·布莱克斯顿死了,被杀了,他逃往亚利桑那州的路上被墨西哥人抓住了。"

"老杰里米,上帝会爱他的,他是个好人。"特伦斯边说边挽住迪克胳膊,"来吧。伙计,你该喝上一杯。我来做门童带你去。"

"哎,我没事。"迪克笑笑,晃晃肩膀,挺直身体,打起精神,"眼下对我打击真够重的。我还以为杰里米肯定能逃脱呢。可他给抓住了,还有两位工程师和他一道。开头他们拼命抵抗,躲到一座悬崖下头,跟五百多名暴徒对峙一天一夜。后来墨西哥人从上头往下丢炸弹。唉,唉,众生草芥,逝者斯夫!特伦斯,你主意不错,带路走吧。"

走出几步,他又回头叫一声:"别把咱们的开心事给搅了。我马上就回来拍照片。欧内斯廷,你组织好人,要大家聚到光线最好的地方。"

特伦斯按下按钮。打开了位于房间最尽头的隐蔽餐具架,迪克打开壁灯,在餐具架内的小镜子前细照自己的脸。

"现在没事了,很自然。"

"瞬间阴影罢了,"特伦斯附和,倒着威士忌,"人当然该为失去老朋友伤心。"

二人举杯,默默饮酒。

"再来一杯。"迪克举过杯子。

"够了就说一声。"爱尔兰人边倒酒,边目不转睛盯着杯中渐渐升起的液面。

迪克等到整半杯才叫停。

二人再度举杯,默默饮酒。四目相对,迪克深怀感激,特伦斯的目光令他感受真切的关怀。

回到大厅中央,欧内斯廷兴高采烈地把受愚弄者赶到一起,一面暗暗注意洛蒂、波拉和格雷厄姆的表情,试图了解更多已经察觉的意外情况。洛蒂为什么立刻盯上格雷厄姆和波拉不放?她心中疑惑。而且波拉此刻神色不对,一脸忧心和慌乱,杰里米·布莱克斯顿的死讯不至于使她反应如此。从格雷厄姆脸上,欧内斯廷一无所获。他神情自若,正对麦克斯韦尔小姐、华森太太耍贫嘴,逗得她们咯咯笑。

波拉心乱如麻。出了什么事?迪克为何撒谎?他知道杰里米死讯都两天了,而且她从没见过谁的死讯能伤他这么重。她怀疑他一直饮酒过度。结婚这些年见过他几次酒意醺醺,但从没失过体面。让人发现的只是眼充血,话太多,扯些奇奇怪怪的幻想,唱些即兴随口的歌罢了。他是不是一直跟头脑冷静的特伦斯在男士屋借酒消愁啊?晚餐前就发现他们在那儿聚会。迪克状态失常的真正原因她完全不曾想到,因为她知道迪克从不鬼鬼祟祟,窥探他人。

迪克回来了,被特伦斯的笑话逗得哈哈大笑。点头招呼格雷厄姆加入,特伦斯又重复一遍。三人开怀大笑时,迪克准备拍照。从玩具相机弹出来的大蛇吓得女人们一片尖叫,赶走了笼罩的忧伤。迪克接着组织运花生比赛。

相隔十二码摆上两把椅子,权作起点和终点。大家比赛五分钟内哪一对组合能用餐刀运最多的花生到终点。初赛之后,迪克挑波拉搭档,挑战所有的人,包括维肯伯格一大家子和林下

279

贤哲们。赌注是大堆盒装糖果,最后迪克与波拉战胜了格雷厄姆与欧内斯廷,后者获第二名。众人一片吆喝声中,获奖演说改为演唱《花生歌》。迪克顺从民意,学印第安人样子,硬起两条腿蹦蹦跳跳,双手拍着大腿打拍子,唱道:

"我本是迪克·福雷斯特,幸运儿理查德之子,清教徒乔纳森之孙,水手约翰之重孙,他爹阿尔伯特是莫蒂默之子——那个海盗被铁链吊死,连判决书都用不着。

"我本是福雷斯特家族最后一个,运起花生来倒是头一名。好猎手壮汉子只好干瞪眼。我用餐刀运花生,是把银餐刀。花生被魔鬼施法全活了,我和美女、名人比赛运花生,除非花生发芽才能打败我。

"花生滚动,花生滚动;就像举起地球的大力士,我绝不能让花生掉落。并非人人都能运花生。只有我是天才,运花生大师。这可是门绝活儿。花生滚动,花生滚动,我永远永远运花生。

"阿伦是个哲学家,但他不会运花生;欧内斯廷金发美女,可也不会运花生;埃文是个运动家,可他老是掉花生;波拉是我的搭档,可她笨手又笨脚;只有我,我,凭上帝的恩典和自己的聪明,才会运花生。

"等人人听够我的歌,就会朝我丢东西;我得意,我不累;我要不停唱下去,唱下去。

"现在开始第二节。等我死了,把我埋到花生地,而我活着时——"

预料中的靠垫从四面八方飞来,淹没了他的歌,但无法淹没他寻欢作乐的劲头。下一刻,他又跟洛蒂·梅森、波拉一道,要对特伦斯捣鬼。

就这样,众人接着跳舞戏谑、翻天覆地。午夜时分,消夜送上。直到凌晨两点,维肯伯格一家子才打道回府。一干人乱着穿外衣时,波拉提议接下来的午后沿萨克拉门托河跑一趟,参观迪克的水稻种植试验田。

"我有事得处理。"迪克对她说,"你知道锡卡莫尔溪山上的草场。过去十天中有三匹一岁马给咬死了。"

"山里有狮子!"波拉惊呼。

"至少有两只,从北边跑来的。"迪克对格雷厄姆说明,"狮子有时候伤害牲畜。五年前我们打死了三只。莫斯跟哈特利会带着狗群在那边等。他们已经发现两只狮子。你们全都跟我一起去如何?午饭后立刻动身。"

"让我骑'莫莉'吗?"鲁特问。

"你可以骑'阿尔塔蒂娜'。"波拉告诉欧内斯廷。

坐骑很快安排完毕,弗罗里格和马丁内斯答应去,但声明枪打得不准,骑马也不大行。

众人全体出门,送维肯伯格一家子离去,汽车开走,大家逗留不散,等着打猎的诸多安排。

"晚安,各位。"大家进门时,迪克道。

"上床前我还得去看看'阿尔登·贝西'。亨尼西正陪着这匹母马呢。姑娘们,记住来吃午饭时得换好骑装,谁迟到谁挨骂哦。"

老母马"福瑟琳顿公主"情况不妙,但迪克本不会在这个时间去看它的。因为他想独自待着,因为亲眼看见院子里发生的那一幕之后的短短时间内,他担心万不得已与波拉单独相对。

石子路上响起轻轻的脚步声,使他回头。欧内斯廷追来了,挽住他胳膊。

"可怜的老'阿尔登·贝西',"她自圆其说,"我觉得该跟你一起去看看。"

迪克仍在扮演当晚的角色,跟她回想当晚种种开心事,边说边乐不可支。

"迪克,"等他刚停嘴,她就说,"你遇上麻烦了。"她能感觉他身体一愣,赶紧说:"我能做什么?你知道可以依靠我的,告诉我吧。"

"好的,我告诉你。"他回答,"就一件事。"她感激地挽紧他手臂。"明天要给你发个电报,够紧急,但不严重。你要穿得暖和点儿,和鲁特一起出发。"

"就这个呀?"她声音颤抖。

"就算帮我大忙啦。"

"你不肯跟我讲真话?"她遭到拒绝,气得发抖。

"我会打发人送电报,给你赶下床。好啦,别操心'阿尔登·贝西'啦。赶紧回去,晚安。"

他亲亲她,轻轻地把她推向大宅,自己走了。

第三十章

看过病马回家的路上,迪克停下来,听了听公马厩里"山少年"及同伴躁动不安的铁蹄敲地声。夜风静谧,群山上什么地方传来哪头啃草牲口的铃声。忽然一阵微风拂面,暖意融融。夏夜,万物满载正在成熟的庄稼和干草淡淡的芳香。"山少年"再次铁蹄敲地,迪克大吸一口气,意识到自己对这一切爱得有多深。他抬头环视天际线,山峰峦嶂处处遮挡广袤星空。

"不,加图①,"他大声道出所思所想,"我不同意你的话。人告别生命并不像离开一家客栈。人告别生命是离开家园,他熟悉的唯一家园。人走了,没个……去处。永别,走向那个无声的世界……走向黑暗。"他抬脚要走,但心爱公马的踏蹄声、那山中的铃声,阻他离去。他深深吸气,深爱这芬芳的空气,深爱这亲手建设的美丽家园。

"我踏入时间长河,却找不到自己的影子。"他引用他人,旋即再引用一句,"她给我生了九个儿子……还有九个闺女。"

回到大宅前,他没立刻进门,却站开一些,凝望宅邸那铺开的黑乎乎一大片。进门后,他也没立刻回自己住处,而是穿过一间间静悄悄的屋子,穿过大院,沿灯光暗淡的条条长廊转来转

---

① 加图(公元前95—前46年):罗马斯多噶派哲学家。

去。他心绪犹如一名告别家园的行者。他打开波拉仙境般的小院的灯,在一把素朴的罗马风格大理石椅上坐下。一支烟抽完,也拿定了主意。

唔,要做得天衣无缝,要制造一场狩猎的意外事故,骗过所有人。相信他绝不会失手。明天就是这日子,在锡卡莫尔河溪的山林里。祖父乔纳森·福雷斯特,那位一丝不苟的清教徒,就是在一次狩猎意外事故中丧生的。迪克头一次对这场事故起了疑心。得啦,即便不是一场意外,老爷子也干得够漂亮,家族里从来没有任何别的说法。

迪克伸手欲关灯,却又迟疑片刻,再看最后一眼——那些喷泉里、玫瑰花丛中玩闹嬉戏的大理石娃娃。

"再见,娃娃们。"他柔声呼唤,"跟这院子道别,就算跟你们最近啦。"

他从自己的睡台上,越过大院眺望波拉的睡台。没有灯光,她已入梦。

床边,他发现自己一只鞋的鞋带松了。他笑自己心不在焉,系好了鞋带。睡觉还有什么必要?已是凌晨四点。至少,还可以最后看一次日出。最后的事总是来得快。还没有最后一次穿戴齐整么?头天早上的沐浴就算他的最后一次了,水也无法阻挡死亡的腐朽。但是,必须刮胡子,最后的虚荣,因为人死之后一段时间内胡子还会长。

他从入墙式保险箱里取出一份自己的遗嘱,坐到书桌旁,细细看一遍。加几处遗嘱附件实有必要。他用普通书法写好,作为防备,日期还提前落款六个月。最后一条是关于资助浆果鹃林下贤哲们的条款。

他快快看一遍人寿保险单,核实各张保单上允许的自杀条款;签完头天上午就在托盘里等他签署的一些信函;对录音机口授好给自己出版商的一封信;清理好书桌,潦草写下自己收入和支出的快速小结,扣除所有哈韦斯特集团矿山的盈利;将这份小结变换成第二份,加高支出余额,减少收入各项,少到尽可能的荒唐。不过,结果还是令人满意。

他撕掉这几张写满数据的纸。起草了一份应对哈韦斯特集团局势的计划。他故意字迹潦草,显得临时随意,好让人们发现这份计划时不起疑心。以同样的方式,他还为夏尔马制订了一份系统繁育计划,为"山少年""福瑟琳顿公主"及一些精选牲畜的后代,做了一份从上代到下代的同系繁育表。

六点钟,阿麦端着咖啡进来时,迪克正在写水稻种植计划的最后一段。

阿麦将咖啡送到他书桌上,扫一眼根本没睡过的床也毫无表示,这种自制力令迪克暗暗叹服。

"求成熟期短的话,意大利稻可能值得实验。"他写道,"一个时期内,我将以相同规模,只种植穆提、艾克和沃特邦恩三个品种。如此处理,因成熟期不同,同组团队,同样机械,同样管理费用,可比单种一个品种,实验更大的面积。"

六点半电话响了,他听到兽医亨尼西疲倦的声音:"我想你会乐意起床听说'阿尔登·贝西'挺过来的消息,虽说它惨叫了一晚上。现在该我去睡啦。"

迪克刮完胡子,看看淋浴喷头,犹豫一下,忽然一脸桀骜不驯,"去他妈的冲澡!"他想,纯粹浪费时间。不过,他还真换了鞋,蹬上一双鞋体重、鞋带粗,适于打猎穿的鞋。他又回到书桌旁,看一遍记事本里上午要做的工作,这时波拉进来了。她没说她的"早上好,快乐先生!",却走拢来,柔声呼唤:

"种橡籽的人,任劳任怨的红云。"

他发现她眼圈发黑,站起身,却没拥抱她,她也没投怀送抱。

"又是白夜?"他问,给她端来把椅子。

"白夜。"她疲惫不堪,"一秒钟也没睡着,什么办法都试了。"

二人都不愿开口,默默相望,欲言又止。

"你……你样子不对头啊。"她道。

"是的,我的脸,"他点点头,"刮胡子的时候我照了镜子,那神情赶不走。"

"昨晚你有事。"她探究道。他发现她眼中有着和阿亚同样的怜悯。"人人都注意到你神情了。出了什么事啊?"

他耸耸肩。"这神情有日子了。"他闪烁其词,想到还是波拉画的肖像给自己提的醒。"你也发现了?"他随口问。

她点点头,忽被一念击中。话未出口,表情已然生动。

"迪克,你没搞婚外情吧?"

这倒是下台阶的好办法,一团乱麻就此理顺。她话里、脸上都写着期望。

他微微一笑,慢慢摇摇头,看着她大失所望。

"我收回,"他说,"我是有婚外情。"

"真动心?"

"真动心。"他回话时,她迫不及待。

但她却不知接下来如何应对。他猛地把椅子向她拉近,直到二人膝头相碰,再向前靠,迅速而温柔地握住她的双手,放到她膝上。

"别慌张,小小鸟。"他安抚道,"不会亲你的。好久都没亲你了。会跟你交代交代那件婚外情。不过,先得跟你说说我对自己有多得意。我得意自己是情人。我的年纪,还当情人!无法置信,但妙不可言。而且是这么个情人!这么个好奇心重、很不一般、很了不起的情人。实话说,我当面嘲笑所有书本、所有生物学知识。我尊奉一夫一妻。我深爱这个女人,我独一无二的女人。拥有她十二年了,我依然疯狂爱她,哦,甜蜜疯狂地爱她。"

她的手传递着她的失望,有点冲动慌乱,想要挣脱,但他只是握得更紧。

"我熟悉她所有弱点,弱点和优点都熟悉。我和当初一样疯狂爱她,那时我头一回把她搂在怀里。"

她的手在反抗他的控制,不自觉地又拉又拽,想挣脱开来。她眼中还有着恐惧。他熟知她的挑剔,他猜测,她唇上还留着别的男人的吻,所以害怕他更为热烈的亲近。

"求求你,求求你,别害怕,胆小甜蜜美丽骄傲的小小鸟。好啦,我放开你啦。你该明白我最爱你,我为你着想就像为自己着想,而且从来都是先为你着想。"

他拉开自己的椅子,往后一靠,见她眼中渐渐恢复自信。

"我要把心里话都掏给你。"他继续,"也要你把心里话都掏给我。"

"你对我的这份爱是新生的吗?"她问,"是聊发少年狂?"

"对,是少年狂,但又不是。"

"我以为好长时间以来,我只是你的一种习惯而已。"她说。

"可我一直爱着你。"

"不痴狂。"

"不痴狂。"他承认,"但明确。我相信你,相信自己。对我来说,这爱是永恒并且永远的既成事实。我承认有罪。但这种永恒一旦动摇,我的爱就会燃烧净尽。咱们长久婚姻的火焰一直存在,持续燃烧。"

"可是我呢?"她问。

"那正是我们要面对的。我知道你眼下的担心,一分钟之前的担心。你生就诚实,生就忠诚,所以同时爱两个男人的念头你根本接受不了。我没看错你。好长时间你都不让我爱抚你了。"他耸耸肩膀,"同样,我也好长时间没有主动爱抚过你。"

"这么说,你从开始就知道了?"她急问。

他点头。

"也许吧。"他补一句,字斟句酌的样子,"甚至连你自己都还没觉察时我就感觉到了,不过现在别细扯那些了。"

"你看到了⋯⋯"她试图问清楚,可一想到丈夫目睹自己或格雷厄姆的任何亲热举动,就被羞耻心刺痛。

"就别让细节轻贱自己吧,波拉。再说,亲吻这件事,过去和现在都没错呀。而且,我也没必要非看出什么来。我有自己的大堆回忆啊,我也曾真诚大胆地道声'晚安'后,在那短短几秒钟里偷偷接过吻。当一切迹象明明白白——爱得遮遮掩掩,爱得欲说还休,无法再隐藏,眼风刹那间不自觉的爱抚,说话时不自主的柔声,傻乎乎的伤感——咦,道晚安的临别一吻没必要看的,应该的。再有,啊呀,我的太太,你知道,不论你做什么,在我看来统统合情合理。"

"没⋯⋯没⋯⋯几次。"她结结巴巴。

"要多几次我才惊奇呢。那就不是你啦。话说回来,我还是挺惊奇的。我们共同生活都十几年了,没想到。"

"迪克,"她打断他,朝他靠过来,端详他,沉吟一下,理顺思路,随即直截了当,"咱们十几年了,你敢说从来没有过别的人?"

"我已说过,不论你做什么,我都觉得合情合理。"

"可你并没回答我的问题。"她不罢休,"哎,我指的不是打情骂俏、拈花惹草。我指的是不忠,实质上的不忠。以前有过没?"

"以前有过,"他答复,"不多,而且很长很长时间没有过了。"

"我常常猜疑。"她沉思道。

"我已说过,不论你做什么,我都觉得合情合理。"他再次强调,"现在你该明白道理何在了。"

"那么同样道理,我也有相似的权利。"她说,"尽管我还没有,迪克,我没有。"她连忙补一句。"不管怎么说,性的问题上你一直都在宣扬那条唯一的标准。"

"哎呀,不再如此啦。"他笑了,"人总是胡思乱想的嘛,过去几星期我已被迫改变了想法。"

"你意思是要求我必须忠诚?"

他点点头:"只要你还和我一起过日子。"

"那公平何在?"

"没什么公平可言。"他摇摇头,"我知道这个观点变得很荒唐。但最近以来,我发现了那条古老的真理——女人和男人的确不同。我从书本里、理论上了解的东西,在一件永恒事实面前只能模糊不清。我……曾指望和你生儿育女,你瞧。但现在一切都过去了,结束了。现在的问题是,你心里怎么想的?我已说出了我的想法,之后咱们再决定怎么办。"

沉默变得难以忍受。她深吸一口气,"哦,迪克,我真的爱你,会永远爱你。你是我的红云。咦,你知道吗,就在昨天,在你的睡台上,我曾把我的照片翻了过去,面对墙壁。好可怕,一点也不对头,所以又给它翻了回来,立刻。"

他点燃一支烟,洗耳恭听。

"可你还是没跟我说真话,全部真话。"他终于责备。

"我真的爱你。"她重复道。

"那埃文呢?"

"那是另一回事。不得不跟你这么说话,好难受。而且,我真的不知道,没法判断自己心里到底怎么想。"

"是真爱?是偷情?两者只能居其一。"

她摇摇头。

"你难道就不能理解我无法确定吗?"她问,"要知道,我是个女人,从没做过任何荒唐事。可现在发生了这件事,我弄不明白。萧伯纳那些人肯定没说错——女人是猎手。你俩都是大猎物,我无法自已。你俩对我来说就是场挑战。我也弄不懂自己,所有观念都被我的行为颠覆了。我想要你,也想要埃文,想要你们俩。这不是什么恋爱冒险,相信我。即使碰巧就是恋爱冒险,我也不知道——不,不是的。我知道不是的。"

"那就是真爱了?"

"可我真的爱你啊,红云。"

"可是你说你爱他。你不能同时爱我们两个人。"

"可我能,你俩我真的都爱。哎呀,我太直率。我只能直率。我得想办法。还以为你能帮我。所以今早才来找你。一定会有办法的。"

她眼巴巴地看着他回答:"非此即彼,埃文或者我。我想象不出还有什么其他办法解决。"

"他也那么说,可我做不到。他本来要直接跟你说的,是我不让。他要走,可我不让他走。这对你俩都残忍,我就想要你们在一起,好在心里比较比较,掂量掂量。可毫无结果。我要你们两个人,哪一个都放不下。"

"可惜,你瞧,"迪克轻轻眨眨眼,"你可能喜欢一妻多夫,我们这些蠢男人却没法子屈就。"

"迪克,别出口伤人。"她申辩。

"请原谅,我毫无伤人之意,是自己受伤才这么说的。我不过想以哲学家的自以为是来努力承受而已。"

"我跟他说过,他是唯一我遇到的和我丈夫同样优秀的男人,还说过我丈夫比他更优秀。"

"那只是你对我的忠诚,是的,对你自己的忠诚。"迪克解释,"你是我的,直到我不再是你眼中最优秀的人,然后他就成了你眼中最优秀的人。"

她直摇头。

"我来试试帮你想个办法。"迪克继续说,"你弄不清你的心思、你的欲望。你无法决定我们当中你要谁,因为你两个都想要?"

"是的,"她轻言细语,"不过,我要你们之处很不一样。"

"那问题就解决了。"他很快就下结论。

"什么意思?"

"这点上,波拉,我输了。格雷厄姆是赢家。还不明白吗?瞧瞧我,和他平起平坐,不过是平起平坐。而我的优势就在于我们俩共同生活的十几年——十几年已过去的爱情,心灵与记忆的纽带。老天!加入这些重量,放上天平埃文那一头,你将毫不犹豫地做出决定。这是你生活中头一回被深深吸引,这个体验姗姗来迟,让你很难弄懂。"

"可是，迪克，你也曾深深地吸引我。"

他摇头。

"我一直愿意这么想，有时候还相信，但从来不确信。我从没让你魂不守舍，连最开始也没有，没刮过恋爱旋风。你也许被迷住过，但从没像我那样癫狂，从没像我那样神魂颠倒。是我先爱上你的。"

"你是一流的情人。"

"是我先爱上你的，波拉，尽管你的确回应了我的爱，但没我爱得深。我从没让你神魂颠倒，但显然埃文做到了。"

"但愿我能确定，"她沉吟着，"我有被迷倒的感觉，可我犹豫不决。两个人无法比。也许我再也不会被任何男人迷倒了。你似乎一点也帮不了我。"

"波拉，你，只有你自己，才能解决这问题。"他很严峻。

"可要是你肯帮帮我，愿意试试——哦，哪怕用一点点力气抱紧我呢？"她坚持道。

"可我爱莫能助。我的手被绑住了，没法子伸胳膊抱你。你不能要两个人。你被他抱过了。"他举起一只手要她别反对，"求你，求求你，亲爱的，不要。你被他抱过了。一想到我爱抚你，你就像一只受惊的小鸟，难道还不明白吗？你的行为决定了抗拒我。你已经决定了，虽说自己可能还没意识到。你的肉体已经决定了，你愿意接受他的拥抱。连想想我，你都无法接受。"

她摇头，缓慢而坚定。

"可我依然拿不定主意。"

"但你必须拿主意。目前的局面忍无可忍。你必须尽快做决定，因为埃文必须走，你明白这个，要么你必须走。你俩不能在这里再待下去。抓紧世上所有时间,打发埃文走。要么,你可以动身去看望玛莎姑姑,住一阵。离开我们两个,也许有助于你做决断。也许最好取消这次打猎,我一个人去。你留下和埃文谈清楚。或者你也去打猎,骑马赶路时和他谈谈。不论哪一种,我会很晚才回来。我可以在哪个牧人小屋过夜。我回来时,埃文必须已经离去。你跟不跟他走,也必须做好了决定。"

"我要是走了呢?"她问。

迪克耸耸肩,站起身,看一眼手表。

"我给布雷克发过话,要他今早早点来的。"他说着就朝门口走一步,示意她走。

到了门旁,她停下来挨近他。

"亲亲我,迪克,"她说,亲吻过后又说,"这不算示爱。"她声音忽然沙哑。"以备万一我决定……决定离开。"

走廊里响起秘书的脚步声,波拉依然流连不去。

"早上好,布雷克先生。"迪克和秘书打招呼,"抱歉这么早赶你起床。请先给阿加先生和皮茨先生打电话,告诉他们今早我无法见他们了。对了,其他人也都请安排到明天上午。告知汉理先生,我批准他关于巴克艾大坝溢洪道的计划,要他开工。不过,我要见门德霍尔先生和曼森先生,告诉他们九点半来。"

"迪克,有件事得说清楚。"波拉道,"记得吗,是我不让他走的。不是他的错,也不是他的意愿。是我不让他走的。"

"你已经把他迷倒啦。"迪克笑道,"在这种局面下,以我对他的了解,我不能妥协,让他继续待下去。但是,你不让他走,而他也痴狂到了你在哪儿他就有权在哪儿的地步,这个我能理解。他比一般好人好得多。天下这种人倒不多。他能让你幸福。"

她举起一只手。

"不知道我还会不会再幸福,红云。看到我给你脸上带来的神情……咱们十几年来我一直那么幸福,那么满足。我忘不了,所以没法做决定。但你是对的,时候到了,我得解决这场……"她迟疑着,难以出口"三角恋",他看出她唇形是这个词。"这局面……"她声音低下去,低到听不见,"我们都去打猎吧。马背上我会跟他谈。我会要他走,不论我怎么做。"

"我不该操之过急,波拉。"迪克劝她,"你知道我这人根本不在乎什么道德观念,除非实在有用。但这件事上,道德观念太有用了。也许会养出娃娃的。别,别说话。"他不要她出声,"这种事上即使陈年丑闻对娃娃们都不好。办理遗弃时间太长,我会安排,给你真正的法律依据,这样办离婚时可以省掉一年时间。"

"要是我决定离婚的话。"她黯然苦笑。

他点点头。

"可是我也许不想离婚,我也不知道。也许一切只是个梦,很快我就会梦醒。阿亚会进来告诉我,我睡得有多香、有多久。"

她不情愿地转身离去,走出五六步,又突然停住。

"迪克,"她喊道,"你说了心里话,但没说你的打算。别做傻事。记得丹尼·霍尔布鲁克吗?记住,不许捣鬼,玩什么打猎事故。"

他摇摇头,眨眨眼,假装快乐,暗暗赞叹她直觉好厉害,一针见血。

"抛弃这一切?"他扯谎,做个环抱整个农场、所有项目的姿势,"还有那本近亲繁殖的记录?还有时机成熟、即将大获成功的本农场头一回年度牲畜大展销?"

"那岂不是太荒唐。"她赞同着,脸上亮起来,"不过,迪克,在我难以委决的时候,请你明白,请明白——"她顿住,想找个恰当的字眼儿,随即模仿他方才姿势,环抱大宅及其所有财富,说:"这所有东西对我毫无影响,真的没影响。"

"好像我不知道似的。"他宽慰她,"所有那些不贪财的女人当中……"

"咦,迪克,"她打断他,被一个新念头鼓舞,"我要是照你想象的那样痴狂于埃文,你就会一钱不值,而我就会心满意足,要是唯一的出路就是你打猎出事故的话。可是你瞧,我不要你出事故。总之,这问题可够叫你伤脑筋的。"

她不情愿地迈出又一步,然后回头悄声道:

"红云,我非常抱歉……经历这一切,你依然爱我,我好开心。"

布雷克回来之前,迪克还有点时间照照镜子。脸上深印着头天晚上令众人吃惊的神情,挥之不去。随它去好了,他想,一个咬牙嚼碎自己心的人怎能不留印痕?

他信步走出办公室,进了睡台,看看气压计下波拉的照片,把它翻过去面墙。坐到床上,端详一番那片空白,又伸手给它翻回来。

"可怜的孩子,"他嘟哝着,"睡那么晚,醒这么早,难过啊。"

但继续凝视照片时,他眼前突然跃出那幻象——月光下她紧贴格雷厄姆,搂着他脖子往下拉,嘴唇迎上去。

迪克立刻站起身,使劲摇摇头,赶走幻象。

九点半时,信函回复完毕,书桌干净了,就剩那些数据,与他的短角牛、夏尔马经理会谈时要用的。门德霍尔进来时,他正站在窗前,朝轿车里的鲁特和欧内斯廷微笑,挥手道别。迪克先跟门德霍尔,再跟曼森,随意交谈,对更大规模育种计划发表意见。

"对'波罗王'的幼崽,咱们可得好好盯着。"他嘱咐曼森,"这家伙跟'荒屋小鹿'或者'阿尔贝塔少女',或者摩拉维亚来的'内利信号灯'交配,有希望养出更棒的后代。今年,咱们到目前为止已经错过机会。但明年或后年,'波罗王'早晚能给咱们弄出一头真正的大赢家。"

和曼森说了很多,和门德霍尔也一样。迪克成功地强调了他育种计划的长远应用。

他俩走后,他打电话要通阿乐,命他带格雷厄姆去枪室挑一支步枪和必要的装备。

十一点钟了,他不知道波拉曾从图书室登上秘密通道楼梯,就在那排书架后面听壁角。她原想进来的,但被他的说话声拦住。她听到他和汉理通电话,谈巴克艾大坝溢洪道的事。

"顺便说一句,"是迪克的声音,"你看过有关大米拉马的那些报告啦?很好。别睬他们。我跟他们意见完全相左。水就在那儿呢。我毫不怀疑咱们能找到足够浅的自流供水。马上送钻井设备过去,开始勘探。那儿的土壤肥得荒唐,接下来五年,咱们不叫那片干地增值十倍才怪呢……"波拉长叹一声,转身下楼回到图书室。

红云不可救药,永远在播种橡籽,她想。周围的感情世界土崩瓦解,他仍无动于衷,考虑什么大坝呀、钻井呀,好在以后的岁月播种更多橡籽。

迪克也无从知道波拉曾带着她的需求走得这么近,却又无奈地离去。他再次有意把床头那本记事簿匆匆看最后一遍,走出睡台。他的家秩序井然。没别的事了,只剩签署今早那些口授信函,回复几封电报,接着吃午饭,去锡卡莫尔山打猎。啊,他会干得漂亮。坐骑"恶棍"会承担罪过。他还得有个目击证人，弗罗里格或者马丁内斯。但不用强迫同时两个人，一双眼睛见证足矣，当马颔缰断裂，坐骑扬起前蹄，后倒，把他压在灌木丛中，被那些灌木挡住视线，证人会听到一声枪响，迅速把事故与灾难相联系。

马丁内斯比雕刻师更懦弱，做证人更合适，迪克判定。可以耍心眼儿，让他在狭窄的山路上跟着，在那地方"恶棍"就好充当替罪羊了。马丁内斯骑马不行，那自己就更方便，能干得漂亮，迪克估摸。他谋划着到了关键时刻一两分钟前，必须让"恶棍"撒撒野，那才显得更真实。而且马丁内斯的坐骑受惊的话，他就会慌张失措，也就看不太清接下来发生的事。

他突然攥紧拳头，心里好痛。小夫人疯了，一定是疯了。没别的理由能给他解释这种彻头彻尾的残忍——从敞开的音乐室窗户传来她和格雷厄姆在合唱《吉卜赛小路》！

他俩唱歌时，他一直没松开双拳。他俩纵情高歌，肆无忌惮，直到结尾。他一直站着听，她笑着离开格雷厄姆，穿过宅子回自己住的那一侧。那里，门廊下还能听到她开心的笑声。她在逗弄阿亚，对她莫须有的过失挑刺。

远处传来模糊但肯定是"山少年"的嘶鸣。"波罗王"跟着大声炫耀自己，母马群、母牛犊纷纷发出回应。迪克倾听这一片求偶的大鼓大噪，大声叹道："好呀，这片土地有我来过就变得好多啦！长眠前想到这个真是好呀。"

第三十一章

床头电话铃响,迪克坐到床上拿起听筒。一面接听,他目光越过院子,观望波拉的门廊。邦布莱特报告说是昌西·毕肖普的电话,他正在埃尔多拉多的汽车上。昌西·毕肖普,《旧金山快报》的编辑和老板,在邦布莱特眼中可是个重要人物,也是迪克的老朋友,应当直接跟迪克联系。

"你可以来这儿吃午饭。"迪克告诉这位报业老板,"而且,你还可以在这过夜啊……别担心你那些特派作家。今天下午我们要去山里猎狮子,肯定能打到一只。已经发现狮子的藏身处……谁?她写什么的?……那有什么关系?她可以在农场四处转转,随便五六个主题就能写五六个专栏。那位作家伙计可以去看看猎狮子,多刺激……好的,好的。我给他挑一匹小孩子都能骑的马。"

"人越多越开心,尤其是新闻界的伙计们。"迪克兀自咧嘴笑——乔纳森·福雷斯特爷爷在制造轰动结局方面休想胜过他。

可是,波拉怎么能这么放浪、这么残忍?刚刚和他谈过,就去唱什么《吉卜赛小路》?迪克直纳闷。听筒还在他耳畔,能模糊听到昌西·毕肖普在说服那个作家来看打猎。

"那就说定了,快来吧。"最后,迪克告诉毕肖普,"我这就去要人备马,你可以骑上次骑过的那匹栗色马。"

话筒刚挂上,铃声又响了。这回是波拉。

"红云,亲爱的红云,"她说,"你那套道理全都错了。我觉得自己最爱你。我刚才想好了,我要的是你。现在,帮我确认一下,再对我说一遍先头你说过的那些话,就是——'我深爱这个女人,我独一无二的女人。拥有她十二年了,我依然疯狂爱她,哦,甜蜜疯狂地爱她。'——对我说一遍,红云。"

"'我深爱这个女人,我独一无二的女人,'"迪克重复道,"拥有她十二年了,我依然疯狂爱她,哦,甜蜜疯狂地爱她。'"

他说完后,话筒里一阵沉寂,他等着,不敢打破这沉寂。

"还有件小事差点忘记告诉你。"她非常温柔,非常缓慢,非常清晰地说,"我真的爱你,从没像此刻这样爱你。咱们共同生活十几年,你终于把我迷倒了。我从开始就被你迷倒了,虽说我自己不明白。我现在决定了,不再犹豫。"

她突然挂断。

死到临头,却被宣布缓期执行,大概就是这种感觉?迪克傻坐着想,话筒都忘了挂上,直到邦布莱特从秘书室进来提醒他。

"毕肖普先生来电话,"邦布莱特报告,"轮轴断了。我自作主张派了辆咱们的车去接他们来。"

"再看看咱们的人能不能帮着修修。"迪克颔首。

就他一个人了。他站起来,伸伸懒腰,心不在焉地从屋子这头踱到那头,再踱回来。

"得啦,马丁内斯,伙计,"他朝空气说,"今天下午你看不成一场完美的特技表演啦,因为你绝不会知道,你已经错过了。"

他按下按钮,接通波拉的电话。

阿亚接的,立刻把女主人请了过来。

"波拉,有支小小的歌想唱给你听,"他道,接着开始唱一首古老的黑人圣歌:

> 为自己,为自己;
> 为自己,为自己;
> 人人都得忏悔,
> 为自己,为自己。

"我想要你再对我说一遍,为自己,为自己,你刚才说过的话。"

她快活地咯咯直笑,令他精神一振。

"红云,我真的爱你。"她说,"我已经想好了。这个世上我除了你谁也不要啦,乖乖地,让我换衣服吧。我得赶紧,午饭要开了。"

"我能过来一下吗?就一会儿?"他恳求。

"还不行,性急的人。十分钟后。得先和阿亚完事,那么打猎就都准备好了。我正换上我那套罗宾汉的行头,你见过的,绿色和红褐色的,还有老长的羽毛。我要带上我的30-30,打山狮够重了。"

"你让我好幸福。"迪克继续说。

"可你要让我迟到了。挂了吧,红云。这一刻,我更爱你了。"

他听着她挂断,十分诧异。接下来却又不知为何,不愿屈享他曾声称应当属于自己的幸福——似乎她和格雷厄姆肆无忌惮,大唱《吉卜赛小路》的歌声犹在耳畔回响。

她在玩弄格雷厄姆感情,还是在玩弄他迪克?她这种放浪可是破天荒头一遭,令人捉摸不透。他苦思苦索答案时,眼前再次出现她在月光下紧抱格雷厄姆,仰起嘴唇,把格雷厄姆朝她嘴唇拉下去的情景。

迪克大惑不解,直摇头,看一眼手表。无论如何,十分钟后,不到十分钟后,他就要搂住她,就知道了。

这短暂的时间却太过漫长,他只好慢悠悠走过去,驻足点支烟,吸了一口又扔掉。再次驻足,听听秘书室打字机忙碌的嘀嗒响。还剩两分钟,知道一分钟就能走到那扇没有门把手的门前,他在院子里停下来,打量那些喷泉中沐浴的野金丝雀。

突然,这些金丝雀惊乍地飞向天空,化作阳光下一片金色透明的翩翩雨点。迪克吓了一跳。枪声来自波拉住处那侧的上方,他听出是她的 30-30,便冲过院子。**她抢了我的先**,他立刻悟到,方才那一刻令他捉摸不透的东西,此时变得与她的枪声一样明明白白。

他冲过院子,冲上楼,冲过大敞大开的门,脑子里不停跳荡着一句话:**她抢了我的先！她抢了我的先！**

只见波拉倒在地上,蜷缩着,颤抖着,全身猎装齐整,只剩那对小小的铜马刺还在吓坏了的女仆手中,举在她上方。女仆难过到极点,傻呆了。

迪克快快查看,波拉仍有呼吸,不过昏了过去。子弹从前到后,在她身体左侧穿了个洞。他接着跳到电话旁,等待通过大宅电话交换台转接时,他祈祷亨尼西会在种马场。一名小马夫接了电话,立即跑去叫兽医。迪克命阿乐守着电话交换台,并命他让阿麦马上过来。

他眼角余光看到格雷厄姆冲进房间,冲到波拉身旁。

"亨尼西,"迪克下令,"你火速赶过来,带上急需的急救包。是枪伤,步枪子弹穿透了肺或是心脏或是二者都有。马上到福雷斯特太太房间来。快!"

"别碰她!"他对格雷厄姆厉声道,"没准儿会坏事,让出血更厉害。"

接着他回头吩咐阿乐。

"要卡拉汉立刻出发,开跑车去埃尔多拉多。告诉他路上会遇到罗宾逊医生,马上接回来。要他快点开,快得像鬼在后头追。告诉他福雷斯特太太受伤了,他要是能争取时间,就救了她的命。"

听筒还在耳旁,他转头看看波拉。格雷厄姆弯腰在她身旁,不过没有碰她,和他四目相对。

"福雷斯特,"格雷厄姆开口了,"要是你——"

但迪克警告地瞟一眼依然举着铜马刺傻傻发呆的阿亚,封住了他的嘴。

"可以等会儿再谈。"不久后,迪克把嘴转向交换机时说。

"罗宾逊大夫吗?好的。福雷斯特太太被子弹打穿了肺或是心脏或是二者都有。卡拉汉开跑车去路上接您了。请您尽快过来与他会合。再见。"

回到波拉身边,格雷厄姆让开一步。迪克跪下,俯身查看,很快就对格雷厄姆摇摇头说:

"太棘手,不能乱动。"

他转身命阿亚。

"放下那对马刺,去拿几个枕头来!埃文!在那边帮我一把,轻轻稳当地抬起来一点。阿亚!把枕头推到下头,轻点!轻点!"

他抬头看见阿麦默默站在一旁,等待吩咐。

"叫邦布莱特先生去换下交换台的阿乐,"迪克吩咐,"告诉阿乐在邦布莱特先生身边待命。要他召集家里所有的伙计在一旁待命。桑德斯跟毕肖普那家子一回来,就要阿乐马上出发,去埃尔多拉多找到卡拉汉,防备万一卡拉汉撞了车。要阿乐立刻找到曼森先生、皮茨先生或任何两位有车的经理,让他们开车来大宅待命。要阿乐和平日一样照顾好毕肖普一家。你再回来等我吩咐。"

迪克转向阿亚。

"现在跟我说说怎么回事。"

阿亚直摇头,绞着双手。

"枪走火时你在哪儿?"

这位华人女仆大吞一口气,指向衣帽间。

"接着说。"迪克声音严厉。

"太太要我去拿马刺,我先头忘了,就赶紧去拿。听到枪响,赶紧回来,一路跑。"

她指指波拉,示意她的发现。

"那枪是怎么回事?"迪克问。

"有毛病,好像不能使。大概四分钟?五分钟?太太想摆弄好。"

"你去拿马刺的时候,她在试枪吗?"

阿亚一个劲儿点头。

"先头我说过阿乐能弄好。太太说没事。说您会修。就把枪放下了。可后来又拿起来,想试试。后来就要我去拿马刺。后来……枪就走火了。"

亨尼西的到来使讯问中断。他的检查和迪克几乎一样快,仰起脸直摇头。

"我什么也不敢动,福雷斯特先生。出血慢些了,不过正在体内聚集。已经派人接大夫了?"

"接的罗宾逊大夫。正好打通他办公室电话。他年轻,外科好手。"迪克对格雷厄姆说明,"他敢想敢为,这件事,比起那些有名望的老医生来,我更看好他。"

"亨尼西先生,您觉得怎么样?人还有救吧?"

"情况很糟糕,虽说我没资格判断,我只是个兽医。罗宾逊医生我认识。咱们只能等了。"

迪克点点头,走出波拉睡台,倾听卡拉汉开的那辆跑车在排气。听到农场的轿车从容抵达又飞快离去。格雷厄姆出了睡台,走过来。

"福雷斯特先生,我想道歉。"他说,"起先我一时冲动。发现你在这儿,还以为出事的时候你在场。现在看来肯定是场意外。"

"可怜的宝贝儿,"迪克同意,"她向来得意自己对枪小心谨慎。"

"我看过那支枪了。"格雷厄姆道,"但是没发现任何毛病。"

"问题就出在这儿。不管啥毛病,枪一响就好了。枪就是这么走火的。"

迪克接着说下去,编织谎言的细节,结果连格雷厄姆都相信了。而只有迪克自己才明白波拉的计谋玩得有多好。唱那最后一遍《吉卜赛小路》就是她对格雷厄姆告别,同时又不让迪克对她随后立刻要做的事产生任何疑心。这计划和他的计划一模一样。对迪克,她也道过别了。电话里她办完了最后一件事,对他说,除了他,她满世界别的男人都不要。

他离开格雷厄姆走到睡台最尽头。

"她刚烈,真刚烈。"他嘴唇颤抖,自言自语,"可怜的孩子。

两个人她不知该选谁,就用这个办法解决。"

跑车的噪声把他和格雷厄姆拉到一起,二人又一起进房间等待医生。格雷厄姆显得心烦意乱,不想走开,又觉得该走开。

"埃文,请留下吧。"迪克对他说,"她很喜欢你,若能睁眼,看到你会高兴。"

医生做检查时,迪克和格雷厄姆站开些。罗宾逊医生站起时,神色凝重。迪克询问地看着大夫,罗宾逊摇摇头。

"没法救了。"大夫说,"还有几小时,或许几分钟。"他迟疑一下,端详迪克的脸片刻,又说:"只要你发话,我可以让她走得松快些。她可能还会醒过来,疼一阵。"

迪克转身走开,在屋里转了转,再回来时却对格雷厄姆说话。

"为什么不让她再活过来,就算时间短暂?疼痛不重要,可以随时注射那躲不开的止痛剂。让她活着是我所愿,也是你所愿。她热爱生命,每一刻生命。我们怎么能剥夺她剩下的一点点?"

格雷厄姆低头同意。迪克转向大夫。

"也许您能让她醒过来,刺激她,让她恢复意识。要是办得到,您就动手吧。疼得太厉害时,您再帮她一把。"

她眼睛颤颤地睁开。迪克点头要格雷厄姆和他站到一起。她起先满脸迷乱,随后看定迪克,再看看格雷厄姆,看清之后,嘴唇咧开,悲情一笑。

"我……我刚才还以为我死了呢。"

但她立刻有了另一个念头,迪克从她探究的目光里猜到了——她是在问他知不知道这不是意外。他的眼睛没给表示。她原先是这样策划的,那就装得相信如此吧。

"我……是……错的。"她说。她说得很慢,很模糊,显然疼得厉害,吐每一个字都得顿片刻,攒足力气。"我总是过分自信。从没出过事。瞧瞧我现在闯的祸。"

"真不该呀。"迪克满是怜悯,"怎么回事?枪膛卡了?"

她点点头,嘴唇再度分开,一个悲戚而勇敢的微笑,忽发奇想地说:"喂,迪克,去打电话,叫邻居们来,看看小波拉闯的祸。"

"伤重吗?"她问,"老实说,红云。你了解我。"

他摇头。

"还有多久?"

"不久了。"他回答,"你随时都可以解脱。"

"你是说……"她疑问地看看医生,再看迪克,迪克点头。

"不过本来想指望你的,红云。"她感激地喃喃自语,"结果是罗宾逊大夫来决定?"

医生走近些,让她能看见,点点头。

"谢谢大夫。记住,时间我说了算。"

"疼得厉害?"迪克问。

她眼睛大睁,勇敢却又充满恐惧。嘴唇抖一会儿才回答,"不疼,但是可怕,很可怕。我不想再忍了。我要说时候了。"

她唇上的笑意再次道出古怪念头。

"生命好奇怪,真奇怪,是不是?知道吗,我想听着情歌走。埃文,你先唱《吉卜赛小路》。怪了,不到一小时前我还和你一起唱过。真怪了!埃文,请唱吧。"

格雷厄姆看看迪克等他允许,迪克目光认可。

"哦,放声唱,开心唱,狂热唱,就像追女人的吉卜赛男人那样唱。"她求他。

"往后站站,对,我好看着你。"

格雷厄姆唱完整支歌,直到最后一节:

> 男人与女人心心相印,
> 帐篷的明灯就是我们的港湾;
> 晨光从天涯海角把我们召唤;
> 世界就在我们的脚下延伸。

阿麦面无表情,雕像般站在门尽头,听候吩咐。阿亚肝肠寸断,站在女主人头旁边,不再绞着双手,却紧握手指头,紧到指尖、指甲都发白。背后,波拉梳妆台前,罗宾逊大夫悄然无声,用杯子把些止疼丸融化成水剂,吸入注射器。

格雷厄姆唱完,波拉目光表示谢意。她闭上眼睛,一动不动。

再度睁开双眼,她说:"红云,该你唱那支《艾一库歌》《露珠美女歌》了。站到埃文刚才的地方,我好看清楚些。"

迪克唱道:

> 我,我是艾-库,头一个尼什纳姆男人。艾-库是亚当简称。我爹是郊狼,我娘是月亮,这是我老婆吆-土-土-维。她是尼什纳姆头一个女人。
>
> 我,我就是艾-库;这是我露珠般的女人,是我蜜露般的女人。我骗你们啦。她爹和她娘既不是蚱蜢也不是花尾猫,是大山的黎明、夏日的东风。他俩一起孕育着甜蜜,从天空,从大地,直到在一阵爱情的薄雾中,在灌木丛与石兰叶片上洒满甜蜜露珠。
>
> 吆-土-土-维是我蜜露般的女人。听我唱!我是艾-库。吆-土-土-维是我的小鹌鹑,是我的小母鹿,是所有雨

水、沃土哺育的葱茏。她来自熹微的星光,来自黎明的朝霞;是天下女人当中我唯一的女人。

她再度闭上双眼,沉默片刻。她试图深吸一口气,结果一阵咳嗽。

"尽量别咳嗽。"迪克叮嘱。

众人眼看她紧缩眉峰,全力克制会引起阵咳的恼人刺痒。

她再次睁开双眼,说:"阿亚,过来,让我看看你。"

那位华人女仆听从吩咐,茫然挪步,罗宾逊大夫拉住她胳膊,引导她走近。

"再见,阿亚。你一直对我很好。有时候我可能对你不好。对不起。记住,福雷斯特先生待你会像父亲一样……我所有翡翠首饰都给你。"

她闭上眼睛,表示简短的话交代完了。

她再次被刺痒造成的阵咳折磨,这咳嗽似乎越发厉害。

"迪克,我好了。"她轻轻地说,双目紧闭,"我要发出瞌睡的声音,瞌睡的声音。大夫准备好了么?走近点。握紧我的手,就像那次我小小死一回一样。"

她目光转向格雷厄姆,迪克避开不看,因知道她最后的目光中会有爱。方才她看他最后一眼时,他已料到。

"有一回,"她对格雷厄姆解释,"我不得不做手术。我要迪克陪我进麻醉室,握紧我的手,直到我失去知觉。你记得,亨利管这叫醉后发黑晕,生活中小小死一回,很轻松。"

静默中她一直看着他,随后转脸看迪克。迪克跪在她身旁,握着她的手。

她手指压一压,目光招他靠近。他将耳朵贴近她嘴唇。

"红云,"她耳语,"我最爱你。属于你这么长、这么长时间,我好得意。"她指头的压力使他更近些,"红云,对不起,没给你生个孩子。"

她松开手指,放开他,好看看这个,再看看那个。

"两个帅男,帅男。别了,帅男。别了,红云。"

她停顿时,他们等待着。医生露出她的胳膊准备注射。

"好困,好困,"她模仿小鸟啁啾似的说,"我好了,大夫。先把皮肤拉紧,您晓得我怕疼。迪克抱紧我。"

罗宾逊从迪克目光获得允许,轻而快地把针头扎进紧绷的皮肤,稳稳地把柱塞一推到底,手指头轻轻揉动,让吗啡进入她体内循环。

"困啊,困啊,困死啦。"须臾,她喃喃自语。

她恍恍惚惚,半翻过身子,把那只空着的胳膊放到枕上,头偎上去,蜷缩身体成弯弯的姿势,迪克知道她睡觉喜欢这个姿势。

良久,她微微叹口气,轻松上路,众人猜到之前,她已悠然远去。窗外,喷泉中戏水金丝雀的婉转鸣叫打破了室内的沉寂,远方,传来"山少年"的长嘶与"福瑟琳顿公主"的回应。

(全文完)

附录

杰克·伦敦生平大事

1876 年   1 月 12 日出生于美国加州旧金山市三号大街 615 号；生母为芙劳拉·威尔曼，生父为威廉·亨利·查尼，查尼得知同居的芙劳拉有孕便抛弃了她；芙劳拉嫁给鳏夫、内战老兵约翰·伦敦，杰克从此随继父姓。

1879 年   约翰携全家迁至奥克兰乡下，经营一座小小的商品蔬菜园。

1881 年   约翰买下 20 英亩土地，再次搬家；杰克注册当地小学。

1882 年   杰克开始上小学。

1883 年   约翰再次搬家，来到一座牧场，养牛、种土豆。

1885 年   约翰买下 87 英亩土地；小杰克发现读书乐趣。

1886 年   久居乡下农场之后，一家人于 5 月迁入奥克兰市的一座房子；杰克发现了奥克兰市公共图书馆，管理员英娜·库尔博斯帮助他挑选书籍，充实他的幼小心灵。

1887 年   杰克在加州西奥克兰的奥卡兰柯尔文法学校注册。

1890 年   杰克在一家三文鱼罐头厂获得一份稳定工作，每小时挣 10 美分。

1891 年   从柯尔文法学校毕业（8 年级），去罐头厂打工；向奶妈借来300块，买下一条单桅帆船，成为旧金山海湾的一名蚝贼。

1892年　成为渔政巡警，捉拿蚝贼；同年返回父母奥克兰的住宅。

1893年　1月20日，作为一名体魄健壮的水手，签约一艘猎海豹的三桅纵帆船，服务8个月，曾经朝鲜、日本，到西伯利亚捕海豹。回家后，写下《日本海岸线的台风》，成为其公开发表的第一篇故事。

1894年　为市内电车做铲煤工；失业后加入失业工人大军，向首都进发；沦为流浪汉，在美国本土和加拿大四处流浪；被关进监狱，罚做30天苦役；在波士顿，遇到一位受过教育的流浪汉，向他讲述了几位伟大的思想家，包括达尔文、尼采、马克思，杰克·伦敦开始考虑通过受教育来提升自己的社会地位，将社会主义视为自己的理想。

1895年　回到奥克兰，入当地高级中学，为校报写文章和故事，同时看大门。在学校的文学杂志《伊吉斯》（*Aegis*）上发表文章。与他的中产阶级同学格格不入；参加辩论队，广交朋友，分享社会主义或其他思想，同时学习拳击和剑术；结识正在上夜校并希望上大学的贝丝·麦登，贝丝后来成为他首任妻子。

1896年　借钱入读大学预备学校，开始"填鸭式"自学，每天学习19个小时，准备参加8月加州大学伯克利分校的入学考试；参加并通过大学入学考试，9月进入加州大学伯克利分校，修完第一个学期，写下第一篇社会学散文和一些关于他在西伯利亚经历的小故事。

1897 年 因经济拮据,退学;疯狂写作,并加入加拿大育空地区克朗代克淘金热;9 月,一家杂志发表了伦敦的短篇小说;10 月,约翰·伦敦去世,从亲戚处得知约翰不是他生父;通过努力找到生父查尼,却被拒绝相认,杰克大失所望。

1898 年 7 月从育空回到奥克兰,患坏血病;继父去世后,杰克决心通过写作和受教育来赡养母亲;开始每天写作 19 小时,向杂志投稿成功。

1899 年 大忙一年,完成 61 部短篇、诗歌、散文等;向多家杂志投稿成功,开始以写作为生;结识安娜·斯特伦斯基,一位聪明迷人、有俄国犹太血统的斯坦福大学生,二人互相吸引,但观点不同,成为《凯朋顿—沃斯书信集》的共同作者。

1900 年 《大西洋月刊》发表了杰克·伦敦的《北方的奥德赛》;4 月,霍顿·米福林公司(Houghton Mifflin)出版了他的《狼子》,这是他的第一本书,收录了他最好的短篇小说,后来被称作美国现代短篇小说开山之作;杰克在此书出版的当天,与他的前数学辅导老师贝丝·麦登结婚,令亲友吃惊。

1901 年 女儿琼 1 月 15 日出生;成为"社会党"党员,作为社会党候选人,竞选奥克兰市长;发表第二本短篇小说集《他们父亲的上帝》。

1902 年 8 月抵达英国伦敦;原本受雇写一篇关于南非布尔战争的报道,但杰克到达伦敦前战事已结束;杰克决定留下来研究伦敦底层社会;10 月女儿贝丝出生;发表《霜之子》《雪的女儿》等作品。

1903 年　生父威廉·查尼在芝加哥去世；《凯朋顿—沃斯书信集》出版，本书与安娜·斯特伦斯基合著；发表《荒野的呼唤》《深渊里的人们》等作品；爱上了查米安·基特里奇，考虑与贝丝离婚。

1904 年　《海狼》在期刊连载；赴远东报道俄日战争；贝丝提交离婚申请。

1905 年　6月2日与查米安一起考察农场，6月7日付首付，为兴办"美丽农庄"七次买地的首次。11月19日，与贝丝离婚的次日，在芝加哥与查米安结婚；发表《阶级战争》《渔警故事》等作品。

1906 年　1月从牙买加蜜月归来；与造船商签约开始建造"蜗鲨号"，船名取自路易斯·卡罗尔的长诗《追猎蜗鲨》；作为特约记者，为一家杂志报道旧金山大地震；夫妇骑马漫游北加州；出版《月亮脸与其他故事》《白牙》《女人的轻蔑》等。

1907 年　请查米安的姑妈帮助照顾农场，杰克和查米安准备进行长达7年的环球航行；4月下旬乘"蜗鲨号"从奥克兰起航，5—10月发现船长能力不足，杰克自己把船开到火奴鲁鲁，并在这里停留；参观了当地麻风病人聚集的山谷；11月《路上》出版，描述杰克当年的流浪汉冒险。

1908 年　在南海、夏威夷一带航行，四处游历；夫妇患病，前往悉尼接受医疗；12月由于健康问题严重，决定中止环球航行。

1909 年　4月离开澳大利亚，7月抵达奥克兰；买地，买地，再买地；《马丁·伊登》出版。

1910 年　伦敦请异父姐姐做农场总监;再买大片土地;查米安入医院生产,婴儿出生 38 小时后夭折;发表《毒日头》《革命及其他论文》等作品。

1911 年　4 月开建"狼舍",逾两年方完工;赶一辆四马马车前往俄勒冈州周游返回;发表《南海故事》《蜗鲨号远航》《上帝发笑及其他故事》等作品。

1912 年　3—7 月,从巴尔的摩到西雅图,环合恩角航行 148 天;出版《豪宅及其他夏威夷故事》《太阳之子》等;与查米安的第二胎流产。

1913 年　1 月份买下 400 英亩土地,杰克在事业上登峰造极,成为世界赚钱最多的作家,但这一年杰克生活中灾难不断:阑尾手术、与女儿关系不和,与前妻麻烦不断,农场农作物歉收,刚盖好的"狼舍"失火,夷为平地;发表《月亮谷》《约翰·巴里克恩》《深谷猛兽》等作品。

1914 年　4 月乘美国战船出发,前往报道"墨西哥革命",但仗没打起来,再次剥夺了他显示其战地记者能力的机会;为期刊撰写《墨西哥军队与我们的军队》,发表《强者的力量》《艾尔斯诺哗变》等;沿萨克拉门托河航行数月。

1915 年　3 月抵达夏威夷;乘"索诺马号"返回旧金山;12 月再次远航至夏威夷群岛的希洛(Hilo);发表《猩红热》《星际航行》等。

1916 年　退出社会党,因其"缺乏激情与战斗力,不强调阶级斗争";杰克·伦敦偕妻子航行返回旧金山;发表《种橡籽者——一部加州森林剧》《大房子里的小夫人》等;

315

11月22日,因药物过量(或因自杀?)在其心爱的农场辞世,留下一个大大的谜。